Edgar Wallace im Goldmann Verlag

1922 wird der Goldmann Verlag in Leipzig gegründet.

1926 veröffentlicht Goldmann die beiden ersten ins Deutsche übersetzten Kriminalromane des schon weltbekannten Edgar Wallace. Und nur ein Jahr später, nach der sensationellen Uraufführung von »Der Hexer« am Deutschen Theater in Berlin (Regie: Max Reinhardt), bricht das Wallace-Fieber aus. Goldmann hat damit eine neue Literaturgattung in Deutschland etabliert: den Kriminalroman.

1932 stirbt Edgar Wallace in Hollywood. Als der Sarg nach England überführt wird, ist im Hafen von Southampton halbmast geflaggt und in Londons legendärer Zeitungsstraße, der Fleetstreet, läuten die Glocken: Großbritannien erweist seinem berühmten Sohn die letzte Ehre.

1952 kommen die ersten Goldmann Taschenbücher auf den Markt. In der Reihe Goldmann Rote Krimi erscheinen im Laufe der nächsten drei Jahrzehnte sämtliche Kriminalromane von Edgar Wallace mit überwältigendem Erfolg. Über 40 Millionen Exemplare haben von 1926 bis heute ihre Leser gefunden. Und allein in Deutschland wurden 30 Kriminalromane von Edgar Wallace verfilmt.

1982 erscheinen zum 50. Todestag alle 82 Kriminal-
romane in einer einmali
Edgar Wallace-Almanac

EDGAR WALLACE

Nach Norden, Strolch!

THE NORTHING TRAMP

Kriminalroman

Wilhelm Goldmann Verlag

Aus dem Englischen übertragen von
Rita Matthias

Herausgegeben von Friedrich A. Hofschuster

Gesamtauflage: 235 000

Made in Germany · 1/82 · 11. Auflage

Umschlagentwurf: Atelier Adolf & Angelika Bachmann, München
Umschlagfoto: Richard Canntown, Stuttgart
Satz: Presse-Druck, Augsburg
Druck: Mohndruck Graphische Betriebe GmbH, Gütersloh
Krimi 221
Lektorat: Friedrich A. Hofschuster · Herstellung: Peter Sturm
ISBN 3-442-00221-4

1

Der Strolch sah selbst für einen Strolch reichlich verwahrlost aus – und auch reichlich gefährlich, denn er spielte mit einer schußfertigen Pistole, warf sie von der einen Hand in die andere, balancierte sie auf seinem Zeigefinger und beobachtete mit gespannter Aufmerksamkeit, wie die Pistole erst nach rechts, dann nach links schwankte. Es schien, als sei sie ihm etwas wie ein geliebtes Spielzeug; er konnte weder die Augen noch die Hände davon lassen. Wenn er des Spielens müde war, ließ er sie in der Tasche seiner zerrissenen Hose verschwinden, aber das dauerte nur einen Augenblick. Gleich holte er die Pistole wieder hervor, um sie zu streicheln und mit ihr zu jonglieren.

»Aber so was gibt es doch gar nicht!« sagte der Strolch dabei wiederholt vor sich hin.

Es war unverkennbar, daß er Engländer war, aber was ein englischer Strolch an der äußeren Stadtgrenze von Littleberg im Staate New York zu suchen hatte, entzieht sich im Augenblick der dringlich wünschenswerten Erklärung.

Wie gesagt, sein Äußeres war selbst für einen Strolch nicht angenehm. Sein Gesicht war fleckig und verschwollen, sein Bart wohl eine Woche alt, ein Auge erholte sich gerade von einer heftigen Begegnung mit der Faust eines Kollegen von der Landstraße, den er in einem ungeeigneten Augenblick geweckt hatte. Die Schwellung des Gesichts hätte sich auf seine Unkenntnis der Wirkung des Giftsumach zurückführen lassen, aber es gab niemand in der Gegend, der sich für die Ursache der Beule interessiert hätte. Sein kragenloses Hemd war schmierig; der nur noch angedeutete Rock hatte Löcher an Stelle der Taschen; auf dem Hinterkopf balancierte eine antike Melone mit einem von Ratten zerfressenen Rand.

»Aber so was gibt es ja gar nicht«, sagte der Strolch, der sich Robin nannte, wieder. Die Pistole entglitt seiner Hand und fiel ihm auf den Fuß. Er sagte »Autsch!« und rieb sich die Zehen, die zwischen Oberleder und Sohle sichtbar waren.

Jemand kam durch das Wäldchen. Robin steckte die Pistole in die Tasche und zog sich geräuschlos ins Dickicht zurück.

Es war ein Mädchen. Ein recht hübsches Mädchen, dachte er; er sah, daß sie schlank und graziös war, ein Mädchen aus der guten Gesellschaft des nächsten kleinen Ortes, nahm er an. Sie trug ein gestreiftes Seidenkleid und schwang mit großer Entschlossenheit einen Spazierstock.

Sie blieb fast vor ihm stehen und zündete sich eine Zigarette an. Ob sie es tat, um Eindruck zu machen, oder weil es ihr Genuß bereitete, blieb ihr Geheimnis. Keine hundert Meter weiter bog der Waldweg in die Hauptstraße der Stadt ein, und zwei Reihen großer Holzhäuser standen da, die von einem Menschenschlag bewohnt zu sein schienen, der beim Anblick eines zigarettenrauchenden weiblichen Wesens unbedingt in Entrüstung geraten würde.

Sie will Eindruck machen, dachte Robin, die Gute scheint das Städtchen auf den Kopf stellen zu wollen!

Von seinem Versteck aus hatte er den Blick des Widerwillens gesehen, mit dem sie die schwach glimmende Zigarette betrachtete. Sie zog übertrieben daran, um sie überhaupt zum Glühen zu bringen, und schritt dann weiter. Er empfand Mitgefühl für Menschen, die andere in Entrüstung brachten.

Gemächlich kehrte er zum Waldweg zurück. Sollte er auf die Nacht warten oder einen Umweg in die Stadt machen? Es mußte eine Landstraße geben, die westlich von der Mühle nach Norden oder an der großen Käsefabrik vorbei nach Süden führte. Oder sollte er kühn durch die Hauptstraße spazieren, die Fragen und Ratschläge des wachsamen Polizeibeamten über sich ergehen lassen und riskieren, daß man ihn aus der Stadt hinausjagte? Er hatte sich für das erstere entschlossen, ohne lange darüber nachzudenken. Der Weg durch die Stadt war zu gefährlich. ›Rotbart‹ war vielleicht da mit dem dicken kleinen Kerl, der so ungewöhnlich schnell laufen und mit solch erstaunlicher Geschicklichkeit Messer werfen konnte.

Ein neuer Fußgänger tauchte auf und näherte sich so lautlos auf Gummisohlen, daß Robin ihn nicht hörte, bis es zu spät war. Es war ein magerer junger Mann, sehr elegant gekleidet. Der

Strohhut trug die Farben seines College und balancierte über dem rechten Auge. Der Gürtel um seine Wespentaille hielt eine gutgebügelte Hose, und die Krawatte zeigte ein erlesenes Muster.

Der ziemlich große Mund verzog sich beim Anblick der zerlumpten Gestalt am Wegrand zu einem Grinsen.

»Hallo, Penner!«

»Hallo«, sagte Robin.

»Führt der Weg noch weit?«

»Nicht weit – Richtung Kanada. Ich fahre von Ogdensburg aus mit der Fähre.«

»Fein. Paß und so weiter in Ordnung?«

Aber Ironie war bei Robin verschwendet.

»Mein Gesicht wird schon genügen«, sagte er.

Der junge Mann kicherte und hielt ihm ein glänzendes, silbernes Etui hin... Überlegte es sich anders, nahm selbst eine Zigarette heraus und reichte sie seinem Gegenüber. Robin fand diese Vorsichtsmaßregeln durchaus in der Ordnung: Seine Hände waren wirklich nicht sauber.

Er entzündete die Zigarette mit einem Streichholz, das er aus dem Futter seines Hutes holte, und rauchte mit Behagen.

»Sie werden es nicht leicht haben. Die kanadische Polizei ist scharf. Ein Kerl, den ich kannte, hat früher Schnaps hinübergeschmuggelt, aber das schafft man heute nicht mehr – alles viel zu scharf.«

Der hatte keine Vorurteile – so sagte er wenigstens jetzt dem Strolch, oft habe er sich schon mit solchen Kunden unterhalten und eine Menge dabei gelernt.

»Das ist es gerade, wovon ich die Leute hier nicht überzeugen kann«, klagte er. »Alte Leute sind beschränkt – junge Mädchen auch. Das Studieren verdirbt junge Mädchen ganz und gar. Sie werden hochnäsig, und kein Mensch ist ihnen mehr gut genug; auch das Reisen nach Europa, wo sie Adlige, Grafen und so weiter kennenlernen, die ja doch nur auf ihr Geld aus sind, ist daran schuld. Ich sage immer, man soll sich erst Amerika ansehen.«

Robin, der Strolch, blies eine Wolke grauen Rauches zu den Baumwipfeln hinauf.

»Das habe ich schon mal gehört. Kommt mir so bekannt vor.«

Der Jüngling hieß Samuel Water. Sein Vater besaß Littlebergs größtes Warenhaus. Samuel war der Meinung, jedermann habe das Recht, ein Leben nach seinem eigenen Geschmack zu führen.

»Im letzten Jahr habe ich siebentausend Dollar gemacht«, sagte er. »Habe mit feinen Jungens zusammengearbeitet, aber die kanadische Polizei ist scharf, und die amerikanischen Offiziere sind noch schärfer... Immerhin – siebentausend.«

Er war sehr jung und hatte noch eine jugendliche Freude daran, seine eigenen Tugenden zur Schau zu tragen. Er klapperte mit seinen Schlüsseln in der Tasche, rückte seine auffallende Krawatte zurecht, blickte verächtlich auf die Hauptstraße Littlebergs und fragte: »Haben Sie eine junge Dame vorbeigehen sehen? In einem gestreiften Kleid?«

Robin nickte. »Ich werde heute abend getraut«, sagte Sam düster. »Werde dazu gezwungen! Es ist ein Fehler, aber alle sind sie dafür, vor allem mein alter Herr und ihr Onkel. Es ist schwierig für mich. Man müßte etwas vom Leben sehen. Ich bin ja keiner von diesen Bauernjungen, die hinter jedem Rock her sind. Ich habe studiert und weiß, daß es etwas anderes gibt... Eine weite Welt« – er beschrieb mit den Händen Kreise in der Luft –, »na, sozusagen... Na, Sie wissen ja, was ich sagen will, Penner.«

Robin wußte, was er sagen wollte.

»Komisch, daß ich Ihnen das alles erzähle – aber Sie sind ein Mann von Welt. Man sieht euch Kerls meistens mit Verachtung an, aber ihr seht doch, was sich tut – in der weiten Welt.«

»'türlich«, sagte Robin.

»Nehmen Sie noch 'ne Zigarette... Hier – nehmen Sie zwei. Ich muß jetzt weiter.«

Robin blickte dem Bräutigam nach, bis er außer Sicht war. Es tat ihm leid, daß er ihn nicht um einen Dollar gebeten hatte.

Als er hinauf in den westlichen Himmel blickte, sah er, wie sich im matten Dunst ein Unwetter zusammenzog.

»Vielleicht geht's bald los«, brummte er hoffnungsvoll.

›Rotbart‹ liebte den Regen nicht, und der kleine, dicke Mann, der Messer warf, konnte ihn einfach nicht ausstehen.

2

Mr. Pfiefer war ein dicker Mann mit Sinn für Humor, aber da seine Anwaltspraxis ihn ausschließlich mit sturen Menschen zusammenbrachte, mit Menschen, die nur einen für die Öffentlichkeit bestimmten Witz besaßen, der ihnen bei Versammlungen zugkräftige Parolen lieferte, so zeigte er nie jenen übersprudelnden Sinn für Späße, der hinter der rosa Maske seines Gesichts schlummerte.

In diesem Augenblick hätte er sein unordentliches Büro mit schallendem Gelächter füllen können, aber er behielt seine ernste Miene bei, denn der Mann, der auf der anderen Seite seines mit Bergen von Papier, Gesetzbüchern und Akten beladenen Tisches saß, war eine gewichtige Persönlichkeit: der Friedensrichter und einflußreichste Farmer der Gegend.

»Versteh' ich Sie richtig, Mr. Pfiefer«, die harte Stimme von Andrew Elmer war vor Besorgnis heiser, »ich kriege keinen Pfennig aus diesem Nachlaß, wenn Oktober nicht an ihrem einundzwanzigsten Geburtstag verheiratet ist?«

Mr. Pfiefer nickte gravitätisch mit dem Kopf.

»So lautet das Testament.« Seine kurzen, dicken Finger glätteten das vor ihm liegende Dokument.

›Meinem Schwager zwanzigtausend Dollar und den Rest meines Vermögens meiner Tochter, Oktober Jones, auszahlbar bei ihrer Heirat, wenn diese vor oder an ihrem einundzwanzigsten Geburtstag stattfindet.‹

Andrew Elmer kratzte sich unwillig den Kopf.

»Der Rechtsanwalt in Ogdensburg hat es so ausgelegt, daß ich auf alle Fälle zwanzigtausend Dollar erhalte, und wenn Oktober dann heiratet –«

»Wer ist denn für dieses eigenartige Dokument verantwortlich?« unterbrach ihn der Anwalt.

Andrew rutschte unbehaglich auf dem Stuhl herum.

»Tja – ich werde es wohl selber aufgesetzt haben. Meine Schwägerin Jenny hat mir sowieso ihre ganzen geschäftlichen Angelegenheiten überlassen.«

Er war ein dünner Mann mit hartem, eckigem Gesicht und

der Gewohnheit, seine Lippen in lautlosen Selbstgesprächen zu bewegen. Gerade jetzt sprach er zu sich selbst, aber lautlos, wobei sich seine Oberlippe komisch auf und ab bewegte.

»Es war kein Anlaß, die Geschichte nachprüfen zu lassen«, sagte er schließlich. »Jennys Geld lag fest in Hypotheken, die jetzt erst fällig geworden sind. Der Bankpräsident in Ogdensburg meinte, ich sollte das Geld nicht anrühren, bis Oktober verheiratet wäre. Ich habe es mir jetzt anders ausgerechnet: Es ist sowieso nur der Rest, der sie etwas angeht...«

»Gibt es überhaupt einen Rest, Mr. Elmer?«

Der Ton des Anwalts war trocken – Elmer fand an sich nichts Beleidigendes in der Frage.

»Nein, nicht viel. Es ist ja klar, daß Oktober immer bei Mrs. Elmer und mir ein Heim finden wird. Das ist ein heiliges Gebot Gottes – Vaterlose zu schützen und so weiter. Sie hat uns viel Geld gekostet – ihr Studium, ihre Kleider, und die Hochzeit wird auch allerhand kosten. Aber damit hab' ich gerechnet, als ich das Testament machte –«

Mr. Pfiefer seufzte tief. »Ihre Erbschaft, Mr. Elmer, ist fraglich, genau wie Oktobers Erbschaft fraglich ist. Wann soll denn die Hochzeit stattfinden?«

»Heute abend«, lächelte Mr. Elmer. »Das ist der Grund, weshalb ich heute zu Ihnen gekommen bin. Mrs. Elmer ist auf den Gedanken gekommen, man könnte auch zu sparsam sein. Für einen Dollar und so kann man die Sache richtig gesetzlich feststellen lassen, so daß einem nichts passieren kann. Wäre mir verdammt peinlich, wenn es Krach wegen des Testaments geben würde.«

»Sie heiratet Sam Water, nicht wahr?«

Mr. Elmer nickte. Seine Augen waren auf den Einspänner und das magere Pferd gerade vor dem Eingang gerichtet. Das Tier fraß gierig von einem Heuwagen, den man unvorsichtigerweise in seiner Reichweite hatte stehen lassen, was es nur erraffen konnte.

»Tja – Sam, netter Kerl.«

Hierüber dachte er eine Zeitlang schweigend nach.

»Bei Oktober ist eine Schraube locker – nein, nicht wegen

Sam. Dickköpfig wie ein Maulesel ist sie. Manchmal wird sie wahnsinnig – jawohl, richtig wahnsinnig. Stellt sich auf den Brunnenrand und schreit: ›Rührt mich an, dann springe ich hinein‹ – wörtlich. Ich frage Sie, bin ich ihr Vormund oder nicht? Mrs. Elmer ist der Meinung, man sollte Oktober durchprügeln. Aber was soll man machen – sie spazierte einfach zum Brunnen und sagte das. Meiner Meinung nach ist Selbstmord die größte Sünde, die man überhaupt begehen kann. Aber so ist Oktober. Es gibt nichts, was sie nicht tut, aber es muß auf ihre Weise getan werden. Sam ist ein netter, kluger junger Mann. Sein Vater besitzt eine Menge Bauplätze und Wohnungen in Ogdensburg, außer dem Laden hier, und Sam hat auch selbst Geld verdient. Ich für meine Person möchte natürlich nicht aus dem Laster meiner Mitmenschen Geld schlagen – aber Geld riecht nicht.«

Der Rechtsanwalt witterte hinter diesen unzusammenhängenden Beweisen von Oktobers Niedertracht und den Tugenden Sam Waters eine gewisse Schwierigkeit für die Ehestiftung.

»Oktober ist hart wie Stein. Sie hat nie die wahren Segnungen der Religion empfangen, obwohl Mrs. Elmer und ich gebetet und gebetet haben, bis wir es einfach über hatten, und sogar Pfarrer Stevens hat sein Flehen zu Gottes Thron gesandt.«

Ein Schweigen folgte. Die lange, rasierte Oberlippe Mr. Elmers runzelte und glättete sich mit unheimlicher Geschwindigkeit. Als Kenner der Lippensprache erriet der gewandte Mr. Pfiefer die Worte: »Oktober«, »Viel Mühe« und sehr oft »Geld«.

Elmer ließ sich wieder hören. »Man weiß nie, woran man mit Oktober ist. Nehmen wir mal an, man sagt ihr: ›Oktober, es gibt zum Mittagessen Hammelragout.‹ Da sagt sie: ›Ja‹, und wenn man ihr ihren Teller reicht, sagt sie: ›Ich esse Hammelragout nicht‹ – einfach so, kein Wort sagt sie, bis man ihr den Teller reicht.«

Mr. Elmer fiel in sein Schweigen zurück. Es war klar, daß er wieder an das Testament dachte. Der Anwalt erriet »Der Rest«, »Verdammt«, und einige weitere Worte.

»Sie ist auch leichtfertig, raucht auf der Hauptstraße – heute morgen erst, nachdem ich sie gebeten hatte, es zu unterlassen, und Mrs. Elmer beinahe auf die Knie gefallen war...«

»Aus welchem Grund soll sie...« Mr. Pfiefer erlaubte sich eine Frage. »Ich meine diese Testamentsbestimmung: Weshalb soll sie heiraten vor dem einundzwanzigsten Geburtstag und so weiter?«

Mr. Elmer sah ihn grollend an.

»Erstens war Jenny der Meinung, daß man jung heiraten soll, und das stimmt auch, Mr. Pfiefer. Die Psalmen sagen: ›Die Magd –‹«

»Schon gut, schon gut«, unterbrach ihn der Anwalt etwas ungeduldig. »Wir wissen Bescheid. Aber meiner Meinung nach war der Psalmist kein Sonntagsschullehrer. Die Ansichten der Mrs. Jones sind verständlich, aber das Testament so zu fixieren – das kann ich nicht begreifen. Es sieht fast nach einem Mittel aus, um Oktober loszuwerden.«

Seine glänzenden Augen durchdrangen Mr. Elmer eine Sekunde lang, aber jener würdige und gewissenhafte Herr starrte schweigend durch das Fenster. Wenn er die Herausforderung verstand, so nahm er sie nicht an.

»Es sieht beinahe so aus«, sagte Pfiefer mit wachsender Ungeduld, »als ob dieser Nonsens über den Rest des Vermögens, der offensichtlich nicht existiert, nur als Köder für einen möglichen Bräutigam dienen soll. Elmer, besteht dieser Rest aus zehn Morgen Sumpf mit einer Hütte darauf, in der kein Mensch je wohnen kann – sagen wir im Wert von rund fünfhundert Dollar...?«

»Zweitausendfünfhundert Dollar!« murmelte Mr. Elmer, »habe einen Kerl von Ogdens kommen und taxieren lassen. Er sagte: ›Möglich, daß der neue Kanal direkt durch das Besitztum geführt wird.‹ Was schulde ich Ihnen, Mr. Pfiefer?«

Die erste Regung des Anwalts war, zu sagen: »Gar nichts«, aber er überlegte es sich doch.

»Zehn Dollar«, sagte er kurz und sah, wie der Alte zusammenzuckte.

Mr. Elmer zahlte auf den Pfennig, aber er zahlte mit Schmerzen. An der Tür des Büros blieb er stehen. Dem Rechtsanwalt kam ein Gedanke.

»Hören Sie, Mr. Elmer, wie ist es, wenn Sam nicht heiraten

will? Er ist in letzter Zeit ziemlich elegant geworden und hat mehr Geld als mir recht erscheint.«

Mr. Elmer trat unbehaglich von einem Fuß auf den anderen.

»Sam ist Geschäftsmann«, sagte er, »er hat mit Immobilien viel verdient –«

»Wo denn?« fragte der andere barsch. »Ich weiß über die Immobilien dieser Gegend sehr genau Bescheid und kann mich nicht erinnern, bei irgendwelchen Verhandlungen Sams Namen gehört zu haben.«

Mr. Elmer ging einen Schritt näher zur Tür.

»Meiner Meinung nach wird der Regen gerade so lange auf sich warten lassen, bis der Mais drinnen ist«, behauptete er. »Vielleicht komme ich mit dem neuen Pachtvertrag zu Ihnen, den ich mit Olson Clark geschlossen habe.«

Mit diesem vielversprechenden Satz vollzog er seinen Abgang.

Mr. Pfiefer sah, wie er langsam in den Einspänner stieg und die Zügel losband. Der Anwalt hatte eine empfindliche Stelle berührt, und Mr. Elmer hatte es mit der Angst bekommen. Dazu war auch wirklich Grund vorhanden.

Diejenigen, die Oktober Jones ihren eigenartigen Namen geschenkt hatten, weilten schon längst nicht mehr unter den Lebenden, obwohl einer von ihnen lange genug unter ihnen geweilt hatte, um seine Kühnheit zu bereuen.

Oktober hatte unter der Last ihres Namens oft gelitten und sich zu verschiedenen Zeiten und zu bestimmten Gelegenheiten Doris Mabel oder Mary Victoria oder Gloria Wendy genannt. Im McCube College, wo sie studiert hatte, hieß sie Virginia Guinevere. Diesen Namen hatte sie sich ausgesucht, bevor sie von zu Hause abreiste; die Initialen ›V. G. J.‹ ließ sie sich kühn auf ihr Gepäck malen.

»Jones ist ein schrecklich gewöhnlicher Name«, sagte sie einmal zu ihrem Vater. »Kannst du ihn nicht ändern, Papa?«

»Der Name war gut genug für meinen Vater, meinen Großvater, meinen Urgroßvater und zahllose Ahnen vor ihnen –«

Oktober stöhnte.

»Was ist denn gegen Victoria einzuwenden?« fragte sie. »Das wäre doch ein netter Name für mich gewesen.«

Nichts an ihrer Erscheinung erinnerte an Oktober, denn Oktober ist ein roter, brauner Monat, und sie war hell, rosa und weiß, sie hatte Augen wie April, ihre Haare erinnerten an reifes Korn, und sie hatte einen eigenartig durchdringenden Blick, der die Menschen etwas aus der Fassung brachte.

Was ihren Charakter anbetraf, so hatte Miss Flemming, Vorsteherin der Flemmingschen ›Schule für junge Damen‹, ihrem Vater folgendes geschrieben:

> ... ich möchte Ihre Aufmerksamkeit auf eine Eigenschaft Oktobers lenken, die Sie vielleicht noch nicht bemerkt haben: nämlich auf ihre übertriebene romantische Veranlagung, die sie im Zusammenhang mit ihrem etwas überspannten Geist auf Wege führen könnte, die wir alle bedauern würden. Es ist traurig, daß dem lieben Kinde die unschätzbare Gnade der Mutterliebe entzogen war. Vielleicht ist sie heute selbstbeherrschter als zur Zeit, da sie in unsere Obhut kam...

»Wie lange geht denn das noch weiter?« knurrte Stedman Jones, als er die Seite wendete – es waren noch drei Seiten und ein Postskriptum von weiteren zwei Seiten. Er ließ den Brief zu Boden fallen.

In Wirklichkeit war es ihm ganz gleichgültig, wie überspannt, überempfindlich oder romantisch veranlagt Oktober sein mochte. Er zahlte doch ihr Schuldgeld, und es war ihm lästig, wenn Leute ihm Briefe über sie – oder über sonstwas – schrieben. Er hatte es, Gott sei Dank, nicht nötig, auch noch ihre Kleider zu bezahlen, denn ein Legat vom Nachlaß seiner Frau, das von einem unausstehlichen Schwager verwaltet wurde, dem er nur zweimal im Leben begegnet war und mit dem er sich folglich nur zweimal gestritten hatte, deckte diese Unkosten.

Stedman Jones war Autor eines imposanten Werkes über die Geschichte Frankreichs im Mittelalter. Die einzige Zeit, wo er sich mit Oktober gut verstand, war jeweils die letzte Woche ihrer kurzen Ferien.

Mr. Jones starb während des zweiten Jahres, das sie im McCube College war. Sie verbrachte zwei Tage mit dem vergeblichen Versuch, Trauer zu empfinden – sich an irgend etwas zu erinnern, was ihr ihren Vater hätte lieb machen können. Sie vertraute sich der Vorsteherin an, die versuchte, sie mit Herkömmlichkeiten zu trösten, womit sie aber nicht sehr erfolgreich war.

»Es ist wirklich an sich nichts besonders Wertvolles an Vätern – auch nicht an Müttern«, sagte sie zum Entsetzen jener guten Dame. »Schließlich gibt man den Menschen alles wieder, was man von ihnen erhält. Eltern sind nur dann wertvoll, wenn sie ihre Kinder lieben – sonst sind sie nichts anderes als Mr. Miller oder Mr. Jones. Das ist leider mein Gefühl Papa gegenüber. Ich habe mich so angestrengt, Trauer zu empfinden, aber selbst der Gedanke, daß ich Waise bin, reicht nur für eine einzige Träne!«

Miss Flemming empfand die Notwendigkeit, diesem gefährlichen Standpunkt entgegenzutreten.

»Dein Vater, meine Liebe, hat für dich sehr schwer gearbeitet. Er hat dir ein bequemes Heim geschenkt, hat dir alles, was du besitzt, gekauft, hat dein Schulgeld bezahlt –«

»Man hätte ihn ja eingesperrt, wenn er das nicht getan hätte«, sagte Oktober. »Es tut mir schrecklich leid, Miss Flemming, aber ich muß mir über diese Sachen auf meine eigene Art klarwerden. Alles andere ist mir im Augenblick gleichgültig.«

Ihr Vater hatte fast kein Geld hinterlassen – er hatte ja auch nie welches gehabt. Dies erfuhr sie von dem großen, ungelenken Andrew Elmer. Mr. Jones hatte nur ein geringes Jahreseinkommen gehabt, das mit seinem Tode erlosch. Mr. Elmer, an den sie sich nur schwach erinnerte, war ein Onkel von ihr, der Schwager ihrer Mutter und der Verwalter ihres Nachlasses. Nebenbei war er vor dem Gesetz ihr Vormund und sollte bald ihr höchst unwilliger Gastgeber werden.

Im ersten Augenblick erschien ihr die Übersiedlung von McCube College in den Frieden von Mr. Elmers Birkenhof als angenehme Veränderung: ihr war, als sei sie aus der Unruhe eines Strudels in ruhiges Fahrwasser gekommen. Binnen vierundzwanzig Stunden aber sah jenes Fahrwasser aus wie ein Sumpf, mit grünem Schlamm auf der Oberfläche, auch Frau

Adelaide Elmer war kein erfreulicher Ersatz für die menschlichen Beziehungen, die Oktober hatte abbrechen müssen.

Oktober bäumte sich äußerlich nicht dagegen auf; das Aufbäumen gegen irgend etwas war bei ihr der natürliche Daseinszustand. Die Unbezähmbarkeit des Tigers bleibt sich gleich, auch wenn man ihn von einem Käfig in den anderen überführt; ihre neuen ›Wärter‹ waren ihr Leben lang nichts Wilderem begegnet als der üblichen Hauskatze und waren entrüstet, weil ihr Zögling die Krallen zeigte, wo er eigentlich hätte schnurren müssen.

Pfarrer Stevens wurde herbeigerufen und um Hilfe gebeten. Er kam eines Samstagnachmittags, in seiner großen Hand drei kleine Bücher voll Rat und Trost. Er machte auf Oktober keinen besonderen Eindruck, und es stimmte auch, daß sich in seiner Bildung erstaunliche Lücken befanden, die nur durch angeborene Herzensgüte hätten überbrückt werden können. Oktober sprach ihr Urteil über ihn aus.

»Er ißt mit den Fingern«, sagte sie.

Mrs. Elmer war für den Augenblick wie vom Schlag gerührt.

»Einen angenehmeren Herrn als Herrn Pfarrer kenne ich überhaupt nicht« – ihre Stimme überschlug sich, wenn sie aufgeregt war –, »und er gebraucht Messer und Gabel genau wie du, Oktober. Es ist einfach eine bösartige Lüge von dir...«

Oktober schwieg. Sie diskutierte nie, wenn keine Aussicht auf Erfolg vorhanden war.

Der Vorschlag, sie solle heiraten, ängstlich von Andrew Elmer vorgebracht, wurde mit erstaunlichem Gleichmut aufgenommen.

»Wirklich?« Oktober horchte auf. »Wen habt ihr denn auf Lager?«

Andrew unterdrückte seine erste Neigung, sich über die Kaltblütigkeit dieser Frage auszulassen.

»Ich habe mit Lee Water gesprochen...«, fing er an.

Am nächsten Tag wurde Samuel ihr vorgestellt. Er war ziemlich selbstsicher und sprach ununterbrochen über sein Lieblingsthema. Oktober hörte mit gesenktem Blick zu. Als er wieder fort war, fragte sie: »Kennt dieser junge Mann irgend jemand außer sich?«

Mr. Elmer verstand sie nicht.

Samuel brachte Blumen und Bonbons, vor allem aber neue Anekdoten, die ihn als Helden darstellten. Er hatte viel Humor und die Gabe der Schlagfertigkeit. Das erzählte er ihr ausführlich. Seine Konversation war angefüllt mit: »Da hab' ich gesagt...«, und jede seiner Erzählungen endete mit der Versicherung: »Ich dachte, sie würden alle vor Lachen sterben.«

Einmal fragte sie ihn, ob jemals jemand unter diesen glücklichen Umständen tatsächlich gestorben wäre, und er war sprachlos.

»Tja... Ich will sagen... Sie sind natürlich nicht gestorben... Was ich sagen wollte, war... Na, du weißt ja.«

An diesem Abend ging er tief in Zweifel versunken nach Hause.

Einmal, als die beiden in einer heißen Juninacht allein auf der Veranda saßen, wurde er gefühlvoll und versuchte sie zu küssen. Es war ja sein gutes Recht, wie er nachher erklärte. Es gab keinen unziemlichen Kampf oder Widerstand – sie hielt ihn sich einfach mit ihrer kräftigen Hand vom Leibe und bat ihn, kein Narr zu sein.

Für die Hochzeit war kein Datum festgesetzt. Die Erklärung Andrew Elmers, daß Oktober auf Grund einer Klausel im Testament ihrer Mutter vor ihrem einundzwanzigsten Geburtstag verheiratet sein müßte, erstaunte alle, außer Oktober. Als sie davon acht Tage vor ihrem Geburtstag Mitteilung erhielt, sagte sie nichts als: »Oh?«

Sam besprach sich mit seinem Vater und reservierte ein teures Appartement in einem romantisch gelegenen Hotel am Ufer des Oswegatchieflusses.

So standen die Dinge, als Mr. Elmer seine Unterredung mit dem Rechtsanwalt Joe Pfiefer hatte und entdeckte, daß seine schlimmsten Befürchtungen berechtigt waren.

Das alte graue Pferd zottelte, wie es ihm behagte, heimwärts; der Einspänner schwankte hin und her, und Mr. Elmer schwankte mit. Seine verschmitzten Augen beobachteten die Straße. Der alte Water stand vor Waters Warenhaus. Mit seiner haarigen Hand strich er immer wieder durch den Haarwulst auf seinem

Kopf. Seine achteckigen Gläser waren zur Nasenspitze heruntergerutscht, und aus seinem vorstehenden Kinn konnte man auf Kampfbereitschaft schließen. Mit seiner freien Hand gestikulierte er, um seine Bemerkungen zu unterstreichen. Sein Zuhörer war Sam, der sehr ernst aussah und jedesmal, wenn die herumfuchtelnde Hand seines Vaters sich senkte, zustimmend mit dem Kopf nickte.

Mr. Elmer schnaufte. Er schnaufte immer heftig und schnell, wenn er verstört war, und lenkte sein müdes Roß zum Bürgersteig hinüber.

»... ich sagte gerade Sam, daß es eigentlich niemandem wie ein Hochzeitstag vorkommt. Es ist, als erinnere man sich in der Wildnis so um Sonnenuntergang, daß den ganzen Tag Sonntag gewesen ist. Es kommt mir aber nicht wie ein Sonntag vor – und es kommt mir auch nicht wie Sams Hochzeitstag vor.«

Sam schüttelte den Kopf. Das einzige an dem Tag, was ihn an seinen Hochzeitstag gemahnte, war die Tatsache, daß er sich unbehaglich, nervös und unglücklich fühlte.

»Es müßte – doch anders sein«, sagte Mr. Water senior und schaute den Mann im Einspänner an. »Es müßte eine gewisse Aufregung sein und – jedenfalls anders. Ich bin gar nicht überzeugt...«

Er schüttelte den Kopf. Sam schüttelte auch den Kopf.

»Ich begreife wirklich nicht, was gegen den Tag einzuwenden ist«, fing Elmer an.

»Es ist so eine Ahnung, ein Gefühl hier!« Der alte Water pochte an seine Brust. »Du mußt ein Einsehen haben, Andrew. Du mußt dich an meine Stelle versetzen. Sam ist mein einziger Junge – ich kann es mir nicht leisten, sein junges Leben zu zerstören. Darum handelt es sich, und was Oktober anbelangt – es ist doch auch ihr Hochzeitstag, und dennoch, vor kaum einer Stunde kam sie hier die Straße entlang, eine Zigarette im Mund, und alle Leute starrten sie an. Der alte Doktor Vinner und Miss Selby und die Leute aus der Stadt, die drüben im ›Berghaus‹ wohnen. Und – was hat sie dir denn eigentlich gesagt, Sam?«

Sam trat aus dem Hintergrund vor und gab Auskunft.

»Sie hat gesagt: ›Mann ist Mann‹ – heute morgen hat sie das

gesagt. Und daß sie mich nicht liebe. Sie hat gesagt, sie würde genauso gerne einen Strolch heiraten wie mich – ihr käme es nicht darauf an. Sie sagte, ein Mädchen müsse immer irgendwo anfangen, und vielleicht würde ich für den Anfang reichen –«

Mr. Elmer atmete tief und pfeifend ein.

»Ich wünschte, sie hätte den Kerl gesehen, mit dem ich gesprochen habe. Da hätte sie ihre Ansicht aber gründlich geändert«, fügte Sam hinzu. »Ich habe ihr gesagt, daß das nicht die Worte wären, die ich gern hörte von dem Mädchen, das meinen Verlobungsring am Finger trüge. Sie riß den Ring ab und warf ihn mir hin. Sie sagte, daß sie sich's vielleicht anders überlegen würde, darüber sei sie sich noch nicht im klaren – und das war der Augenblick, wo sie dann behauptete, daß ein Mann genauso wie der andere für sie sei.«

»Sam hat den Ring in seiner Tasche«, bestätigte Mr. Water.

»Sie ist noch sehr jung.« Andrew sprach besänftigend. »Solche Dinge passieren Frauen oft. Sie zweifeln an ihrem eigenen Urteilsvermögen. Das ist ganz natürlich. Mir hat sie immer nur das Beste über dich gesagt. Sie langweilt mich schon damit, so oft spricht sie von dir. Es heißt immer ›Sam hier‹ und ›Sam dort‹ von morgens bis abends, aber sie ist sehr stolz und zieht es vor, ihre Gefühle zu verbergen.«

»Ich wünschte nur, sie hätte die Gefühle, die sie mir heute zeigte, auch verborgen«, sagte Sam, nicht völlig überzeugt – und doch, da er ein Mann und jung war, fiel es ihm nicht allzuschwer, dieser Erzählung vom geheimen Lob, das ihm gespendet worden war, zu glauben.

Er blickte seinen Vater an. Das Lächeln war von Mr. Waters Lippen gewichen. Er war mürrisch und verwirrt.

»Und wir hätten einen Ehekontrakt aufsetzen müssen, Andrew. Weshalb diese entsetzliche Eile? Lassen wir doch den jungen Leuten lieber ein paar Monate Zeit zum Überlegen ...«

Er konnte nicht nachhaltiger darauf dringen, denn Andrew Elmer war gewissermaßen sein Kompagnon bei seinen ganzen Immobiliengeschäften. Er hatte ungeahnte Beziehungen und war in jeder Hinsicht nicht der Mann, dem man in den Weg treten durfte.

»Es kommt mir gar nicht wie eine Hochzeit vor, Andrew. Keine Feierlichkeit, nichts. Alles ein bißchen gemein und hinterlistig. Es wird keinem von uns zum Segen gereichen.«

Mr. Elmer zog die Zügel wieder an.

»Wenn du und Sam nicht heute abend um neun bei mir im Birkenhof seid, werde ich wohl annehmen können, daß ihr euer Wort nicht haltet«, sagte er düster und schlug mit der Peitsche über den Rücken des alten Gauls.

Jedenfalls ist es mir geglückt, dachte er mit einer gewissen Befriedigung, nicht über Oktobers sehr heikle finanzielle Lage sprechen zu müssen.

An einer Biegung fuhr ein langgestreckter Sportwagen langsam an ihm vorbei. Er sah einen Augenblick das schmale Gesicht des Mannes am Steuer. Ein Engländer, dachte er sich, als ihm das Monokel auffiel. Der Wagen trug eine kanadische Nummer. Fremde sind in Littleberg selten. Er wandte den Kopf, um dem Auto nachzublicken, und sah, wie es vor dem Hotel ›Berghaus‹ hielt. Ein paar Minuten später erblickte er zwei Männer, ebenfalls Fremde, einen großen, starken mit kurzem, rotem Bart und einen dicken, kleineren, dessen Gesicht breiter war als lang. Die Breite wurde noch betont durch die geraden schwarzen Brauen und den Schnurrbart. Sie schritten Seite an Seite daher, der Kopf des kleineren Mannes reichte seinem Begleiter kaum zur Schulter. Sie warfen Mr. Elmer einen schnellen Blick von seitwärts zu und marschierten ohne Gruß vorbei.

»Littleberg macht sich«, sagte Mr. Elmer.

Er war lebhaft an Grundbesitz in Littleberg interessiert und hatte allen Grund, selbst über diesen geringen Beweis der zunehmenden Beliebtheit der Stadt erfreut zu sein.

Die beiden Männer schritten weiter, ohne ein Wort zu wechseln, und kehrten im ›Berghaus‹ mit soldatischem Gleichschritt ein. Ein großer, schlanker Mann unterhielt sich gerade mit dem Geschäftsführer. Er war Engländer, seine Sprache verriet ihn. Er sah gut aus, wenn auch seine Haare geschniegelt waren, und der Ausdruck etwas Gereiztes hatte.

»... die Wege sind ja unter jeder Kritik. Gibt es keine Fernstraße nach Ogdensburg?«

Die beiden Männer verlangsamten kaum ihre Schritte, aber sie vernahmen diese Worte, als sie zur Treppe hinübergingen. Ein untersetzter Mann mit strohblondem Haar, der in einem der vielen in der Halle herumstehenden Stühle gedöst hatte, öffnete ein Auge, als sie an ihm vorbeischritten, richtete sich auf, zündete seine ausgegangene Zigarre wieder an und ging hinter ihnen die Treppe hinauf. Anscheinend kannte er ihr Zimmer, denn er klopfte an der Tür Nr. 7, worauf eine Stimme ihm zubellte, einzutreten.

»Morgen.« Er nickte den beiden freundlich zu. Seine Selbstsicherheit war dermaßen ausgebildet, daß er es sich fast hätte schenken können, den silbernen Sheriffstern vorzuzeigen. »Hab' gehört, ihr wärt in der Stadt. Bleibt ihr lange?«

›Rotbart‹ trank das Glas Wasser aus, das er eben an die Lippen gesetzt hatte, wischte sich sorgfältig den Schnurrbart mit einem seidenen Taschentuch und zog eine Zigarre aus der Tasche.

»Ich und mein Freund sind hier nur abgestiegen, um uns umzusehen«, sagte er. »Wir gedenken, mit dem Nachtzug nach Philadelphia weiterzufahren. Stimmt, nicht wahr, Lenny?« Er blickte sich nach ihm um.

»Stimmt«, sagte Lenny.

Der strohblonde Mann zündete sich eine neue Zigarre an.

»Der Chef sagte, ich sollte hier 'n kleinen Besuch machen«, meinte er entschuldigend. »Dachte, ihr wüßtet vielleicht nicht, daß man euch hat ankommen sehen. Mieses Nest, dieses Littleberg. Ihr würdet hier unweigerlich verhungern. Ogdenburg ist nicht viel besser. Die Polente dort ist erst vor kurzem so 'n bißchen 'reingefallen und ist höllisch wütend auf Leute, die meinen, man könne sie zum Narren halten. Unser Chef hat mit ihnen heute früh telefoniert, und sie scheinen zu glauben, die Luft in Ogdensburg würde euch schlecht bekommen.«

»Philadelphia«, sagte ›Rotbart‹, »und wir haben unsere Reise nur ganz kurz unterbrochen. Wir kommen aus New York.«

»Fein«, sagte der Strohblonde, der von Natur und aus Erfahrung Skeptiker war. »Hat einer von euch vielleicht 'ne Kanone bei sich?«

›Rotbart‹ breitete einladend die Arme aus. Der Kriminalbeamte durchsuchte schnell erst den einen und dann den anderen. Keine Waffe kam zum Vorschein.

»Das wäre in Ordnung«, sagte der Beamte heiter. »Ich sehe euch also gegen neun am Bahnhof?«

»Unbedingt«, sagte ›Rotbart‹ ebenso herzlich.

Der Beamte ging hinunter und durch die Halle, um zu telefonieren. Der Engländer war nicht mehr da.

»Es gibt Leute, die gleich die ganze Welt haben wollen«, klagte der Geschäftsführer. »Seine Hoheit wünschen eine neue Fernstraße.«

Eine Stunde später kamen ›Rotbart‹ und sein Freund in die Halle hinunter und wurden stille Zuschauer einer Zeremonie.

Eine Anzahl übermütiger junger Männer aus Littleberg hatten einen Kreis um einen verschüchterten Jüngling gebildet und sangen im Chor ein unanständiges Lied, in dem neben Anspielungen auf die Hochzeitsnacht von der Geizigkeit der Waterschen Familie im allgemeinen und der Geizigkeit Sam Waters im besonderen die Rede war.

»Aber wirklich, hört mal, das ist zuviel!« rief der Betroffene.

Der Kreis verteilte sich in kleine Gruppen, jede der Gruppen für sich ziemlich lärmend.

»Es stimmt aber, Sam! Bist wirklich ein geiziger Kerl!«

»Aber wirklich... Kommt mit mir in meine Wohnung...!«

Die Menge wogte schwankend zur Tür. Mr. Bennett, Besitzer vom ›Berghaus‹, rieb sich die Hände im Hintergrund und sah zum erstenmal, seit diese Gemeinde in sein Haus eingedrungen war, wieder glücklich aus.

Die Wohnung von Sam Water lag über der Garage seines geduldigen Vaters. Hier gab Sam von Zeit zu Zeit Festlichkeiten. Es gab geheime Schränke, worin das scharfe Zeug aufbewahrt wurde, und eine eigenartige Sammlung von Gläsern.

Gegen Schluß des Nachmittags machte Sam einen Vorschlag.

»Zuhören, Kerls... hab' 'ne Idee. Ein alter ›Penner‹ hockt droben im Wald... netter Kerl... Mann von Welt. Wollen hingehen, ihm was zu saufen geben. Wetten, daß er so was seit Jahren nicht geschmeckt hat... Wir wollen alle Brüder sein, die die große freie Natur lieben... Wir wollen...«

Mrs. Elmer ging wiederholt ins Schlafzimmer. Den ganzen Tag hatte sie vergeblich versucht, in Oktober das Bewußtsein ihrer Verantwortung zu wecken.

»Du würdest einem Stein das Herz brechen«, sagte Mrs. Elmer bitter.

Sie war eine erschreckend dünne Frau mit einem Gesicht, das aus lauter Ecken bestand, und ihre Art war unveränderlich mürrisch.

»Wie kann ich denn für dich packen, Oktober? Ich weiß ja gar nicht, was du mitnehmen willst.«

Oktober legte ihr Buch nieder und sah die dünne Frau nachdenklich an.

»Irgend etwas. Was trägt denn überhaupt eine Braut?«

Es war das erstemal, daß sie auch nur einen Funken Interesse zeigte.

»Dein Blaues, das Seidene. Mr. Elmer war der Meinung, daß es, da die Hochzeit in aller Stille stattfinden soll, eine Geldverschwendung gewesen wäre, etwas Neues zu kaufen...«

»Großer Gott«, stöhnte Oktober, »wer will denn etwas Neues? Wie es Ihnen paßt, Mr. Elmer. Nur nicht zuviel mitnehmen, ich möchte nicht die Mühe des Auspackens haben.«

»Kannst du denn gar nichts tun?« fragte die gereizte Dame. »Erwartest du von mir, ich soll mir über deinen Koffer den Rücken zerbrechen?«

»Dann packen Sie nicht«, sagte Oktober und kehrte zu ihrem Buch zurück.

Sie nahm ihr Abendessen allein in ihrem Zimmer ein. Sie las, den Kopf auf eine Hand gestützt, als Mrs. Elmer in knisternder schwarzer Seide zu ihr hereinflatterte.

»Herr Pfarrer Stevens ist da«, flüsterte sie, als sei diese Nachricht zu heilig, laut ausgesprochen zu werden.

Oktober legte ihr Buch hin, wobei sie vorsichtig das Lesezeichen befestigte, schüttelte ihre Haare mit einer schnellen Bewegung zurück und stand auf.

»Was will er denn eigentlich?« fragte sie überraschenderweise.

Mrs. Elmer fiel nicht in Ohnmacht. »Du wirst doch getraut, nicht wahr?« fragte sie heftig.

»Ach so!«

Normalerweise war der Salon im Birkenhof ein kahles, freudloses Zimmer. Man hatte versucht, das Zimmer durch Blumen freundlicher zu gestalten. Mr. Elmer in seiner Sonntagskleidung und Pfarrer Stevens in Schwarz waren imposante Erscheinungen. Ebenso imposant wirkte Johnny Woodgers, der Gärtner, seine Frau und Arthur Fingel, der Kassierer der Bauernbank, mit Martha Dimmock, der Witwe, die als die beste Freundin von Mrs. Elmer galt. Oktober sah sich umsonst nach Sam um.

»Du hast das Blaue ja noch nicht angezogen!« flüsterte Mrs. Elmer. »Das Kleid da sieht viel zu heiter aus –«

»Ich fühle mich auch heiter«, sagte Oktober deutlich. Pfarrer Stevens flüsterte gerade mit Andrew Elmer, worauf Mr. Elmer das Zimmer verließ. Dies war die Gelegenheit, auf die Mr. Stevens gewartet hatte. Er durchquerte das Zimmer auf Zehenspitzen. Er benahm sich wie in Gegenwart eines soeben Verschiedenen.

»Sie sind im Begriff, ein neues Leben zu beginnen«, sagte er. »Ein Leben, das die Ausübung aller Tugenden erfordert –«

»Wo bleibt denn nur Sam?« fragte Oktober. »Ich möchte ihn mir noch einmal gründlich ansehen, bevor ich mich entschließe.«

»Er wird gleich hier sein.«

Pfarrer Stevens war verärgert. Das war die Wirkung, die Oktober stets auf ihn ausübte. Er selber hatte es auch nötig, seine ganze Tugend aufzuwenden, wenn er mit ihr zusammengebracht wurde. Zu sagen, daß er sie durchaus nicht mochte, ist weniger als die Wahrheit. Er freute sich nur auf den Tag, wo sie aus seinem Kreis verschwinden sollte, um in lutheranische Gewässer überzugehen.

»Sie stehen vor einer neuen –«

Der Klang von Stimmen drang leise von der Straße herein, aber es mußten sehr laute Stimmen sein, daß sie überhaupt so weit dringen konnten. Irgend jemand lachte blöd.

»– ein neues Leben, wie gesagt. Nur einen sicheren Führer gibt es, selbst für die kleinsten Fragen –«

Die Stimmen waren jetzt so laut, daß er innehielt. Die Tür wurde aufgerissen. Mr. Elmer trat rückwärts herein, erregt mit den Händen fuchtelnd. Ihm folgte, taumelnd, Mr. Water junior im Gehrock, mit einem sehr geröteten Gesicht, und schrie so laut er nur konnte.

Die kleine Gruppe, die ihm folgte, brach in das Zimmer ein. Sam Water sah sehr eigenartig aus. An seinem Spazierstock war eine Fahne befestigt, und diese schwenkte er heftig. Ohne Hut und mit den deutlichen Spuren eines Handgemenges an sich sah er nicht anders aus als seine Freunde.

»Hier ist er! Hurra! Schnell, los mit der Trauung! 'raus mit dir!« Dieses galt seinem tobenden Vater.

Dann rief er mit einem Triumphgeheul, wobei seine Begleiter getreulich den Chor bildeten: »Ich nehme dich beim Wort, November Jones, Dezember Jones, nehme dich beim Wort, November Jones, Dezember Jones! Du wirst was erleben!«

In diesem Augenblick erblickte Oktober den Strolch. Er wurde von eifrigen Händen vorgeschoben und stand schwankend vor ihr. Seine Augen waren glasig, seine Miene etwas verstört, und irgend jemand hatte seinen Rock so zerrissen, daß nur ein Ärmel übriggeblieben war.

»Verzeihung!« sagte er heiser.

Verzeihung? Sie sah ihn durchdringend an. Ein einziges Wort, aber es bestimmte ihre Handlungsweise. Bis zu diesem Augenblick hatte sie nur Wut und Verachtung empfunden.

Mr. Elmer fand die Sprache wieder.

»Was zum Teufel soll das alles bedeuten?« schrie er. »Was habt ihr denn vor? 'raus mit euch, ihr Trunkenbolde! 'raus mit euch!«

»Vorhaben?« Sam schritt herausfordernd auf ihn zu. »Sie hat gesagt, daß sie lieber einen Strolch heiraten würde – Wort halten! Das ist es. Hier ist der Strolch. Ihn heiraten... Das ist es!«

In das Gesicht Oktober Jones' trat ein Ausdruck, den keiner, der ihn sah, hätte beschreiben können.

»Ich werde ihn heiraten!«

Robin, der Strolch, sah sie mit weit aufgerissenen Augen an.

»Er ist ja betrunken!« sprach eine Stimme aus dem Hintergrund, worauf Gelächter ausbrach. »Wollte nicht trinken, da haben wir uns auf ihn gesetzt und es ihm hineingegossen.«

»Hineingegossen! Hineingegossen!« brüllte der Chor, mit den Füßen dabei den Takt stampfend. »Er wollte nicht trinken, da gossen wir es ihm ein, gossen wir es ein...«

Die Stimmen verloren sich. Erst die eine, dann die andere. Sam blieb als Solist stehen, und schließlich schwieg auch er.

Oktober blickte durchdringend in das Gesicht des betäubten Strolches. Der Zerlumpte, Zerfetzte schüttelte in hilfloser Abwehr den Kopf. Sein Blick irrte von dem Mädchen zur Lampe hinüber... Er hob tadelnd den Finger, dann kehrten seine Augen zu dem Mädchen zurück.

»Tausendmal um Verzeihung!« murmelte er. »Verfluchte Kameen!«

Es war ihr, als habe er allein von der ganzen starrenden Gesellschaft eine blasse Ahnung von ihrer Demütigung. Er schüttelte seinen Kopf und runzelte die Brauen. Sie begriff den Kampf zwischen seiner Willenskraft und dem Gift, das seine Sinne verwirrte. Er bemühte sich, den Nebel, der wie ein schwarzes Tuch seine Sinne umhüllte, zu zerreißen... vergeblich. Was seinen seltsamen Ausspruch betreffs Kameen anbelangte – so drang dieser in dem Augenblick gar nicht zu ihrem Bewußtsein.

»Ich werde ihn heiraten!«

Elmers Lippen arbeiteten erschreckend schnell. Mr. Water schluchzte erschüttert.

»Das kannst du doch nicht... Du heiratest Sam –«

»Diesen Schwächling!«

Hierbei kicherte Sam, wollte auf sie zuschreiten, stolperte über den Teppich, fiel auf alle viere nieder, versuchte sich zu erheben und fiel wieder hin.

»Ihr müßt mich doch heute absolut verheiraten – ich nehme den Strolch!«

Mrs. Elmer rang die Hände.

»Du weißt nicht, was du sagst«, keuchte sie. »Das kannst du doch nicht tun, Oktober!«

»Kann ich das nicht?« Die Augen des Mädchens ruhten auf

Pfarrer Stevens. »Ein Mann ist doch vor Gott so gut wie der andere, nicht wahr?«

Sie wandte sich Robin zu. Er beobachtete sie mit starrem Blick.

»So was kann doch nicht sein«, sagte er ernst.

»Wie ist Ihr Name?«

»Robin – Robin Leslie.«

»Robin Leslie – das genügt.«

Sie nahm seine schmutzige Hand in die ihre. In diesem Augenblick war sie von reiner Begeisterung erfüllt, ihre Augen leuchteten.

Pfarrer Stevens spielte mit seinem Gebetbuch und blickte über seine Brille zu Mr. Elmer hinüber. Andrew biß sich die Nägel. Sein Blick wanderte von der Uhr zu der schlappen Gestalt, die auf dem Boden lag. Sam war eingeschlafen.

Andrews Stimme zitterte. »Tu, was du willst, du bist verrückt, Oktober, einfach verrückt –«

Sie hielt noch immer die Pfote des Strolchs in ihrer Hand.

»Ich heiße Oktober Jones, er heißt Robert Leslie – trauen Sie uns.«

Pfarrer Stevens öffnete das Buch und stotterte die Worte der Zeremonie. Vom Teppich her ertönte wie ein begleitendes Trommeln das Schnarchen Sams.

»Ring?«

Sie beugte sich nieder und durchsuchte die Westentaschen des Jünglings.

»Hier ist er.«

Und so wurde sie Mrs. Robin Leslie.

Mrs. Elmer, die Hand über dem Mund, beobachtete sie wie in Trance. Andrew redete wild drauflos, gab aber keinen Laut von sich. Was Robin, den Strolch, anlangte...

»Verzeihung«, sagte er wieder.

Die Menge am anderen Ende des Zimmers stand mit offenem Munde da, als das Brautpaar zur Türe ging.

»Wo gehst du denn hin?« fragte der alte Water heiser.

»Ich gehe mit meinem Mann.«

Sie verschwanden in die schwarze Nacht hinein, und es dauerte geraume Zeit, bis jemand sprach oder sich rührte, und dann stürzte Mrs. Elmer mit einem Schrei zur Tür.

»Oktober! Oktober!«

Es kam keine Antwort außer dem Rascheln der Blätter und dem tiefen Grollen eines heraufziehenden Gewitters.

4

Als Oktober auf die Veranda trat, hörte sie das Donnergrollen. Über der Brüstung hing der alte Mantel, auf dem sie zu liegen pflegte, wenn sie der Schatten der Apfelbäume hinauslockte. Mechanisch ergriff sie ihn.

Robin schritt vor ihr her. Sie sah den weißschimmernden Ärmel seines zerlumpten Hemdes und machte schnellere Schritte, um ihn einzuholen.

»Wo führt die hin?« Er deutete mit zitternden Händen auf die Straße.

»Das ist die Landstraße – sie führt zur Wegkreuzung!«

Er rieb sich die Stirn. »Gibt es einen anderen Weg – quer durch die Felder?«

Sie überlegte. »Sie wünschen nicht durch die Stadt zu gehen? Mich stört das nicht im geringsten.«

»Aber mich... bin ziemlich beschwipst... betrunken. Dieses Lumpenpack! Ich war nicht auf sie gefaßt.«

Er stand unsicher da. Vor ihnen lag das Tor und die Straße. Von hinten hörten sie jemand ihren Namen rufen.

»Hierher!«

Sie faßte ihn am ärmellosen Rock und schleppte ihn zu den Himbeersträuchern, einen Weg entlang, der selbst bei Tageslicht kaum sichtbar war. Einmal flüsterte er und bat um Entschuldigung. Sie sah, daß er tatsächlich beschwipst... betrunken war. Der Weg führte sie durch Wiesen, an Bäumen vorbei und ließ sie zeitweise ein fernes Licht zwischen den Apfelbäumen erblikken. Nach einer Weile hatten sie den Obstgarten durchquert und gingen über eine unebene Strecke Feldes, wo gewöhnlich Mr. Elmers Kühe weideten. Ein großer Stall stand da, dessen Masse sich schwarz gegen den Himmel abhob. Weiterhin wurde der Weg schwierig. Zunächst kam noch ein Teich, an dem die Kühe zu saufen pflegten, und dann nur ödes Land, auf dem nichts wuchs und nichts gedieh.

»Irgendwo gibt's Sturm«, sagte Robin. Oktober hatte den Blitz schon bemerkt. »Im Tal des St. Lawrence Flusses.«

Sie blieben plötzlich stehen.

»Was sind Sie – ich meine, welche Nation? Amerikaner sind Sie nicht.«

»Engländer.« Nur hier und da war seine Stimme verschleiert.

Sie holte tief Atem. »Dann bin ich jetzt auch britisch.«

Sie konnte sein Gesicht nicht sehen, aber seine Ausdruckslosigkeit war seinem Tonfall und seinen Bewegungen zu entnehmen.

»Wirklich? Sind Sie das? Das ist fein.«

Sie biß sich auf die Lippen.

»Ich bin Amerikanerin – nichts kann je aus mir etwas anderes als eine Amerikanerin machen.«

»Oh...« Er dachte angestrengt nach. »Eben sagten Sie, Sie seien jetzt britisch – ich kann Menschen nicht ausstehen, die nicht wissen, was sie wollen. Wo gehen wir denn hin?«

»Das möchte ich auch wissen. Wo wollen Sie denn hin?«

»Nach Prescott.«

Sie schnappte nach Luft. »Nach Kanada?«

Er nickte. Das mußte sie aber erraten.

»Wo führt uns das hin – wo wir jetzt gehen, will ich sagen?«

Sie sagte ihm, daß ein Weg vor ihnen lag, der zur Hauptstraße westlich von Littleberg führte.

»Ist da ein kleiner Wald – da geht der Weg quer durch?« fragte er eifrig. Überrascht gab sie zu, daß dies der Fall sei. Sie waren an das Gitter gekommen, das die Grenze des Birkenhofes bezeichnete, als er plötzlich zischte: »Nicht sprechen – niederknien!«

Sie gehorchte und hörte, wie jemand sprach. Nach einer Weile sah sie das Aufflackern eines Streichholzes.

»Flach hinlegen!« Er ging ihr mit diesem Beispiel voran – und streckte sich glatt, mit dem Gesicht nach unten, ins feuchte Gras. Sie fiel neben ihm nieder, ihr Herz pochte wild.

Sie sagte sich, daß sie keine Ursache zu dieser wilden Aufregung habe, und doch spürte sie, daß Anlaß dazu vorhanden war. Gefahr lag in der Luft. Eine Ahnung dieser Gefahr ließ die kleinen Härchen an ihrem Nacken sich sträuben. Sie ertappte sich dabei, wütend auf den Weg zu blicken, und spürte, daß sie die Männer, die so sorglos auf sie zukamen, haßte. Näher und näher kamen sie. Der eine blieb stehen, um noch ein Streichholz anzuzünden. Sie waren keine zehn Meter von der Stelle entfernt, wo die beiden lagen. Sie sah einen Augenblick lang ein breites, dickes Gesicht und bemerkte in dem Aufflammen des Streichholzes einen roten Bart.

»Du hältst es anscheinend für angebracht, dich hier mit einem Brillantfeuerwerk in Szene zu setzen«, sagte ›Rotbart‹ tadelnd. »Wir hätten auch mit der Dorfkapelle herauskommen können.«

»Hm«, grunzte der andere. »Was schadet das denn? Er ist doch nicht hier...«

»Ich sag' dir, ich hab' ihn mit 'nem Schwarm junger Leute gesehen, alle besoffen. Wärest du in der Nähe gewesen, hätte ich ihn gehabt...«

»Mußte doch zum Bahnhof... der Schnüffler...«

Die Stimmen wurden undeutlich und schließlich zu einem Gemurmel. Dann kam ein Donnerschlag, und danach war alles still.

»Suchen Sie dich?« flüsterte sie.

»Ja.«

Seine Stimme klang sicher, er schien wieder nüchtern zu werden. Als er sich erhob, blitzte es verschiedentlich am westlichen Himmel, und sie konnte das schwache Glänzen eines Gegenstandes in seiner Hand wahrnehmen. Nüchtern wäre er wohl imstande gewesen, jeder Gefahr zu begegnen, aber jetzt schwankte er noch beim Gehen.

»Komm mit deinem Fuß ja nicht an den Holzzaun«, flüsterte er. »Das hallt mächtig weit. Gibt es hier ein Gatter?«

»Etwas weiter, ja...«

»Nieder!«

Er hatte den schwachen Schein einer brennenden Zigarette erspäht, die Männer waren im Begriff, zurückzukommen. Diesmal hatte das sich versteckende Paar einen Vorteil. Ein kleiner Erdhügel lief parallel mit dem Zaun. Hinter diesem waren sie sicher geborgen.

Die beiden Spaziergänger blieben ihnen gegenüber stehen. Anscheinend setzte sich einer sogar auf den Holzzaun, denn sie hörten, wie seine Schuhe gegen die Latten klapperten.

»... im Wald auf der anderen Seite der Stadt, möchte ich wetten. Wir hätten den Wald durchkämmen sollen, Lenny. Wenn ich kein Trottel gewesen wäre, hätt' ich ihn in Schenectady gefaßt.«

Eine Pause.

»Die Kanone hat er erwischt«, sagte die andere Stimme.

»Zum Kuckuck! Glaub' ich nicht. Das schwindelt die Zeitung einfach. Man bricht doch nicht in eine Bank ein, um eine Pistole zu mopsen... Na, vielleicht war's auch gar keine Bank, aber das Büro eines Buchhalters in einer Fabrik ist doch ebensogut wie eine Bank.«

»In der Zeitung...«

»Zeitung!« Er fügte noch eine Bemerkung, die an den Himmel gerichtet war, hinzu.

Wieder Schweigen. Der Duft einer Zigarre wehte herüber.

»Hör mal... Was hat denn der Gustl gegen ihn?«

›Rotbart‹ – sie konnten schon die beiden Stimmen voneinander unterscheiden – lachte auf.

»Hör mal, Lenny, wenn wir diesen Vogel fangen, sind wir doch Gustl allerhand voraus, nicht? So komm doch schon...«

Der Klang ihrer Schritte entfernte sich. Robin hob den Kopf und machte eine Bemerkung.

»Gustl!« murmelte er. »Das ist ja zum Schießen!«

Zehn Minuten vergingen, bevor er aufstand und ihr beim Aufstehen behilflich war.

»Wo ist das Gatter?«

Sie ging einige Schritte vor ihm her. Er mußte bemerkt haben, daß der Mantel, den sie trug, auf der Erde schleifte und nahm ihn ihr ab.

Das Gatter wurde gefunden und stand halb offen. Sie gingen über die Landstraße, die zwar uneben war, aber doch weitaus leichter zu beschreiten als das Feld. Es war schwer von Tau gewesen – sie fühlte, wie ihr Kleid durchnäßt war.

»Es gibt ein Haus in diesem Wald – dort spukt es. Hast du Angst?«

»Das Haus des Schweden«, sagte sie.

»Stimmt. Hat sich erhängt, nicht wahr? ›Penner‹ gehen nie dorthin, schlafen lieber im Regen. Soll Unheil bringen. Schrecklich abergläubische Leute – Strolche. Gehe ich zu schnell?«

»Nein.« Hundert Meter weiter sagte sie: »Jetzt bist du nicht mehr betrunken.«

Er wandte ihr den Kopf zu. »Doch, schrecklich betrunken! Ich denke immerzu, du seist... jemand anders und meine Beine sind ganz wackelig. Ich habe vorige Nacht nicht geschlafen. Bin die Nacht vorher mit dem Frachtzug durchgefahren, aber der Bremser hat mich gefunden und 'runtergeschmissen... Heute nacht könnte ich im Stehen schlafen. Aber betrunken bin ich doch.«

Der Weg begann zu steigen. Sie war ihn schon so oft gegangen, daß sie ihn mit geschlossenen Augen gefunden hätte. Lärchen wurden auf der einen Seite sichtbar; der Weg wurde zum schmalen Pfad. Sie gingen vollständig im Dunkeln; das ferne Wetterleuchten kam ihnen zu Hilfe.

»Irgendwo links ist es.«

Sie gingen jetzt langsamer und suchten den Pfad zum Haus des Schweden.

Ein Blitz am Horizont, und sie sahen zwei Steinstufen; ein schmaler Weg führte von ihnen anscheinend zur Hütte.

Oben auf den breiten Stufen blieb Robin schwankend stehen. Sie glaubte, ihm sei schwindlig, aber als sie ihre Hand ausstreckte, um ihn zu stützen, machte er sich sanft von ihr frei. Dann bemerkte auch sie den roten Schimmer von einem Feuer. Es mußte auf der anderen Seite der Stelle sein, wo sie von dem Fußpfad abgebogen waren.

»Dableiben«, sagte er heiser und ging die Stufen hinunter.

Sich verstohlen vorwärts arbeitend, kam er Meter um Meter dem Feuer näher. Kein Laut erreichte das wartende Mädchen. Von Baum zu Baum schlich er sich bis zu einer Stelle, wo er die Lagernden sehen konnte.

Es waren deren zwei, der eine unwahrscheinlich lang, wodurch der andere wie ein Zwerg erschien – obgleich dieser kaum kleiner als ein Durchschnittsmensch war, so dachte und sprach Robin doch von ihm nur als von ›dem kleinen Mann‹.

Beide Strolche waren so schmierig und in ihrer Kleidung derart verkommen, daß der Sack, der von den Schultern des Großen hing, noch erstaunlich elegant wirkte. Er hatte eine schmale, fliehende Stirn, eine große Kartoffelnase und ein riesiges, bärtiges Kinn, die Augen waren so klein, so dunkel und so nahe zusammenstehend wie bei einem Affen. Sein Begleiter war ein alter Mann. Die Lumpen, die er trug, waren unbeschreiblich schmutzig, sein Gesicht hatte wochenlang weder Seife noch Wasser gesehen, der weiße Bart kontrastierte mit dem kahlen Kopf. So saß er da und stierte in das Feuer.

»Komm nur ’ran, ›Penner‹, grunzte der Große.

Er hatte den Heranschleichenden gesehen, obwohl er anscheinend nicht die Augen von dem Brot, das er im Begriff war zu schneiden, gehoben hatte.

Der Strolch Robin taumelte vorwärts.

»N’ Abend«, knurrte ihn der Große an, »setz dich nur. Sind sie dir auf den Fersen? Mich hat einer beinahe geschnappt, aber ich alter Fuchs bin ihm doch entwischt.«

Robin entnahm dieser Erzählung, daß sie durch einen Bahnpolizeibeamten vom fahrenden Zug hinuntergeworfen worden waren.

»Willst du nach Ogdens?« fragte der kleine Alte eifrig. »Wir schnappen heute den Expreß.«

»Gibt keinen Expreß, du alter Trottel.« »Ich sag’s dir ja. Wie steht’s in dieser Stadt mit milden Gaben? Die Straße hier ist schlimmer als der Weg zur Hölle.«

»Hab’ die Straße noch nicht versucht.«

Der große Mann öffnete die Augen. Die Aussprache klang fremd, wenn auch nicht unbekannt.

»Engländer! Das ist aber komisch.« Und er blickte den Fremden sehr genau an. »Bist ja besoffen! He, ›Kahlköpfchen‹, der Vogel ist besoffen!« Ein neues Interesse blitzte in den kleinen Augen auf.

»Setz dich, Freund – du scheinst ja ein fröhlicher Bruder zu sein!«

»Verzeihung« – die Stimme des kleinen Alten wurde plötzlich vornehm –, »sind Sie in Ogdens bekannt? Es wird Sie interessieren zu erfahren, daß –«

»Maul halten!«

Das Gesicht des großen Strolchs verzerrte sich, seine Hand fuhr empor, und der Kleine schrumpfte zusammen, ein Ausdruck der Angst trat in sein Gesicht.

»Sieht immerzu Gespenster...«, sagte der Große, »wurde beinahe von der Polente in Troy geschnappt, gar nicht auszudenken! Läuft in die Eisenbahndepots, kriegt ›Erscheinungen‹ und schreit im Traum ›Julia‹.«

›Kahlköpfchen‹ zitterte wie ein nasser Hund, aber bei diesen Worten schien er wieder Mut zu fassen.

»Das Wort bitte nicht aussprechen, oh... Hör mal! Hat mich schlecht behandelt – sie war gemein, ja, aber es ist mir doch lieber, du sagst das nicht!«

»Julia«, wiederholte der Große spöttisch.

Die große Hand schoß vor, faßte den Kragen seines Begleiters und schüttelte ihn wild. Robin schaute zu und sagte nichts, bis die Bestie den alten Kerl von sich fortschleuderte und zu dem Zuschauer hinaufgrinste.

»Hinsetzen! Was hast du denn, Freund? Nu los? Hinsetzen. Kommst du mit uns? In Ogdens ist gut Klinkenputzen. Hab' mal zwei Engländer gekannt – na, so setz dich doch nieder!«

»Ich bleib lieber stehen«, sagte Robin ruhig.

»Angst, daß ich dir die Taschen ausräume? Allmächtiger Gott, du hast ja keine drei Cent in der Tasche.«

»Kann sein, kann auch nicht sein.«

Er wandte sich zum Gehen. Zurückspähend sah er, wie der Große nach einem Stein griff. Da drehte er sich schnell um.

»Hab' 'ne Kanone einstecken«, sagte er bedeutungsvoll.

Er sah, daß der Mann ihm glaubte, denn er zwang sich zum Lachen.

»Setzt lebenslänglich«, sagte er ironisch. »Blödsinnig, 'ne Kanone 'rumzuschleppen.«

Er stand auf, trat das Feuer tot, sammelte die Reste des Festmahls und rollte sie in eine alte Zeitung.

»Komm, los, ›Kahlköpfchen‹ – dieser fröhliche Bruder glaubt, ich will ihm die Taschen ausräumen! Willst den Frachter noch erwischen?«

Robin schüttelte den Kopf.

»Hm! Hab' mir gedacht, du wolltest. Hast wohl in deinem Leben noch nie auf 'nem Waggon gelegen. Los mit dir, komm!«

›Kahlköpfchen‹ stand langsam auf, sammelte sein Eigentum zusammen und ging schlotternd seinem Herrn nach.

Bald waren sie außer Sicht, und Robin kehrte, nachdem er die letzte Glut zerstampft hatte, zu dem Mädchen zurück.

»Wer war denn das?« fragte sie. Sie hatte die beiden vorbeigehen sehen.

»Strolche. Wo ist das Haus?«

Sie deutete darauf – er hatte wenigstens das Gefühl, daß sie hindeutete. Der Sturm kam immer näher. Der Himmel wurde von Blitzen erhellt. Er sah eine niedrige Hütte, eine Jalousie, die noch an einem Scharnier hing, und einen kleinen Dachvorsprung, der nur mehr auf einem Pfosten stand.

»Endlich daheim«, sagte Robin großartig.

Die Tür war fest geschlossen, aber durch das Fenster konnte er hineinschlüpfen.

Nach einer Weile hörte sie seine Tritte im Gang und das Quietschen der Türklinke. Es dauerte eine Weile, bis sich die Tür öffnen ließ, und dann gab sie gerade so weit nach, daß sie durchschlüpfen konnte.

»Scharniere kaputt«, sagte er kurz.

Er schob die Tür wieder fest zu, dann zündete er ein Streichholz an und damit ein Stückchen Kerze, das er aus der Innentasche seines Rockes hervorholte. Überall im Gang lag Unrat, tote Blätter waren hereingeweht, Lumpenstücke waren unter Haufen von Staub sichtbar. Oben über dem Gang lief ein Balken, und in dieses Holz war ein großer Haken eingeschraubt. Der vergessene Schwede, dessen einziges Denkmal dieses verfallene Haus war, hatte sich wohl daran erhängt.

»Ach!«

Er sah sie ernst an. »Du bist doch nicht erschrocken?« Seine Augen ruhten auf dem Haken. »Das war's nicht. Dort hatte er seinen Schinken aufgehängt. Er hat es im Wald getan, an einem Baum oder sonstwo, so sagt man wenigstens. Hat eine Frau verloren und ist wahnsinnig geworden – lange, bevor du auf der Welt warst, sagt man wenigstens.«

»Wer sagt das?« fragte sie ungeduldig.

Er deutete etwas unbestimmt mit dem Kopf in der Richtung von Littleberg, in Wirklichkeit wollte er eine verstreute Gemeinde andeuten.

»Strolche tauschen solche Erzählungen untereinander aus. Ich habe sie nicht alle verstanden – sie haben so ihre eigene Sprache. Willst du bitte das Licht halten.«

Oktober nahm die Kerze aus seiner Hand, und er taumelte in das Zimmer hinein, dessen Tür auf den Gang führte. Er kam sehr bald wieder und trug eine völlig staubige und zerfetzte Wolldecke.

»Ein Eisenbett ist da – die Sprungfedern scheinen in Ordnung zu sein. Etwas verrostet, glaube ich – aber sie federn. Wir müssen es wohl riskieren, Licht zu machen.«

Das Bett war eine traurig aussehende Angelegenheit, aber, wie er gesagt hatte, die Sprungfedern waren intakt. Er schüttelte die Wolldecke aus und faltete sie zu einem Kissen zusammen.

»Ziemlich warm«, sagte er schläfrig, »aber du deckst dich doch besser mit deinem Mantel zu.«

Sie setzte sich auf das Bett und sah ihn an. Möglicherweise hatte er einmal gut ausgesehen. Aber das stopplige Gesicht, das verletzte Auge, die geschwollene Röte auf der einen Backe... Oktober schüttelte den Kopf.

»Was ist denn los mit deinem Gesicht?« fragte sie.

Ihre Frage schien ihn zu wundern.

»Im allgemeinen oder im besonderen?« fragte er und berührte die geschwollene Backe. »Das hier? Giftsumach. Wäre was für die Inquisition gewesen. – Jetzt sollst du schlafen.«

Sie warf ihre Schuhe ab, legte sich hin und zog ihren Mantel über sich. Die Matratze war teilweise weich, aber sie bestand aus kleinen Stahlringen. Ihr Kleid war dünn – am Morgen würde sie tätowiert sein! Er hatte sich in eine Ecke des Raumes gesetzt und die Kerze ausgeblasen. Nach einer Weile hörte sie ihn tief atmen. Einmal schnarchte er.

Durch das unverhängte Fenster konnte sie in regelmäßigen Abständen den Himmel rot und blau aufleuchten sehen. Bei jedem Donnerschlag erzitterte das Haus – und dann prasselte ein Regen nieder. Er trommelte gegen das Dach, schlug gegen das zerbrochene Fenster... Tropf... tropf... tropf...! Irgendwo war das Dach undicht. Das Tropfen des Wassers klang ganz in ihrer Nähe. Zwischen dem Donnergrollen hörte sie Robin atmen... Sie fing gerade an zu dösen, als er im Schlaf sprach.

»Blöder Idiot«, murmelte er. »Blöder Idiot!«

Sie konnte nicht feststellen, ob er von sich selber sprach oder zu jemandem, der in sein Leben, das ihr verhüllt war, gehörte – oder ob er von ihr sprach!

Sie fiel in einen traumlosen Schlaf – und erwachte langsam mit dem Bewußtsein, daß jemand ihre Hand hielt. Eine stopplige Wange war ganz dicht bei der ihren. Sie wollte gerade schreien, aber eine feste Hand schloß ihr den Mund.

5

Die Hochzeitsgesellschaft war auf vier Personen zusammengeschmolzen. Pfarrer Stevens war gleich nach den Gästen – erwünschten wie unerwünschten – gegangen. Seine Verantwortung war schwer gewesen, dies fühlte er und sagte es auch. Vielleicht würde er am Morgen schon im Mittelpunkt einer Kontroverse stehen mit Legionen, die seine Partei ergriffen, und Armeen, die gegen ihn waren. Durfte er nicht erwarten, in jeder Zeitung Bilder von sich zu sehen mit gewichtigen Schlagzeilen?

Jedenfalls wollte er für den nächsten Morgen, falls die Reporter zu ihm kämen, zwölf Fotografien von sich für ihre Berichte bereithalten. Er liebte diese Aufnahmen, die aus den frühen Tagen seiner Amtswürde stammten. Am besten gefiel ihm eine Profilaufnahme, denn er hatte ein auffallend schönes Profil. Er dachte wohl über Oktober nach, als er nach Hause eilte, aber Phantasie war nicht seine Stärke. Sie hatte eine Dummheit begangen – wahrscheinlich war sie schon längst von ihrem Strolchgemahl weggelaufen. Er war wirklich der Meinung, daß er noch vor dem nächsten Morgen erfahren würde, sie sei in den Birkenhof zurückgekehrt. Als er sich ins Bett legte, nahm er an, sie sei wohl schon zu Hause.

Andrew Elmer saß starr neben dem Tisch, der als Altar gedient hatte. Mrs. Elmer weinte, mehr vor Wut als Trauer, während sie sich in ihrem Schaukelstuhl wiegte. Mr. Lee Water saß auf dem Diwan, einen Arm um Sam gelegt, der verweint und einer Übelkeit nahe war.

»Niemand kann mir die Schuld geben«, sagte Mr. Elmer unzusammenhängend. »Verrückte, kleine Katze! Gymnasium und Universität... Ideen...«

Mr. Water sah ihn bösartig an. »Wird fein in den Zeitungen ausschaun, was? Mein Junge kriegt wegen eines schmutzigen alten Strolches den Laufpaß! Wie?«

Das hatte er in den letzten zehn Minuten so oft gesagt, daß Andrew Elmer es kaum noch hörte.

»Sie hat keine Kleider, nichts!« wimmerte Mrs. Elmer. »Was werden die Leute sagen...«

Andrews Oberlippe ging mit erschreckender Eile auf und nieder.

»Sie hat es aus Bosheit getan –«, fing er an.

Der Gärtner erschien in der Tür.

»Ein Mensch ist da und will Sie sprechen, Mr. Elmer. Meiner Meinung nach Engländer... Hab' die Hälfte von dem, was er gesagt hat, nicht verstanden.«

Mr. Elmer blinzelte ihn an. Er warf seiner Frau einen Blick zu. Mrs. Elmer trocknete ihre Augen und ging hinaus. Sam war nicht in einem Zustand, der ihm erlaubt hätte, fortzugehen. In Lee Waters Augen lag eine Herausforderung. Er wenigstens hatte nichts, worüber er sich zu schämen brauchte; schon war Sam für ihn das Opfer eines dunklen Komplotts geworden.

Sicher hatte ihn dieser entsetzliche Mann mit dem blauen Auge und dem geschwollenen Gesicht vergiftet oder hypnotisiert oder irgend etwas, was nichts mit Whisky zu tun hatte. In diesem

Zustand der Bewußtlosigkeit hatte man den armen Jungen seiner künftigen Frau beraubt. Sam fiel immer mehr in sich zusammen und gab unharmonische Laute von sich. Mr. Elmer bekam Angst.

»Kannst du ihn nicht in die Küche bringen, Lee?« fragte er bittend. »Mrs. Elmer hält sehr auf Reinlichkeit –«

»Er singt ja nur.« Mr. Waters Stimme klang gereizt. »Es steckt eine ganze Menge hinter dieser Geschichte. Ich werde sie aufklären, und wenn es mich tausend Dollar kostet!«

Der Gärtner spielte mit seinen Fingern zwischen dem verhaßten, feierlich steifen Kragen und seinem dürren Hals – eine Geste der Ungeduld. Eine kleine Gruppe erregter Menschen stand auf der hinteren Veranda. Sie sprachen alle gleichzeitig.

»Mr. Elmer, der Mensch da«, sagte er, »wollte Sie sprechen.« Hinter ihm erschien eine hohe Gestalt in einem langen Staubmantel. Der Mann trug ein Monokel und braune Handschuhe. Mr. Elmer bemerkte auch die beigefarbenen Gamaschen über seinen glänzenden Schuhen.

»Bedaure, Sie zu belästigen, – äh –« Der Mann sah gut aus, hatte einen wachsbleichen Teint, einen kleinen, braunen, seidigen Schnurrbart und ein beständiges Lächeln. Seine Stimme war weich und wohlklingend.

»Ich habe draußen ein Durcheinander vernommen, konnte aber nicht verstehen, was die Leute sagten. Irgendwas von einem Strolch... Ich hoffe, Sie werden mir verzeihen, wenn ich hier hereinplatze!«

Er sagte ›hereinplatze‹, als geniere er sich etwas dabei, oder wie ein Engländer, der eine fremde Sprache spricht.

»Hm, hm. Stimmt. Ein betrunkener Strolch war da... stimmt schon.«

Mr. Elmer sah sich plötzlich genötigt, seinen Eindruck des Geschehenen in Worte zu bringen. Es mußte ja doch früher oder später in Worte gekleidet werden. Binnen zwei oder drei Tagen würde er vor der Farmerversammlung stehen – er schauderte bei dem Gedanken.

Die Anwesenheit von Mr. Lee Water und der Zustand des Erben des Waterschen Vermögens beeinflußten Färbung und Gestaltung seiner Erzählung. Es kam Mr. Elmer gar nicht in den Sinn, den Engländer als neugierigen Eindringling zu betrachten oder ihn zu fragen, was zum Kuckuck ihn die Sache anginge. Für ihn bedeutete dieser Fremde die Welt. In seiner Person vereinigte er symbolisch die Millionen, die am nächsten Tage am Frühstückstisch sitzen würden, ihre Zeitungen lesen und sagen: »Komische Geschichte da in Littleberg – ein Strolch hat eine Studentin geheiratet...«

Außerdem war er der Vorbote einer Horde von Reportern.

»Meine Nichte – nun ja, ihre Mutter war eine Art Schwägerin... Diese junge Dame – sie heißt Oktober Jones – hat sehr komische Ansichten über – na, über alles...«

»Wie seltsam!« murmelte der Fremde. Es war nur Höflichkeit, aber er gab Mr. Elmer die Richtlinie, die er suchte.

»Ganz richtig... seltsam... Sie haben's gesagt! Nun, diese junge Dame war im Begriff zu heiraten. Alles war in Ordnung. Pfarrer Stevens war da, kurzum, alles in Ordnung!« Er deutete auf den festlich geschmückten Raum. Der Engländer im Staubmantel betrachtete ernst die Blumen.

»Und dann dieser Strolch... Er ist einfach hereingekommen. War plötzlich gerade da, wo Sie stehen.«

»Und Sam war vergiftet. Daran besteht kein Zweifel.« Mr. Water beteiligte sich plötzlich mit lauter Stimme an der Unterhaltung. »Auf alle Fälle hat dieser Lump ihn in diesen Zustand gebracht. Vielleicht hat er ihm etwas zu riechen gegeben. Jedenfalls ist er jetzt bewußtlos.«

Andrew nickte.

»Ungefähr so ist es«, sagte er; »und Oktober war verrückt. Sie sagte: ›Ich werde ihn heiraten.‹ Ich war einfach sprachlos. Ich stand hier oder vielleicht dort«, er deutete mit größter Genauigkeit auf die zu wählenden Stellen. »Ich war einfach nicht imstande zu schreien.«

»Vergiftet«, murmelte Mr. Water hilfsbereit.

Andrew überlegte diese Erklärung und entschied sich, wenn auch mit Bedauern, sie abzulehnen.

»Paralysiert«, korrigierte er. »Ich konnte meinen Augen kaum glauben!«

Der Fremde starrte ihn an. Sein Lächeln war so jäh erloschen, wie Mr. Elmer es noch nie gesehen hatte.

»Geheiratet?« fragte der Fremde scharf. »Wer hat geheiratet?«

Mr. Elmer stöhnte über die Dummheit des Mannes.

»Oktober... Ihre verrückte Idee... Sie holte den Ring einfach aus Sams Tasche, hat sich ohne weiteres gebückt und den Ring genommen. ›Hier ist er – hier ist der Ring‹, sagte sie. ›Wie ist Ihr Name?‹ und dieser ›Penner‹ antwortete... Was hat er denn gesagt, Lee?«

Mr. Water hatte es vergessen. Es war ihm auch ganz unwichtig.

»Ich verstehe nicht... Dieses Mädchen – Oktober hieß sie, sagen Sie? – wollte einen Strolch heiraten?«

»Er war zudem betrunken«, sagte Mr. Water in einem Ton, als sei das die Erklärung für das sonderbare Benehmen Oktobers.

»Sie wollte – und sie hat es auch getan«, sagte Mr. Elmer.

Der Mund des Fremden öffnete sich, sein Monokel fiel herunter.

»Verheiratet! Doch nicht wirklich verheiratet?«

Die Herren Elmer und Water nickten, Sam nickte ungewollt.

»Großer Gott!«

Andrew Elmer fiel das Herz in die Hosen. Wenn diese einfache Berichterstattung auf einen Fremden eine solche Wirkung hatte, und noch dazu auf einen Fremden, der augenscheinlich wenig empfindlich war, was für ein Aufsehen würde sie dann erst bei der Allgemeinheit erregen!

»Ich muß Ihnen gleich mitteilen, daß Oktober eigenartig ist... sie ist verrückt. Weiter nichts. Sie würde in einen Brunnen hineinspringen. Jawohl! Das hat sie selbst gesagt! ›Rührt mich nicht an, sonst springe ich einfach hinein‹, sagte sie. Jawohl!«

»Heute nacht? Ist sie tatsächlich in den Brunnen gesprungen?«

»Nein, Sir. Ich spreche vom vorigen Herbst –«

»Sie hat einen Strolch geheiratet – tatsächlich geheiratet?« und dann, als die beiden ernst nickten, »mein Gott!« und bevor Mr. Elmer sprechen konnte: »Wo ist er denn?«

»Oktober«, setzte Mr. Elmer an.

»Lassen Sie doch Oktober!« Der Fremde lächelte wieder, aber mißmutig, »die wird wahrscheinlich hier sein. Wo ist der Strolch?«

Lee Water deutete dramatisch auf die Tür. »Dort sind sie hinausgegangen, alle beide.«

Der Mann im Staubmantel wandte den Kopf.

»Alle beide?« wiederholte er mit plötzlicher Lebhaftigkeit. »Wie lange ist das her? In welcher Richtung sind sie gegangen?«

Mr. Elmer zog seine große Taschenuhr heraus.

»Vor ungefähr einer halben Stunde«, sagte er. »Vor ungefähr einer halben Stunde, dort hinaus.«

Die Tür wurde zum Ausgangspunkt, die schwarze Nacht zum Ziel. Der Fremde schritt aus dem Haus. An der Gartenpforte standen vier Männer und sprachen miteinander.

»... hör mal – der Kerl war zu besoffen, wußte ja nicht, was er tat. Sam und Ed haben ihn im Walde erwischt, Pete hat ihm ein Bein gestellt und ihn auf den Boden geworfen. – ›Du Teufelskerl, saufen mußt du...!‹«

Der Staubmantel schritt an ihnen vorbei, und die Sprechenden verstummten, um über die Persönlichkeit des Fremden nachzudenken.

»Engländer. Hat einen großen Wagen. Joe Prideaux in der Garage taxiert den Wagen auf zehntausend Dollar...«

Der Wagen stand ein Stück weiter auf der Straße. Mr. Alan Loamer sprang auf den Führersitz und fuhr mit ständig zunehmender Geschwindigkeit in Richtung Littleberg. Durch die Stadt fuhr er etwas vorsichtiger, weil er es sich nicht leisten konnte, von einem verständnislosen Polizisten aufgehalten zu werden. Hinter der Stadt ließ er den Wagen summen und knipste seine mächtigen Scheinwerfer an. Er beobachtete vorsichtig den Weg. Schließlich sah er jemanden von der Landstraße über ein Gitter springen und hielt an.

»Byrne!« rief er.

Eine Gestalt kam aus der Dunkelheit und dann eine zweite.

»Habt ihr ihn gesehen?«

»Nein, Lenny und ich sind die ganze Zeit hier in der Gegend gewesen. Er muß hier durchkommen, wenn er nicht zurück will.

Lenny meint, er wäre vielleicht im Wald auf der anderen Seite der Stadt.«

Der Mann am Volant murmelte etwas vor sich hin, was ›Rotbart‹ nicht hören konnte.

»Ich wollte euch erst finden«, sagte er dann, »bleibt hier, ich werde zurückfahren und auskundschaften. Er hat ein Mädchen bei sich.«

»Was Sie nicht sagen?« ›Rotbart‹ war sichtlich erstaunt.

»Ja, das wird die Sache für euch vielleicht schwieriger machen.« Mr. Loamer war aufgeregt. Seine Zuhörer wußten nicht, daß er hinter seiner Ruhe bereit war zu platzen.

»Gibt es hier einen Seitenweg? Ich muß wenden.«

Er sprach das Wort mit englischem Akzent, der seinen Zuhörern komisch vorkam.

»Will den Wagen wenden, wie?« sagte ›Rotbart‹, während er aus einer gewissen Entfernung die Manöver des Autos beobachtete. »Gustl ist richtiggehend durchgedreht, Lenny.«

»Was ist das mit dem Mädchen? Hab' von ihr überhaupt noch nichts gehört«, sagte der Dicke.

Das Auto hatte jetzt gewendet und sauste zurück... Es donnerte an ihnen vorbei auf der Straße nach Littleberg.

»Du hast ihn doch gehört! Hat er mir was weiteres gesagt? Das erste, was ich von einem Mädchen höre. Der Kerl da hat 'nen Vogel. Das sag' ich dir ja immerzu, Lenny.«

Mr. Loamer fand Littleberg bei seiner Rückkehr sehr belebt. Gruppen standen an den Straßenecken, und einmal fuhr er an zwei Männern vorbei, die Pistolen trugen und laut miteinander sprachen. An der Kreuzung der Haupt- und Unionstraße sah er einen Schutzmann.

Der Schutzmann wußte von nichts, außer, daß auf Mr. Elmers Gut etwas geschehen war. Der Chef sei im Begriff, sich um die Sache zu kümmern. Er fragte Mr. Loamer, ob er zwei Männer gesehen habe, der eine mit rotem Bart, der andere ziemlich dick und klein. Mr. Loamer sagte, er habe sie nicht gesehen.

»Sie sind wahrscheinlich in der Stadt«, sagte der Schutzmann und gab seiner Meinung Ausdruck, daß das Gewitter, das im Anzug war, wohl an Littleberg vorbeigehen würde.

Es war eine Stunde nach Mitternacht, als der Späher auf der Landstraße die unverkennbaren Scheinwerfer des großen Wagens wieder sah und seinen Begleiter, der mit dem Rücken gegen die Latten des Zaunes gelehnt schlief, weckte.

»Sie haben eine Gruppe zusammengestellt, um die beiden ausfindig zu machen«, sagte Mr. Loamer und kurz darauf, »und jetzt durchsuchen sie den Wald auf der anderen Seite der Stadt, aber jemand meinte, er wolle zum Haus des Schweden gehen. Man sagt, es spukt dort. Wo ist es denn?«

»Haus des Schweden – kennst du es, Lenny?«

Der schläfrige Lenny meinte, er habe schon von einem solchen Haus gehört, es aber nie gesehen.

»Irgendwo hinter Elmers Hof«, sagte er, »bin nie dagewesen, aber die Wälder sind ja nicht groß...«

Er zeigte den Weg, den sie einschlagen mußten. Mr. Loamer sagte, er würde in die Stadt zurückkehren, um die letzten Nachrichten zu erfahren, und sich dann wieder mit ihnen treffen.

»Dieses Mal – schnappt ihn!« sagte er heftig. »Das Mädchen...?« Er glättete den Schnurrbart mit seiner behandschuhten Hand. »Ich weiß nicht, was man mit ihr machen soll.« Er schwieg lange. Anscheinend dachte er über das Mädchen nach, denn als er wieder sprach, meinte er nur: »Sie ist ja nicht so wichtig. Nein – eigentlich nicht.«

Als er sich wieder hinter das Steuer setzte, sagte er nebenbei: »Ein Polizist hat mich gefragt, ob ich euch Kerls gesehen hätte. Ich habe natürlich nein gesagt.«

»Das war wirklich zu rücksichtsvoll von Ihnen.« ›Rotbart‹ war liebenswürdig ironisch.

Sobald der Wagen außer Sicht war, schlug er seinem Begleiter auf die Schulter.

»Geh'n wir«, sagte er. »Im Hause des alten Schweden soll es geistern, was? Vielleicht können wir dem Haus einen neuen Geist bescheren.«

6

Jetzt war Oktober völlig wach. Sie sträubte sich nicht, aber griff nach der Hand, die ihr den Mund zuhielt und spannte ihre ganze Kraft an, um sich von diesem erstickenden Knebel aus Knochen und Muskeln zu befreien.

»Keinen Laut«, hauchte er. »Ich habe schreckliche Angst gehabt, du würdest schreien. Jemand schleicht ums Haus.«

Sie nickte. Die Hand wurde fortgezogen, das struppige Gesicht entfernte sich.

»Verzeihung!« flüsterte er. »Kannst du vom Bett aufstehen, ohne Lärm zu machen...? Warte mal!«

Er faßte sie mit beiden Händen unter, sie fühlte sich langsam in die Höhe gehoben.

Die rostigen Sprungfedern zogen sich lärmend wieder zusammen. Er stellte sie sanft auf die Füße, so daß sie mit dem Rükken zur Wand, in der das Fenster war, stand.

»Nicht rühren!«

Der Sturm war vorbei; ihr war, als spüre sie das geisterhafte Licht des Tagesanbruchs im Zimmer, Schweigen... und draußen das Knacken von Zweigen.

Robin, der Strolch, kauerte sich unter dem Fenster zusammen, sie konnte ihn wahrnehmen, einen Fleck, der noch dunkler war als die Dunkelheit des Raumes.

Vor dem Fenster huschte ein Schatten vorbei; jetzt fummelte man am Verschluß. Sie hörte das leise Murmeln gedämpfter Stimmen. Plötzlich erschien ein heller Lichtkreis an der gegenüberliegenden Wand. Jemand suchte mit einer Taschenlampe das Zimmer ab. Der Kreis bewegte sich nach links und rechts, auf und nieder, zielte auf das rostige Bett und verweilte dort eine Weile unentschlossen. Jetzt sah sie Robin deutlich unter dem Fenster zusammengekauert. Er hielt einen Eisenstab fest umklammert, der einmal zum Fenster gehört haben mußte. Sie wunderte sich, weshalb der Mann draußen keinen Weg ins Haus gefunden hatte. Das Licht verschwand.

»Geh zur Zwischentür... den Gang entlang rechts, nimm deine Schuhe mit, aber zieh sie nicht an!«

Sie nickte zu diesem gezischten Befehl, nahm ihre Schuhe und ging auf Zehenspitzen den Gang entlang, bis eine Tür sie aufhielt. Hier wartete sie. Auf einmal hörte sie, wie er auf sie zukam.

»Ist sie offen?« flüsterte er und ging an ihr vorbei.

Der Gang war so schmal, daß sie seinen Hemdsärmel an ihrem Gesicht fühlte. Die Tür war unverschlossen, aber nicht ohne Geräusch zu öffnen. Der Feind war jetzt an der Eingangstür und rumorte an der Klinke. Robin, der Strolch, wartete, bis sich das Geräusch wiederholte, dann stemmte er seine Schulter gegen das Hindernis und schob. Knirschend ging die Tür mit einem Stoß auf. Er streckte die Hand hinter sich, faßte sie am Arm und zog sie durch. Sie befanden sich in einer Küche, in der es nach Erde und Feuchtigkeit roch. Hier war eine zweite Tür... Er tastete die nassen Wände danach ab; über ihnen fehlte stellenweise das Dach.

Ein hämmerndes Geräusch erschütterte das kleine Haus... Robin zerrte an der Tür, die mit einem Ächzen aufging. Oktober atmete den Duft von nassen Blättern ein.

»Hast du deinen Mantel?« Seine Lippen waren ganz dicht an ihrem Ohr. Die stachlige Wange war ihr nicht mehr unangenehm. »Um so besser! Mir nach! Du wirst nasse Füße kriegen, aber das wird dich ja nicht umbringen! Halte dich an meinem Ärmel fest... Wenn ich stehenbleibe, tu das gleiche.«

Er schritt durch wirres Gestrüpp, das einst ein Garten gewesen war. Geräuschlos bewegte er sich in der Richtung des Waldrandes. Sie schlich ihm nach. Ihre Strümpfe waren durchnäßt; einmal trat sie auf einen Dorn und brauchte ihre ganze Selbstbeherrschung, um einen Schrei zu unterdrücken. Auf Umwegen näherten sie sich der Chaussee. Wenn es hell gewesen wäre, hätten sie die Hütte des Schweden noch sehen können.

»Zieh deine Schuhe an – deine Füße werden naß sein.«

Sie hielt sich an seinem Arm fest und zog einen Schuh nach dem anderen an. Ihre Füße schmerzten, und ihre Seidenstrümpfe waren zerfetzt, aber sie freute sich, endlich wieder Leder zwischen ihrem Fuß und der Erde zu haben.

»Keine Eile, es wird sie einige Zeit kosten, bis sie die Hütte durchsucht haben«, sagte er immer noch flüsternd, »und die Bäume werden Lennys Können beeinträchtigen – man wirft mit Messern besser im Freien.«

Irgend etwas belustigte ihn. Sie hörte, wie er ein Lachen unterdrückte. Er bewegte sich etwas schneller vorwärts... Die Entfernung zwischen ihnen und der Hütte mußte ziemlich groß geworden sein, als sie auf einen Weg kamen, der den Hügel hinunterführte. Dann fingen die Bäume an spärlicher zu werden. Plötzlich faßte er sie fest am Arm und blieb stehen.

Auch sie sah die Gestalt.

Eine Zigarette glimmte, und der Himmel gab gerade genug Licht, um einen undeutlichen Umriß erkennen zu lassen. Es war ein Mann, der links von ihnen auf einem gefällten Baum saß.

Hinter ihnen rief jemand laut, aber es klang beruhigend weit entfernt. Der Mann erhob sich von dem Baumstamm und schlenderte langsam den Weg hinauf, unerwarteterweise aber wich er nach rechts ab. Er schritt in einer Entfernung von knapp fünfzehn Metern an dem Paar vorbei, offenbar hatte er den Weg verfehlt.

»Hallo!« rief er.

»Sie sind hier gewesen – aber soeben fortgegangen.« Immer noch klang es entfernt. Das war ›Rotbarts‹ Stimme, sie erkannte die tiefe Heiserkeit darin.

Der Raucher war außer Sicht. Immer noch gebeugt, ging Robin weiter, blieb stehen und deutete nach vorn.

Im Schatten des kleinen Hügels sah sie drei Lichter – zwei weiße und ein rotes.

»Ein Auto«, hauchte er.

An der Stellung der Lichter sah sie, daß die Haube der Maschine nach Littleberg wies. Er schlich sich an die Lichter heran und, fest an seinen Arm geklammert, folgte sie ihm. Ein schneller Blick zurück.

»Hineinspringen!« sagte er, und sie taumelte hinein.

Sie war sich nicht darüber im klaren, daß der Motor lief, bis er neben ihr saß – der Zündschlüssel hatte gesteckt. Er faßte den Schalthebel und blickte sich noch einmal um. Der Wagen bewegte sich fast geräuschlos, und sie kamen näher und näher an die weiße Straße. Dann hörte sie einen Schrei hinter sich, aber als sie sich umdrehte, konnte sie gegen den dunklen Hintergrund des Hügels und des Waldes nichts sehen.

Der Wagen fuhr schneller. Etwas sauste an ihrem Gesicht vorbei. Sie hielt es für ein nächtliches Insekt und hob instinktiv ihre Hand an die Backe.

Robin, der Strolch, nahm nun langsamer eine Biegung. Jetzt lag Littleberg hinter ihnen, und der Wagen flog in der Richtung nach Ogdensburg dahin. Sie saß in ihrer Ecke zusammengekauert und beobachtete, wie die Landschaft an ihr vorbeiraste. Stallungen, Bauernhäuser, Bahnübergänge, glatte Felder, plötzlich ein steiler Berg, dann ein totes Städtchen mit einer häßlichen Kirche und niemand, der sie beobachtete, außer einer scheuen Katze.

Einmal fuhren sie einen See entlang und sahen am Ende einen Wasserfall wie einen kleinen Niagara herabschäumen. Es wurde allmählich heller.

Sie rasten an einem Heuwagen vorbei.

Robin kam zu einem Kreuzweg und bog rechts ab, obwohl es offenbar der weniger gute Weg war. Sie rumpelten und schaukelten einen steilen, schlüpfrigen Berg hinauf. Der Weg wurde felsig, und plötzlich hörte er überhaupt auf, ein Weg zu sein. Danach fuhren sie weiter, wichen den Bäumen aus und vermieden wie durch ein Wunder ein Durcheinander von Steinhaufen, die anscheinend nur hingeworfen waren, um ihr Fortkommen zu hindern. Plötzlich, an einer scharfen Kehre, bremste Robin scharf, und zwar gerade im richtigen Moment, denn die Höhe fiel plötzlich in einen Abgrund ab.

»Und das wäre das«, sagte der Strolch und erhob sich vom Sitz.

Bevor sie aussteigen konnte, hatte er seinen Arm um ihre Hüfte gelegt und sie aus dem Wagen herausgehoben. Er schritt zu dem höchsten Punkt der Steigung und blickte zurück. Die Spuren des Wagens waren im Gras sichtbar, wenn man ihnen soweit folgte. Aber weiter zurück lag die Straße, und auch noch am Anfang des Weges vermischten sich die Spuren des Wagens mit zahlreichen anderen.

Er schlenderte auf den Wagen zu, zog eine gefaltete Decke vom hinteren Sitz und sagte dann leise: »Hallo!« Da standen ein Korb und ein kleines Reisenecessaire. Er hob eins nach dem anderen heraus. Er öffnete die Tasche, blickte hinein und grinste, dann rollte er das Necessaire auf.

»Hier ist Handtuch und Seife – dort oben höre ich Wasser rauschen.« Er deutete mit dem Kopf nach oben. »Nimm dich aber vor Dornen in acht!«

Sie fand das Wasser; es war herrlich kalt. Als sie leichten Schrittes zu ihm zurückkam, nahm er ihr Handtuch und Seife ab und ging den Hügel hinauf. Ein lächerlicher Flicken aus buntgestreiftem Stoff saß hinten auf seiner Hose. Oktober beobachtete ihn, ihr Kinn auf die Hand gestützt, bis er hinter den Büschen, die die Quelle verbargen, verschwand.

»Robin Leslie – Mrs. Robin Leslie.« Und die Situation kam ihr nicht einmal lächerlich vor. Sie war ein Teil seines Lebens. ›Rotbart‹ war ihr Todfeind. Sie hatte sich über die gemeinschaftliche Gefahr gefreut. Oktober analysierte nie ihre eigenen Gefühle. Sie konnte alles andere zerpflücken, menschliche Eigenarten auf eine Grundformel bringen, aber sie empfand nie den Drang, ihre eigene Seele zu erforschen. Der Mann mit dem karierten Flicken in der Hose war eine Tatsache – Mr. Robin Leslie. Der einzig mögliche Unterschied zwischen ihm und anderen Männern konnte nur in seinem Benehmen liegen. Bis jetzt war es vollkommen befriedigend gewesen. Er hatte ihr das Bett mit den Sprungfedern überlassen – sie sah tatsächlich wie eine tätowierte Dame aus, was sie bei einer hastigen unvollständigen Untersuchung festgestellt hatte –, er hatte ihr genau im richtigen Augenblick befohlen, ihre Schuhe anzuziehen. An seiner Stelle hätte sie das gleiche getan. Er chauffierte auffallend gut. Wahrscheinlich war das nicht das erstemal, daß er ein Auto gestohlen hatte. Sie empfand den karierten Flicken nicht als lächerlich, ebensowenig den ärmellosen Rock. Wahrscheinlich waren seine Hosen mit einer Schnur befestigt, und sie hatte wohl bisher nur die alte Konservenbüchse übersehen, die alle Strolche bekanntlich als Trinknapf bei sich tragen.

Er kam erstaunlich sauber und gesund aussehend zurück. Als

er den Korb öffnete und ihr ein Sandwich anbot, merkte sie, daß er sogar seine Nägel tadellos gereinigt hatte. Aber er zitterte ein wenig, und in den Augen sah man rote Äderchen. Es waren graue Augen, aber sie waren zweifellos blutunterlaufen. – Eine Thermosflasche befand sich in dem Korb. Der Kaffee dampfte, als er ihn in eine der Tassen goß, die er in der vom Himmel gesandten ›Kantine‹ gefunden hatte.

»Und nun«, sagte er, als er sich mit gekreuzten Beinen setzte, »wollen wir alles aufklären! Ich weiß, daß Sie hier sind, ich weiß, daß Sie mit in dem Haus des Schweden waren – nebenbei, er hat sich tatsächlich an dem Haken aufgehängt, aber ich hielt es für besser zu lügen –, und ich weiß, daß Sie auf geheimnisvolle Weise mit mir verbunden sind. Aber ich möchte gerne wissen, warum und wie?«

Hierauf setzte sie sich plötzlich aufrecht. Scherzte er? Scheinbar nicht. Er schlürfte aus seiner Tasse und blickte sie aus entzündeten Augen an. »Ich bin Ihre Frau«, sagte sie.

Er verschluckte sich, hustete und setzte die Tasse hin.

»Wie bitte?«

»Ich bin Ihre Frau«, wiederholte sie, und der Blick des sich steigernden Entsetzens, der sein Gesicht erstarren ließ, brachte sie zur Überzeugung, daß er sich nicht genau an das, was in Littleberg geschehen war, erinnerte.

»Meine Frau, sagen Sie? Das ist doch nicht Ihr Ernst!«

»Ganz und gar mein Ernst. Entsinnen Sie sich nicht?«

»Diese Kerle! Sie kamen im Wald auf mich zu – alle so besoffen – so betrunken als möglich. Ich hatte keine Ahnung, was sie mit mir vorhatten – in Wirklichkeit erwartete ich etwas ganz anderes. Einer von ihnen, ein junger Herr, der ununterbrochen von sich selbst redete –«

Sie erkannte sofort Sam.

»– forderte mich zum Trinken auf, und gerade in diesem Augenblick hatte ich keine Lust zu trinken. Ich kann mich nicht genau an die Umstände meiner Niederlage erinnern. Zwei von ihnen knieten auf meiner Brust – ein Kerl steckte mir den Hals einer Flasche in den Mund. Ich mußte trinken oder ersticken. Ich trank. Bin ich zu Ihnen ins Haus gekommen?«

Sie erzählte ihm alles ganz sachlich, und wahrend sie in ihrer Erzählung fortfuhr, unterbrach er sie von Zeit zu Zeit mit einem erstaunten »Ach, du mein Gott!«

»Ist das Ihr Ernst? Ich habe Sie geheiratet – oder besser gesagt, Sie haben mich geheiratet?«

Sie wiederholte, daß es ihr völliger Ernst sei.

Robin bedeckte sein Gesicht mit den Händen und stöhnte. »Unbegreiflich!«

Sie fühlte sich eigentlich gar nicht beleidigt.

»Heißen Sie Mr. Leslie...?«

»Mr. was?« fragte er mit weitaufgerissenen Augen.

»Das ist der Name, den Sie bei der Trauung angaben: Mr. Robin Leslie. – Vielleicht haben Sie das auch geträumt?«

Er schüttelte bedrückt den Kopf. »Nein, das stimmt schon, so heiße ich. Das sind wenigstens meine Vornamen: Ich heiße Robert Leslie Beausere... Nein, es ist nicht Französisch, war nie Französisch«, sagte er ungeduldig auf ihre Frage hin. »Wie kann einem etwas so Grauenvolles passieren? Ich muß wohl furchtbar blau gewesen sein.«

»Ja, Sie waren ziemlich – blau«, sagte sie, »eigentlich sehr blau. Sie baten um Verzeihung –«

»Dann muß ich doch einen nüchternen Augenblick gehabt haben«, brummte er grimmig. »Was ist oder wie war Ihr Name?«

»Oktober Jones – greulich, nicht wahr?«

»Fürchterlich!« stöhnte er. »Heiliger Bimbam, was für ein Name!«

Hier machte sie eine beleidigte Miene. »Ich kann daran nichts Fürchterliches finden«, sagte sie kühl. »Er ist nur ungewöhnlich.«

»Ungewöhnlich! Wie zum Henker, soll ich Sie nennen?«

»Sie dürfen mich Oktober nennen«, antwortete sie.

»Das tu ich auf keinen Fall. – So ein Lümmel!«

Es wunderte sie, wie sie sofort erriet, daß sich sein letzter Satz auf Sam bezog.

»Ich sehe nicht ein, worüber Sie sich zu beklagen hätten«, sagte sie, doch etwas verschnupft.

Seine ernsten Augen blickten in die ihren.

»Sie waren doch nüchtern«, sagte er bedeutungsvoll. »Ich war unfähig, Widerstand zu leisten.«

»Oh«, sagte Oktober entrüstet und wollte aufstehen. Er zwang sie wieder nieder.

»Wir wollen unsere Ehe nicht mit einem Streit beginnen«, meinte er düster. »Nimm lieber noch ein Sandwich!«

Sie nahm das Sandwich, denn sie hatte Hunger.

»Wir werden das ganze Futter, das noch übrig ist, einpakken«, schlug er vor. »Ich glaube nicht, daß wir so fürstliche Mahlzeiten in der nächsten Zeit sehr häufig ergattern werden.«

Er blickte zum Himmel.

»Sieben Uhr – oder schon zwischen sieben und acht. Wir müssen schnell zurück nach Littleberg und dann nach Osten wandern – es gibt genug Wald in dieser Gegend, Gott sei Dank. Mit etwas Dusel finden wir vor Einbruch der Dunkelheit einen Ort, wo wir schlafen können.«

»Weshalb verfolgt dich der rotbärtige Mann? Hast du ein Verbrechen begangen?«

Er lächelte vergnügt. »Hab' ich ein Verbrechen begangen? Ja, ich hab' einen Einbruch in eine Fabrik verübt. Komischen Namen hat das Nest – nennt sich Schenectady. Das ist mein Hauptverbrechen. Der Rest stört mich nicht. – Der kleine Herr, der mit Messern wirft, geht mir etwas auf die Nerven; er ist wirklich ein Wundertier. Halte ihn für einen Südamerikaner – Leonardo Delamontez. Und der Kerl kann rennen! Sollte man nicht meinen, wenn man ihn ansieht. Er ist sehr dick und kurz. Meiner Meinung nach könnte er auf keinem Pferd sitzen bleiben. Aber ein wirklicher Künstler.«

Er sprach sachlich, fast bewundernd, von dem Messerwerfer. Oktober hatte das Gefühl, als säßen sie zusammen in einer Arena und sähen Leonardo bei den Olympischen Spielen zu.

»Du bist doch kein wirklicher Strolch, wie?« fragte sie.

»Oh, doch! So wahr ich hier sitze«, antwortete er. »Ich bin ein Strolch, aber der Staat New York ist kein idealer Aufenthalt für unsereinen. Die Wüste Gobi, das ist wirkliches Strolchen! Und die unentdeckten Länder bei Urzra. Das ist ein interessantes Strolchen!«

Sie hatte eine vage Idee, daß die Wüste Gobi irgendwo in China war, aber von Urzra hatte sie keine Ahnung.

»Mongolei – komische Gegend, voll von buddhistischen Priestern und Hunden, die einen anfallen und nichts von einem übriglassen als Uhr und Uhrkette.«

»Aber« – sie bestand darauf – »du strolchst doch zum Vergnügen. Es ist so eine Art Wanderromantik, nicht wahr? Du strolchst doch nicht, weil du kein Geld hast oder weil du nicht arbeiten willst?«

»Ich habe fünfzig Cent«, sagte er, »und im Augenblick strolche ich, um meine Haut zu retten.«

»Weshalb denn?«

Er schüttelte den Kopf. »Das möchte ich dir lieber nicht sagen«, erwiderte er, »wenn ich es dir dennoch sagte, würdest du nur erwidern: ›So was ist doch nicht möglich!‹«

»Aber worum handelt es sich denn?«

Er stand auf, nahm ihre Tasse weg und korkte die Thermosflasche wieder zu.

»Mittelalterliche Dinge. Dinge, wie man sie im Rhonetal oder am Rheinufer aus alten Zeiten hört. Die Geschichte Frankreichs ist voll solcher Sachen und auch die Englands. Hast du je von der Königin Elfrieda gehört? Fabelhafte Dame! Solche Dinge finde ich hier im Staat New York; wahnsinnige, unmögliche Dinge, die es gar nicht geben kann. Du gehörst ja auch zu diesen Dingen! Gütiger Himmel!«

Er schüttelte den Kopf, als er sie ansah.

»Ich muß wirklich blau gewesen sein!«

»Betrunken«, sagte sie. »Sie sind beinahe beleidigend.«

»Bin ich das?« Er war sofort reueerfüllt. »Vielleicht stimmt das, aber irgendwie hab' ich das Gefühl, daß ich dir gegenüber sogar beleidigend sein darf.«

Sie verstand, was er sagen wollte, und war eigentlich erfreut.

7

Der Weg, den sie einschlugen, war schwierig. Meile auf Meile mußten sie bergauf und bergab klettern. Oktober taten die Beine weh, und dabei trug sie nichts. Robin Leslie Beausere war mit der Decke und dem Futter belastet. Trotzdem ließ er sie nicht einmal ihren eigenen Mantel tragen.

Ihre Unterhaltung war spärlich. Er gab zu, daß er die Gegend gar nicht kannte. Sie war hier ebenso unbekannt. Für sie war der Staat New York ein fremdes Gelände. Wenn es Virginia oder Ohio gewesen wäre...

Sie kannte weder die Namen noch die Lage der einzelnen Städte. Zweimal war sie auf der Insel Manhattan gewesen, aber der Schlafwagen eines Expreßzuges ist nicht der richtige Ort, um Topographie zu studieren. Sie kannte Ogdens, weil sie den Sankt-Lawrence-Fluß entlang gereist war und in dem Städtchen Besuche gemacht hatte. Sie war auch ziemlich vertraut mit Littleberg und seiner Umgebung, aber sie glaubte, sie wären viele Kilometer von Littleberg entfernt – etwa sechzig nahm sie an. Er vermutete, noch weiter.

Elfrieda? Wer war die Königin Elfrieda? Oktober hatte nur eine ganz vage Bekanntschaft mit den englischen Monarchen gemacht. Elfrieda – Alfred... Irgend jemand aus der Zeit der alten Angelsachsenkönige. Was hatten die wohl mit einem Strolch im Staat New York zu tun, der ein Vermögen von fünfzig Cent sein eigen nannte?

Das Ganze war verwirrend und bizarr. Sie konnte ihre Augen von dem karierten Flicken nicht abwenden. Einmal hatte sie aus einer Laune heraus die verschiedenen Abarten der Tartans studiert. Dieser hier war nicht Steward – Steward ist rot. Es war auch nicht Cameron – das hatte eine gelbliche Linie drin – oder war das Gordon?

»Campbell!« rief sie plötzlich triumphierend.

»Wie?« Er drehte sich plötzlich erschrocken um.

»Der Flicken auf deiner Hose. Es ist Campbell Tartan.«

»Wirklich?« Er wollte den Kopf umdrehen, um nachzusehen. »Ich bin nicht sehr eingenommen von Campbell. Aber es stimmt

– wie unerhört intelligent von dir! Die Angyll und Sutherland-Hochländer tragen Kilts aus diesem Muster. Gutes Regiment – ganz aus dem Innern Schottlands rekrutiert.«

Als er seinen Rockschoß aufhob, um den Flicken zu betrachten, sah sie den Griff einer Pistole aus seiner Tasche hervorlugen. Sie hatte wohl angenommen, daß er eine Pistole bei sich trug, aber hatte es ganz vergessen.

»Ist das nicht sehr gefährlich, eine Pistole im Staat New York bei sich zu tragen?« fragte sie. »Ich will... sagen... in deiner Lage?«

»Viel gefährlicher, es nicht zu tun – jetzt ganz besonders.«

Er ging wieder weiter und sprach mit ihr über die Schulter.

»Wahrscheinlich würde es dir nicht die geringsten Schwierigkeiten bereiten, dich von mir scheiden zu lassen.«

»Ich will mich aber noch nicht scheiden lassen«, sagte sie ruhig, und sie hörte ihn wieder stöhnen. »Du bist wirklich nicht sehr höflich«, fügte sie hinzu.

»Ich weiß. Ich weiß, bedaure unendlich. – Was ist das beste Mittel gegen eine Sumachvergiftung?«

»Tut es sehr weh?« Ihre Stimme war voller Mitgefühl.

»Ein bißchen – nicht der Rede wert. Es ist nur etwas störend, wenn es heiß ist. Halt!«

Er blieb plötzlich stehen. Vor ihnen hörten sie den Schall einer Holzfälleraxt und, während sie stillstanden, das Rauschen und Aufprallen der Baumstämme.

Sie gingen über den nassen Boden einer kleinen Lichtung. Für den Fall einer Gefahr gab es genug Deckung, denn es wuchsen dichte Gruppen Lorbeerbüsche und farnähnlicher Sumach. Die Wände der kleinen Schlucht erhoben sich steil. Als er aufwärts blickte, sah er zu seiner Beruhigung eine kleine Hütte oben am Rand des Abhangs. Aber keine Spur von einem Menschen oder von dem sonst unvermeidlichen Hund war zu sehen.

»Wir wollen es mit der anderen Seite versuchen«, schlug er vor. »Ich fürchte, daß die Holzfäller auf dieser Seite der Schlucht sind.«

Er ging voraus. Sie kamen nur qualvoll langsam vorwärts. Nach einer halben Stunde zog er sich mühsam an einem hochragenden Felsen empor. Vor ihnen lag ein schöner Ausblick: Bäume – Fichten, Tannen, Linden – ein undurchdringlicher Märchenwald, der eigentlich in einen Traum gehörte.

Nach vorsichtiger Umschau deutete er ihr an, ihm zu folgen. Sie tauchten in das kühle Zwielicht hinein. Irgendein Jagdgehege, dachte er. Eine große Anzahl Vögel stelzten umher, ein Fasan erhob sich vor seinen Füßen und schwirrte lärmend einer ruhigeren Gegend zu. Kaninchen waren da. Ihm war, als sähe er ein schwarzes Hermelin schleichen oder – gab es keine Hermeline in Nordamerika?

Durch Zufall fanden sie eine tellerähnliche Mulde an einem kleinen Hügel, die durch niedrigwachsende Büsche und hochwuchernden Farn verborgen war – ein richtiges kleines Nest.

»Feuer können wir nicht anzünden«, sagte er, als er die Decke ausbreitete, »aber glücklicherweise besteht auch keine Notwendigkeit dazu. Vielleicht findest du die Erde etwas feucht. Wir werden noch vor Dunkelheit weitergehen.«

»Wo wollen wir denn hin?«

»Nach Prescott«, sagte er. »Nicht gerade Prescott, aber ein paar Meilen weiter den Fluß entlang. Hungrig?«

Er holte die Thermosflasche heraus. Der Kaffee war lauwarm, aber erfrischend – was davon noch übrig war.

»Aber woher weißt du denn, in welche Richtung wir gehen?«

Er steckte die Hand in die Hüftentasche, wo die Pistole war, und holte einen kleinen Kompaß heraus.

»Es macht dir nichts, allein zu bleiben? Ich möchte ein bißchen auf Kundschaft gehen.«

Er blieb fast zwei Stunden weg und kam zurück mit drei Melonen. Er erzählte ihr, am Rande des Waldes liege eine Farm. »Irgendein nobler Kerl wohnt da – sieht nach einer Gentlemanfarm aus –, die Kühe haben bestimmt alle einen Stammbaum, 'n Ballsaal gibt's wahrscheinlich auch. Eine fabelhafte blaue Hose hing zum Trocknen auf der Leine, aber ich hatte nicht den Mut, sie zu requirieren. Willst du Zeitung lesen?«

Er nahm ein Blatt aus der Tasche, gleichzeitig beim Requirieren der Melonen hatte er des Gärtners Hütte besucht. Die Zeitung hatte auf der Bank gelegen.

»Du bist berühmt geworden«, sagte er.
Sie blickte in die Zeitung, ihr Mund öffnete sich.

›Verkommener Strolch stiehlt Braut eines Herrn der Littleberger Gesellschaft.

... im Wald durch betrunkene, unzurechnungsfähige Diebe überwältigt, muß Bräutigam zusehen, wie seine schöne Braut mit Strolch getraut wird.

... die ganze Gegend in Aufruhr. Bewaffnete Männer suchen die ganze Nacht. Die entführte Dame ist die Nichte eines der prominentesten Bürger von Littleberg.‹

Darunter ein sehr großes Bild von Oktober. Daneben, diese Ehre mit ihr teilend, ein blöde lächelnder Sam. Zwischen diesem Lächeln und dem Text unter dem Bild bestand eine gewisse Distanz:

›Samuel E. Water, bekanntes Klubmitglied aus Littleberg, niedergeschmettert durch den Verlust seiner Braut.‹

»Ist dies der Schuft, der uns getraut hat?« fragte Robin.

In der Tat. Da war Pfarrer Stevens – leider aber nicht im Profil.

›Pfarrer Stevens, der mit vorgehaltener Pistole gezwungen wurde, die Trauung zu vollziehen.‹

»Ich muß schon sagen!« Oktobers Augen blitzten. »Wie kann man nur, aber wie kann man denn! Ach!«

Er betrachtete kritisch die Zeitung.

»Ein ziemlich gutes Bild von dir. Meistens sind sie ja so geschmeichelt – deine Frisur gefällt mir da gut.«

»Ich gehe schnurstracks zurück nach Littleberg. Wie sie lügen!« schimpfte sie. »Lügner sind sie! Bekannter Herr der Gesellschaft... dieser Bauernflegel. Es ist wirklich unglaublich –«

»Es kommt noch schlimmer. Hast du die letzte Seite gesehen? Du kannst ja gar nicht zurück!«

Mit zitternden Händen wandte sie die Zeitung und fand das ›Schlimmere‹:

›Ist die wunderschöne Oktober Jones durch die Hand des wahnsinnigen Strolchs ins Jenseits befördert worden? Das ist die Frage, die ganz Littleberg sich stellt.‹

»Da siehst du«, erklärte er ernst. »Du kannst nicht zurück –

du bist doch tot! Das wäre ein schrecklicher Fauxpas und unentschuldbar. Man würde dir nie verzeihen. Ich hielte es für besser, wenn du ein paar Wochen tot bliebst.«

»Betrunkener Strolch... Geistlicher durch Pistole gezwungen! Ich muß doch etwas dagegen machen!«

»Schreib doch an die Zeitung«, sagte er beruhigend.

»Die Zeitung? Sei doch nicht lächerlich! Verstehst du nicht, was das alles bedeutet? Alle Leute machen Jagd auf dich – du wirst überhaupt keine Chance haben –, sie werden dich niederknallen wie einen Hund, wenn sie dich hier oder sonstwo erwischen.«

»Wahrscheinlich würden sie das tun.« Dieser Gedanke schien ihm erst in diesem Moment zu kommen. Er war fast erstaunt. »Schade, daß wir nicht die Nachmittagsausgabe kaufen konnten. Möchte wissen, was Gustl noch über das Auto zu sagen hat. – Pflegst du zu wetten?«

»Ich weiß nicht, was du meinst«, erwiderte sie verwirrt.

»Wenn ja, würde ich mit dir wetten, daß Gustl nichts ahnt, kein Wort – keine Silbe. Möglich natürlich, daß Farmarbeiter uns gesehen haben... In diesem Falle würde man uns vielleicht hier suchen. – Meinst du, daß du schlafen kannst?«

Sie schüttelte den Kopf.

»Nun, vielleicht später. Du bist ja ganz aufgeregt von diesem dummen Zeitungsklatsch. Tut mir leid, daß ich sie mitgebracht habe – ich dachte, es würde dich amüsieren.«

»Amüsieren«! rief sie entrüstet.

Mit dem fortschreitenden Nachmittag fing sie an, sich müde zu fühlen und schlief eine Stunde lang. Sie erwachte und sah ihn flach auf dem Bauch am Rande der Mulde liegen. Er hatte die Farne, die die Aussicht behinderten, auseinandergebogen, und als er sie ansah, war ihr klar, daß ihr Erwachen nicht zufällig war.

»Ich sah eine Frau durch den Wald gehen«, sagte er leise. »In einiger Entfernung allerdings. Wahrscheinlich gehört sie zur Farm. Ich habe gedacht, es ist besser, ich gebe dir einen Fußtritt.«

»Hast du mir einen Fußtritt gegeben?« fragte sie indigniert.

»Wir sind ja verheiratet«, anwortete er. »Ich glaube, das ist in unseren Kreisen so üblich.«

Eine halbe Stunde verging.

»Ich bin ein Rohling gewesen«, meinte er dann, ohne den Kopf zu wenden. »Nein, nicht, weil ich dir den Fußtritt gegeben habe. Der Whisky war das, was Sam ›mächtig‹ nennen würde. Ich bin immer noch ein bißchen verwirrt, aber ich fange wieder an zu denken. Sobald diese Frau weg ist, führe ich dich zur Farm, mindestens zur Gutsstraße. Du findest dann schon deinen Weg ins Haus und telefonierst. Ich möchte dich bitten, daß du über mich lügst. Sag, du hättest mich auf dem Weg nach Ogdens verlassen – ganz gleich, wo.«

»Dich verlassen?« Sie war bestürzt.

»Selbstverständlich – du kannst doch nicht weiter so im Wald herumschlafen... Gejagt und weiß Gott was alles. Mein Entschluß ist teilweise ganz egoistisch, es wird mir viel leichterfallen, allein zu entkommen, und du kannst allen Leuten sagen, daß du eigentlich gar nicht tot bist, daß ich für einen Strolch sogar letzten Endes ganz anständig zu dir war. Heute früh habe ich gescherzt, als ich sagte, du könntest nicht zurückgehen, weil du tot bist, aber ihr Amerikaner habt ja nicht den geringsten Sinn für Humor.«

»Es ist vielleicht ein bißchen verspätet, aber jetzt lache ich«, sagte sie ruhig. »Wie komisch!«

»Was denn?«

Er wandte ihr den Kopf zu und runzelte die Stirn. Die Schwellung in seinem Gesicht war zurückgegangen, nur ein roter Wulst zog sich noch von seinem Auge herunter und verschwand in den Stoppeln auf seinem Kinn.

»Erwartest du wirklich, daß ich zur Farm gehe und sage: ›Bitte, ich bin die gestohlene Braut des Herrn aus der Littleburger Gesellschaft?‹ Hast du denn gar keine Phantasie?«

Er kratzte seine Nase und runzelte finster die Stirn.

»Doch, habe ich – aber ich möchte hören, was deine Phantasie jetzt eben ausheckt.«

Sie lächelte ihn schnell an. Er hatte sie noch nie lächeln sehen, und dieses Erlebnis benahm ihm den Atem.

»Das werde ich dir sagen.« Sie nickte. »Die Dame des Hauses kommt mir entgegen. Ich erzähle ihr meine traurige Geschichte.

Sie sieht mich an... mit einem seltsamen Blick. Weißt du, was ich meine? Bloß so... mit einem seltsamen Blick. Siehst du nicht, wie ihre Augenbrauen in die Höhe gehen, hörst du nicht, wie sie sagt: ›Armes Kind.‹ – Dann telefoniert sie der Polizei oder vielleicht auch Mr. Elmer, und dann sucht sie ihre treueste Freundin auf, die vielleicht gerade bei ihr wohnt, schließt die Türen, so daß die Dienstboten nichts hören, und erzählt ihr die Geschichte. Darauf sehen sie einander an, und die eine sagt: ›Na, was meinst du denn?‹, und die andere sagt: ›Nun immerhin – sie sind ja verheiratet‹, und dann –«

»Ach ja! Ja!« Robin sprach schnell. Er war wirklich beschämt. »Selbstverständlich... Maul halten!« Diese Unhöflichkeit zischte er ihr zu. »Die Frau!«

Oktober folgte seinem Beispiel und blickte durch die zurückgebogenen Sträucher.

Die Dame war in der Nähe. Sie schritt energisch aus und bediente sich dabei eines schwarzen Ebenholzspazierstockes. Sie war ganz in Schwarz gekleidet und trug über dem grauen Kopf eine spanische Mantilla. Ihre Dürrheit ließ ihre große Gestalt noch größer erscheinen. Als sie über einen sonnigen Fleck ging, glitzerten ihre schlenkernden Hände verwirrend. Oktober sah dies, obgleich sie eigentlich erschüttert in das Gesicht der Frau blickte, das totenblaß war – mit dunkelumränderten Augen und einer Nase von grotesker Größe. Brillanten leuchteten an ihren Ohren, von ihren Handgelenken und der schwarzen Bluse. Sie ging weiter und verschwand. Dann hörte Oktober den Mann an ihrer Seite vernehmlich seufzen.

»Die Königin Elfrieda! Hast du sie gesehen? Elfrieda! Heiliger Strohsack... Elfrieda, hier!«

»Elfrieda? Heißt sie so?«

Er schüttelte den Kopf. Seine Augen starrten noch immer auf die drei Baumgruppen, hinter denen sie verschwunden war.

»Na, das ist aber doch unglaublich! Elfrieda... Das nenne ich Sportgeist! So spielt sie den Spürhund... genauso jagt sie, nimmt alles von der Steinmauer bis zum Graben. Sie ist immer auf dem Platz, wenn's um Kopf und Kragen geht – immer! Mein Gott! Elfrieda!«

»Heißt sie denn Elfrieda?« Oktober war ein wenig ungeduldig.

»Nein – Loamer – Lady Georgina Loamer. Ihr Vater war der Marquis von Dealford... komischer alter Teufel, ewig pleite.«

»Kennst du sie denn?« Sie war erstaunt.

»Nur so vom Grüßen: ›Guten Morgen, Mylady. Ich hoffe, Euer Gnaden befinden sich wohl‹ – so auf die Art. Wir stehen nicht« – er lachte leise in sich hinein – »auf gutem Fuß miteinander. Sie wohnt auf dieser Farm. Du kannst da keinesfalls hingehen.«

»Ich kann nicht hingehen, weil ich nicht hingehen will«, stellte Oktober richtig. »Ich gehe nach... Prescott war es doch, nicht war? Was hast du in Prescott vor?«

»Nicht viel.«

Er sah sie verdrießlich an. Sie spürte, daß sie plötzlich für ihn zu einer Sorge geworden war.

»Auf jeden Fall weigere ich mich, zurückzugehen.« Sie sprach ihre Meinung sehr entschieden aus.

»Ich kann mich jetzt an die Trauung erinnern... sehr unbestimmt«, sagte er. »Ich dachte, es sei ein Teil meines Deliriums oder wie du es nennen willst. Kann mich daran erinnern – aber sehr undeutlich.«

Kurz nach diesen Worten bettete er sein Gesicht auf seinen Arm und schlief ein. Oktober nahm Inventur des Proviants auf. Es waren noch zwei sehr trockene Kekse, eine kleine Schachtel Brezeln, drei Tafeln Schokolade und ein Stückchen Torte da, das letztere sorgfältig in Seidenpapier eingewickelt. Jedenfalls würden sie zunächst nicht verhungern. Außer der Thermosflasche war eine flache Militärfeldflasche vorhanden, die Robin, kurz bevor sie aus der Schlucht geklettert waren, neu gefüllt hatte.

Sie saß geduldig mit gefalteten Händen. Jetzt war sie an der Reihe, Wache zu halten. Sie empfand ihre Wache als etwas Wichtiges. Ab und zu blickte sie durch die Farne, sah aber nichts. Die Sonne sank. Myriaden winziger Mücken begannen in großen Wolken unter jedem Baum ihren Tanz. Sie hörte das deutliche Klopfen des Buntspechts.

»Wieviel Uhr ist es?« Sie hatte nicht gemerkt, daß Robin wieder wach war.

»Ungefähr sieben – bist du nicht hungrig?«

Er setzte sich aufrecht und rieb sich heftig das Gesicht.

»Ich bin am Verhungern«, antwortete er, und sie aßen zusammen sparsam zu Nacht. Nachdem sie den übriggebliebenen Proviant wieder eingepackt hatten, sprach er mit ihr sein Programm durch. Sie wollten noch vor Einbruch der völligen Dunkelheit aufbrechen und den südlichen Teil des Jagdreviers aufsuchen. Er vermutete in dieser Richtung eine Fernstraße. Auch mußte sich nicht weit davon eine Eisenbahn befinden. Sie hatten in der Tat während des Nachmittags das heisere Pfeifen einer Lokomotive in ziemlicher Entfernung vernommen. Das Schwierigste würden die Brücken sein, meinte er. Wenn sie auf einen größeren Fluß stoßen sollten, so müßten sie den entlanggehen oder irgendeine Möglichkeit finden, ihn zu durchqueren. Er schien in diesen Dingen bewandert zu sein, und anscheinend war er schon einigen unliebsamen Erlebnissen durch das vorsichtige Vermeiden von Brücken entgangen. Wenn er richtig kalkulierte, würden sie sich morgen früh halbwegs zwischen Ogdensburg und etwas, das er ›Liffly‹ nannte, befinden. Er sprach sehr bestimmt über ›Liffly‹. Zuerst dachte sie, es handle sich um ein Städtchen, aber anscheinend war ›Liffly‹ ein Mann, der sich dadurch ernährte, in riskanten Situationen Boote zu vermieten.

»Er ist Ire«, erklärte er ernst. »Sein Bruder hat meinen Onkel angeschossen – leider nicht tödlich. Aber selbst sein schlechtes Schießen hat unsere guten Beziehungen nicht gestört. Sein anderer Name ist Mike.«

Das alles erzählte er, während sie sich zum Aufbruch bereitmachten. Sie stellte ihm eine Frage.

»Nein, soviel ich weiß, ist er nie ein Strolch gewesen. Ich habe ihn jedenfalls nie in dieser Gestalt gesehen. Alles andere ist er eigentlich gewesen. Bist du bereit?«

Die Nacht begann zu sinken, als er mit der zusammengerollten Decke, die er sich wie ein Kummet um den Hals legte, voranschritt. Der Wald war tiefer als sie gedacht hatten. Zwischen den Baumwipfeln sah sie die dünne Sichel des Neumondes... Der dumpfe Ruf einer Eule in der Nähe ließ sie unwillkürlich zusammenschrecken.

»Bin auch erschrocken«, tröstete er.

Sie gingen die ganze Zeit bergab, und dies beunruhigte sie etwas. Ganz plötzlich wurden sie durch ein hohes Drahtgitter aufgehalten. Die natürliche Grenze des Waldes mußte noch weiter unten liegen, denn der Draht lief unregelmäßig von Baum zu Baum. Er fand auf dem Boden einen geeigneten Ast und hob den unteren Draht damit hoch.

»Du kannst darunter durchschlüpfen – bleib' so dicht du kannst an der Erde, und mach dich so dünn wie möglich!«

Sie kam mit nur einem geringen Schaden durch. Eine der scharfen Stacheln hatte sich in ihrem Mantel – er hatte darauf bestanden, daß sie ihn anziehen sollte – verfangen und einen Riß verursacht.

»In einer Woche bist du ein richtiger ›Penner‹«, sagte er. »Zerlumpt und zerrissen. Ich muß auf alle Fälle noch eine zinnerne Tomatenbüchse für dich auftreiben!«

Wie durch ein Wunder gelang es ihm, sich ohne einen Kratzer unten durchzuschlängeln.

Er flüsterte jetzt. »Die Fernstraße ist näher als ich dachte.«

In der Tat waren sie plötzlich im Freien und auf einer Straße, die von den Scheinwerfern dort parkender Autos hell erleuchtet war.

»... der Holzhacker hat gesagt, er sah, wie sie in Mr. Murphys Jagdrevier verschwanden. Niemand rühre sich, bis wir von den Kerls auf der anderen Seite des Parks ein Signal erhalten, und hört mal, Jungs – mir gehört der erste Schuß. Ich habe etwas wieder gutzumachen – das könnt ihr mir glauben. Wenn er mir jetzt in Sichtweite kommt, ist er tot, und damit Schluß. Daß ihr Jungs das ja nicht vergeßt. Ich spreche als Mann von Welt zu Männern von Welt... entweder muß ich ihn erwischen oder er mich!«

Sam Water sprach vor einer auserwählten und bewundernden Zuhörerschaft. Während er noch sprach, ertönte ein Schuß von der anderen Seite des Waldes.

»Alles bereit, Jungs, und schießt nicht auf die junge Dame!«

Sie kamen die Böschung heraufgestürmt, auf der Oktober in höchster Angst erstarrt den Ärmel ihres Mannes festhielt.

»Zurück! Unter den Draht – ich geh' zuerst.«

Bevor sie hinkam, war er schon durchgekrochen und zog sie hastig nach. Sie hörte, wie ein zweiter Riß in ihren Mantel kam.

»Links... schnell! Sie wissen nichts vom Stacheldraht!«

Anscheinend hatte die Gesellschaft aus irgendeinem anderen Grunde haltgemacht.

»Ausschwärmen! Ed, geh du bis zur Biegung. Mr. Elmer – wo ist denn Mr. Elmer... Hören Sie, Mr. Elmer, bleiben Sie hier in der Nähe...«

»Laufen«, sagte er ganz leise, und sie gehorchte. Die Schmalseite des Gitters tauchte genauso unerwartet auf wie vorher die Breitseite. Robin sah, daß die Landstraße leer war. Er riß den Draht in die Höhe, und das Mädchen schlüpfte unten durch. Sie hielt den Draht weniger erfolgreich hoch, als er ihr folgte.

»Macht nichts – in meinem Rock wird man einen neuen Riß überhaupt nicht bemerken.«

Ed, den man zur Biegung befohlen hatte, mußte nur mit einer gewissen Zurückhaltung gehorcht haben. Er war nirgends in Sicht. Die beiden schlugen sich nach rechts, blieben an der Seite des Weges und gingen hintereinander. Aus dem Wald hallte ein Schuß und dann ein zweiter, es folgte ein kleines Trommelfeuer. Sie sah, daß er sich vor Lachen schüttelte.

»Sie werden sich gegenseitig totschießen, und mich wird man dafür verantwortlich machen«, sagte er, und es fehlte nicht viel, so wäre seine Prophezeiung wahr geworden.

Zwei Lichter wurden vor ihnen sichtbar. Sie legten sich flach an der Seite des Weges hin, bis das Auto vorüber war.

»Wir müssen ganz am Rand bleiben«, sagte er und erklärte ihr, daß das altertümliche Wort für den Rand einer Straße ›slang‹ sei. Die Zigeuner lagerten früher auf dem ›slang‹. Zigeuner und wandernde Kesselflicker hatten ihre eigene Sprache, und so geriet das Wort ›slang‹ in die Umgangssprache.

Es machte ihm Spaß, sie zu belehren, und das in den ungeeignetsten Situationen. Sie bat ihn, das Rätsel der Königin Elfrieda aufzuklären, aber hier war er seltsam zurückhaltend.

»Ich werde es dir schon eines Tages erzählen«, sagte er. »Die gute, alte Elfrieda! Eine vollkommene Lady!«

Sie mußten über eine Meile laufen, bevor sie an eine Abzweigung kamen. Einmal sprang ein großer Hund aus einem offenen Gartentor auf sie zu. Robin pfiff, der Hund lief auf sie zu, und er hatte Mühe, ihn wieder nach Hause zu schicken.

Sie waren eben in den Seitenweg eingebogen, als Oktober flüsterte: »Bist du überzeugt, daß man uns nicht folgt?«

Er blickte zurück. »Weshalb?«

»Ich weiß nicht – wahrscheinlich bin ich nervös, aber mir war –«

Er drehte sich um und winkte ihr, weiterzugehen. Zusammengekauert an einer Ecke des Gatters, das die Hauptstraße abgrenzte, spähte er zurück. Er blieb einige Minuten dort, bevor er sie wieder einholte. »Ich habe niemand gesehen – und du?«

Sie zögerte. »Ich weiß nicht genau. Mir war, als sähe ich jemand auf der anderen Seite der Straße gehen. Vielleicht war es nur Einbildung.«

Knapp eine Meile weiter lief eine Eisenbahnlinie. Sie sahen, wie sich ein hellerleuchteter Zug durch die Landschaft schlängelte.

»Wahrscheinlich ist eine Bahnüberführung am Ende dieser Straße«, sagte Robin nachdenklich. »Wir können dem Schein folgen, aber ich glaube nicht, daß uns das sehr viel helfen wird. Vielleicht landen wir gerade da, wo wir nicht hin wollen.«

Sie hatten vor, die Schienen zu kreuzen und eine parallellaufende Straße auf der anderen Seite zu suchen, fanden aber, daß der Weg, auf dem sie jetzt gingen, nicht direkt zur Eisenbahn führte. Auf halbem Wege dorthin machte er eine scharfe Biegung, in deren Krümmung zwei hohe Tore mit Säulen rechts und links aus dem Dunkel wuchsen. Sie mündeten in eine Auffahrt zu einem hinter hohen Hecken verborgenen Haus. Als er stehenblieb, um sich zu orientieren, schlug ein Hund wütend an, aber anscheinend lag er an der Kette. Doch es drohte eine größere Gefahr als Hunde. Wie sie ratlos dastanden, bemerkte Oktober, daß sie einen langen, wenn auch schwachen Schatten auf den Boden warf. Ihr Begleiter hatte dies auch bemerkt und drehte sich um. Am anderen Ende der Landstraße leuchteten zwei Scheinwerfer auf, die mit jedem Sekundenbruchteil an Helligkeit zunahmen.

Robin blickte schnell um sich, es gab keinerlei Deckung. Die Insassen des Wagens konnten sie beim Vorbeifahren gar nicht übersehen, und bei dem hellen Licht mußten sie erkannt werden. Er sah einen eisernen Ring am Tor, drehte ihn, und als die schwere, eiserne Klinke sich daraufhin hob, öffnete sich langsam das große Tor.

Oktober brauchte keine Weisung, um ihm zu folgen. Sie war jetzt schon gewitzigt und war fast ebenso schnell wie er auf der anderen Seite des Tores. Er schloß das Tor wieder... der Hund bellte wild. Das Auto war jetzt so nahe, daß sie in seinem Licht jede Deckungsmöglichkeit erkennen konnten. Sie mußten auf Händen und Knien kriechen, bis zu einer Hecke, wo sie in der Tat völlig versteckt waren. Das Auto blieb stehen; jemand war ausgestiegen, schritt auf das Tor zu und riß es lärmend auf.

Aus der Richtung des Hauses fragte die Stimme eines Mannes: »Bist du es, Dick?«

»Tja... tut mir leid, daß ich so spät komme, Bill. Hast du die Schießerei gehört?«

Der Mann schritt die Auffahrt vom Hause her entlang, unter seinen Füßen knirschten die Kiesel.

»Wie? Schießerei? Doch, mir war, als hörte ich etwas. Der Hund bellte wie verrückt. Was ist denn los?«

»Der verdammte Strolch – der Kerl, der das Mädel aus Littleberg umgebracht hat. Sie haben ihn in Murphys Jagdrevier erwischt. Murphy tat, als mache es ihm nichts aus, daß man mit der Knallerei seine Fasanen scheucht! Die Kerls haben dann angefangen, aufeinander loszuballern. Niemand verletzt – das ist noch ein Wunder. Ich fahre den Wagen hinein... tut mir leid, daß ich so spät dran bin...«

Die Stimme entfernte sich. Es war klar, daß er sich wieder dem Wagen näherte. Das Brummen des Motors wurde wieder hörbar, und das Auto bog vorsichtig in die Auffahrt; jemand schlug das Tor hinter ihm zu.

»Der Diener kann doch herauskommen und es hineinfahren. Laß doch sein, Dick.« Dann schnappte ein Schloß.

»Besser, ich sperre den Wagen ab, solange der Kerl in der Gegend herumstrolcht. Gestern nacht hat er ein Auto gestohlen, wurde oben auf dem Steinbruchberg gefunden. Ganz fixer Kerl, der Lump! Wart, ich muß noch meine Handtasche holen!«

»Ach, komm doch schon«, war die ungeduldige Antwort. »Ich werde Hawkins danach schicken.«

»Hinaus – so schnell du kannst«, flüsterte Robin. Sie hatte ihn noch nie so aufgeregt gesehen. »Geh weiter auf die Eisenbahn zu und warte da.«

Oktober gehorchte, schlich sich durch die Hecke, was sich als schwierig erwies, da die Lichter des Autos erloschen waren und sie die günstige offene Stelle, durch die sie gekommen waren, nicht sehen konnte.

Sie hob geräuschlos die Klinke und schlich auf die Landstraße hinaus. Sie glaubte, der Autoraub sollte sich wie am Vortag wiederholen, und wahrscheinlich wäre dies auch der Fall gewesen, wenn der Wagen nicht abgeschlossen gewesen wäre.

Sie wandte sich nach rechts, als sie herauskam, und war ungefähr zweihundert Meter gegangen, als sie unsicher wurde. Das Haus war doch links gewesen, war sie etwa im Begriff zurückzugehen, den Weg, den sie gekommen waren? Sie blieb einen Augenblick unentschlossen stehen und überlegte. Durch die Bäume sah sie die Lichter eines Zuges und entdeckte, daß sie falsch gegangen war. Sie drehte sich um und begann zu laufen – da erblickte sie plötzlich zwei Männer. Auf jeder Seite des Weges stand einer, regungslos wie schwarze Säulen. Ihr Herz pochte schmerzhaft, einen Augenblick war sie atemlos. Robin mußte gewarnt werden, man war ihnen doch gefolgt. Sie ging schnell den Weg entlang, aber sie traten von beiden Seiten auf sie zu und hielten sie an.

»Wir bitten um Verzeihung, gnädige Frau!«

Es war ›Rotbart‹, sie hätte unter Tausenden seine Stimme erkannt.

8

»Guten Abend!« sagte Oktober und wäre weitergegangen, aber eine Hand schoß vor und faßte sie schmerzhaft am Arm.

»Gehen Sie weit, gnädige Frau?«

»Nein – zu Herrn... zum Hause hin. Bitte, lassen Sie mich los, oder ich rufe – meinen Bruder!«

»Wußte gar nicht, daß Sie einen Bruder haben – wußtest du das, Lenny? Hab' Sie immer für ein armes, einsames Waisenkindlein gehalten, und wo mag wohl Ihr ›Pennergatte‹ stecken?«

»Ich weiß nicht, was Sie meinen«, sie sprach sehr laut. Robin mußte sie hören, und dann ergriff sie panischer Schrecken. Wie, wenn er sie hörte und herkäme? Diese beiden Männer verfolgten ihn; der eine war der gefürchtete Messerwerfer...

»Was ist denn los – kein Mensch will Ihnen etwas zuleide tun, nicht wahr, Lenny?«

Er appellierte immer an Lenny, aber gewöhnlich blieb Lenny stumm. Der andere bückte sich und flüsterte seinem Begleiter etwas ins Ohr.

»Hm, hm«, grunzte Lenny, »stimmt.«

»Kommen Sie doch zu Ihrem Onkel zurück, meine Gnädigste«, sagte ›Rotbart‹. »Zweifellos sind wir eine minderwertige Gesellschaft, jetzt, wo Sie gewohnt sind, mit Ihrem eleganten Herrn Gemahl zu türmen; aber es wäre doch besser, Sie blieben bei uns, nicht wahr, Lenny?«

Die ganze Zeit bemerkte sie an ihnen gespannteste Aufmerksamkeit. Es war, als erwarteten sie einen Angriff, ohne zu wissen woher. Und dann bemerkte sie den Revolver in der Hand ›Rotbarts‹, spürte ihn eher, als sie ihn sah, denn die Nacht war sehr dunkel. Die Sichel des Mondes war vom Himmel verschwunden, nur die Sterne spendeten etwas Licht.

»Kommen Sie, los!« Der Griff an ihrem Arm ließ nicht nach. Er zog sie langsam seitwärts. Lenny hatte kehrtgemacht und ging rückwärts. Er fand es nicht einmal der Mühe wert, einen Vorwand dafür zu erfinden.

Ein mildes Sternenlicht spiegelte sich in dem Messer, das er zwischen Zeigefinger und Daumen hielt.

»Muß fabelhaft sein, solchen Abschaum zu ehelichen. Traumhaft schöne Hochzeitsreise, nicht wahr, meine Gnädigste?«

»Wovor haben Sie denn Angst?« fragte sie, »und müssen Sie unbedingt wie ein Krebs gehen? Wenn er Sie jetzt abschießt, dann fallen Sie einfach auf mich hin!«

Sie hörte, wie er nach Luft schnappte, und dann lachte er leise, aber nicht eben herzlich.

»Haste das gehört, Lenny? Na, anscheinend macht der Herr Gemahl unsere Gegend unsicher. Gibt hier eine ganz Menge Leute, die ihn kennenlernen möchten, was, Lenny?«

»Stimmt!« sagte Lenny.

»Er trägt 'ne Pistole bei sich, nicht wahr, Gnädigste: Ich wette –«

»Nehmen Sie sich in acht!«

Und hätte es ihr Leben gekostet – sie konnte dem Wunsch, ihn zu foppen, nicht widerstehen. Er sprang fluchend zur Seite. Einen Augenblick lang stand sie frei, aber er packte sie schnell wieder.

»Na, nur keine Mätzchen, Madam Strolch! Was wollen Sie denn eigentlich? Glauben Sie etwa, wir machen Spaß mit Ihnen?«

Er sprach laut und wütend. Danach schritten sie viel schneller aus, aber weder ›Rotbart‹ noch der schweigsame Lenny schienen ihre Köpfe stillhalten zu können. Bei jedem zweiten Schritt blickten sie zurück.

»Wir kriegen ihn schon, machen Sie sich keine Sorgen, meine Gnädigste. Irgendwo in der Gegend ist er. Weiter wollen wir ja nichts wissen. Zwei Männer bewachen diese Wegkreuzung. Meiner Meinung nach haben wir noch vor Tagesanbruch die Ehre, Sie ins Leichenschauhaus führen zu können, wo Sie sich den Ihrigen auswählen können, nicht wahr, Lenny?«

»Stimmt«, sagte Lenny.

»Was habt ihr denn eigentlich für einen Beruf? Seid ihr einfache Gauner oder gar Banditen?«

»Was fällt Ihnen denn ein –«

»Wahrscheinlich Banditen.« Sie nickte. »Die sind in Chikago am billigsten. Jemand hat mir erzählt, man kann sie dort zu einem Spottpreis haben.«

›Rotbart‹ hatte seinen Stolz. Chikago war seine Heimatstadt. Seine Rede wurde plötzlich verworren.

»Hören Sie mal, Sie... Was für mich gut genug ist, ist gut genug für... Was fällt Ihnen denn überhaupt ein?... Billig! Das gefällt mir, wie, Lenny? Was ist denn in der ganzen Welt spottbilliger als 'ne Räuberbraut – hm?«

Sie waren zur Straße gekommen. Ein aufregendes Schauspiel bot sich ihren Augen. Ganz nahe standen Autos in dichter Reihe. Auf der einen Seite des Weges wölbte sich das Land zu einem kleinen Hügel. Scheinbar war es herrenloses Gelände, denn nirgends waren Zäune zu sehen. Ein Feuer brannte, ein richtiges Lagerfeuer, das die Bäume malerisch beleuchtete. Da die Nacht warm war, war das Feuer eigentlich überflüssig. Aber malerisch war es auf alle Fälle, warf seltsame Schatten auf die ernsten Gesichter, flackerte über die Gewehrläufe und schien spukhaft auf das Zifferblatt der großen Uhr Mr. Elmers.

»Viertel vor elf. Meiner Meinung nach ist es Zeit, daß wir nach Littleberg zurückkehren. Sam, mir scheint, sie sind uns durch die Lappen gegangen. Ich nehme an, Oktober ist tot. Wäre wirklich für alle das beste.«

Er blickte seitwärts und zurück auf die einzige Frau der Versammlung. Mrs. Elmer hatte eine Leidenschaft für besonders klebriges Zuckerwerk. Ihre Backen waren aufgebläht, und ihre Kiefer arbeiteten regelmäßig und ununterbrochen. Mrs. Elmer schüttelte den Kopf. Tränen strömten aus ihren Augen, während ihr Kiefer auf und ab ging.

»Holzfäller haben sie gesehen«, sagte Sam kurz.

Er saß mit verschränkten Beinen, den Ellenbogen auf einem Knie, und stützte sein kleines Kinn auf die Hand. Quer über seinen Beinen lag ein Gewehr. Mrs. Elmer hatte schon zweimal den Lauf in eine andere Richtung als ihre eigene geschoben.

Sam stierte in das Feuer. Sein Gesicht war sehr rot und seine Brauen drohend gerunzelt.

»Ich hätte ihn töten sollen«, sagte er mit hohler Stimme. »Ich hatte ein so komisches Gefühl das erstemal, als ich ihn sah... ein unheimliches Gefühl... Schicksal!«

Jemand fragte, wie lange es dauern würde, bis das verdammte

Feuer abgebrannt wäre. Ein anderer war der Meinung, man könne es ruhig lassen. Einige der Sucher hatten sich schon zu ihrem Wagen hingestohlen.

Mr. Elmer blickte auf seine Uhr.

»Niemand kann irgendwem einen Vorwurf machen«, sagte er ruhig. »Oktober war eben ein Mädchen von diesem Schlag. Erinnere mich, wie sie einmal, als ich sie tadeln wollte, schnurstracks zum Brunnen hinüberging. ›Wenn du mich anrührst‹, sagte sie, ›springe ich hinein.‹ Das ist so echt Oktober.«

Sam runzelte verächtlich seine Nase. Er war zugegebenermaßen das wichtigste Mitglied der Gesellschaft, der unbestrittene Führer, das Hauptopfer. Es stand ihm frei, jedem anderen Äußerungen über Oktober und ihre Eigenarten übelzunehmen, und das tat er auch.

»Diesmal ist sie aber richtig 'reingesprungen«, sagte er bitter. »Die Frage ist nur: War das alles nicht schon im voraus arrangiert? Sehr seltsam, daß sie am selben Morgen gesagt hat: ›Mann ist Mann. Ich würde genauso gern einen Strolch heiraten!‹«

Diese neue Hypothese berührte Andrew unangenehm. Mrs. Elmers Kiefer blieben plötzlich stillstehen.

»Das ist die Frage: War die Sache vorbereitet?« Sam sprach weiter, obwohl sein Publikum von der ewigen Wiederholung dieser Spekulation schon etwas ermüdet war. »Er war da ... saß neben dem Weg. Sie muß ihn doch gesehen haben ... Er hat sie ja auch gesehen! ›Ja‹, sagte er, als ich ihn danach fragte.«

Hier blickte er auf. Seine vom Rauch tränenden Augen starrten in das Dunkel jenseits des leuchtenden Holzstoßes. Den rotbärtigen Mann, der dort kam, kannte er nicht. Das Mädchen im zerrissenen Mantel, die nun in den Lichtkreis trat, kannte er dagegen wohl. Er ergriff sein Gewehr und starrte sie an. Mr. Elmer erhob sich schwankend.

»Oktober!« stieß er hervor und wußte nicht, wie er sich weiter benehmen sollte, denn für ihn war sie keinesfalls die verlorene Tochter oder ein Lamm, das zur Herde zurückkehrt. In diesem Augenblick wurde ihm klar, daß sie für ihn nicht mehr und nicht weniger war als ein Kätzchen, das sich nicht ersäufen lassen will.

Mr. Sam Water ließ sich Zeit zur Überlegung. Sein Gewehr fest in der Hand, machte er drei Schritt auf sie zu und stellte sich ihr gegenüber in Positur.

»Du bist zurückgekommen, wie, Oktober?« fragte er heiser.

»Mrs. Beausere«, sagte sie eisig. »Ich bin verheiratet.«

Diese Bemerkung ließ ihn blinzeln und unterbrach etwas, was vielleicht ein historischer Ausspruch geworden wäre. Statt dessen: »Verheiratet... Ach! O ja! Ist das nicht fein! Schämst du dich denn nicht, Oktober Jones? Um keine Million möchte ich deinen Charakter haben... Schämst du dich denn gar nicht?«

»Seien Sie doch nicht hysterisch!« sagte Oktober. »Nennen Sie mich gefälligst nicht Jones. Mit den Jones bin ich auf ewig fertig.«

Mrs. Elmer war langsam nach vorwärts geschwankt. Sie war eine Frau und wußte, wie sich eine Frau in solchen Situationen zu benehmen hatte. Ihr Kopf senkte sich nach vorn, und ihr Gesicht trug den Ausdruck schmerzlichster Überraschung, mit dem sie allen Lebenskrisen zu begegnen pflegte.

»Oktober!« sagte sie traurig. »Oh, Oktober!«

Mr. Water erfaßte seine Pflicht. »Mischen Sie sich nicht hier hinein«, sagte er scharf. »Sie hat sich selbst ihre Suppe eingebrockt.«

Mrs. Elmer durchbohrte ihn mit einem Blick. »Ich will aber wissen –«, sagte sie.

Mr. Elmer hustete.

Die Zuschauer wandten sich feinfühlig ab und taten, als interessierten sie sich füreinander. Sie alle würden doch später alles erfahren, sie konnten es sich leisten, abzuwarten. Nur Sam stand drohend mit verschränkten Armen da und rührte sich nicht.

»Sam!« sagte Mr. Elmer sanft.

»War es vorbereitet? Das will ich wissen!« fragte er. »Darüber will ich Bescheid haben, und dann bin ich fertig – mit der ganzen Geschichte!«

»Sam!«

Mrs. Elmer sah die anderen Männer bedeutungsvoll an.

»Mir ist das gleich, wer das alles hört!« Sam war wild geworden. »War es vorbereitet?«

»Mr. Water junior« – Oktobers Stimme war wie Honig –, »wollen Sie sich bitte entfernen? Mrs. Elmer wünscht, mütterliche Gefühle an den Tag zu legen.«

Er starrte vor sich hin; Mrs. Elmers Rücken wurde steif. Ihre zartesten Empfindungen waren verletzt.

»Das sieht dir wieder einmal ähnlich! Oktober! Immer alles auf das Schlimmste auszulegen! Nach allem, was Mr. Elmer für dich getan hat. Ich, die ich sogar deinen Koffer gepackt habe... Schämen solltest du dich, machst dich über Dinge lustig...«

Mr. Elmer witterte einen heraufziehenden Zank und kam näher. Er hätte seine eigenen Ansichten, die er sich inzwischen gebildet hatte, zum besten gegeben, aber Oktober unterbrach ihn: »Ich will allen sagen, daß ich aus freiem Willen geheiratet habe. Die meisten von euch wissen das, aber für einige ist es vielleicht eine Neuigkeit.«

»Vorbereitet!« zischte Sam.

»Ich habe meinen Mann mit offenen Augen geheiratet, weil ich ihn Sam Water vorzog. Ist das klar? Und ich bedaure meine Wahl nicht! Ich habe einmal gesagt, ›Mann ist Mann‹. Das ist aber nicht wahr. Es gibt Männer, die mehr wert sind als andere. Mein Mann zum Beispiel ist viel mehr wert als Mr. Sam Water.«

Sie blickte sich nach ›Rotbart‹ um: Er war aber plötzlich verschwunden.

Robin wartete bestimmt in der Nähe des Kreuzweges auf sie. Plötzlich kam ihr ein Gedanke.

»Vielleicht befindet sich ein Gentleman hier, der bereit ist, mich in seinem Wagen an einen Ort zu fahren, den ich später nennen werde?«

Ein Dutzend waren da, die gerne ihre Dienste angeboten hätten. Die Nacht hatte heroischer begonnen, als sie zu enden schien. Schlimmer aber als der Tod ist die Lächerlichkeit, und die Situation drohte in Lächerlichkeit zu versinken.

Sam Water trat heldenhaft in die Bresche.

»Du kommst nach Littleberg zurück. Das steht fest! Eine Frechheit hast du! Glaubst du, wir dulden, daß du mit dem Kerl da losziehst... Was sagt ihr dazu, Jungens? Du mußt einfach zurückkommen! Niemand soll uns auslachen.«

Diese Worte wirkten entscheidend. Die Gesellschaft kehrte ins Heroische zurück. Niemand sollte sie auslachen!

Oktober war gefangen. Sie war entsetzt. Nicht wegen ihrer schimpflichen Lage. Aber Robin war allein. Natürlich war er schon früher allein gewesen, aber dieses Mal war es etwas anderes. Vielleicht würde sie ihn nie wiedersehen. Ihr wurde bei dem bloßen Gedanken kalt ums Herz. Nicht, daß es sich um Liebe gehandelt hätte... Er gehörte einfach zu ihr, er war ihr unentbehrlich. Weshalb denn? Sie schüttelte den Kopf, aber sie wußte sehr gewiß, daß es so war.

›Rotbart‹? Sie versuchte angestrengt, in der Richtung der Landstraße zu spähen. Es standen dort mehrere Männer. Aber ›Rotbart‹ war nicht unter ihnen.

»Du kannst mit Mrs. Elmer und mir heute noch nach Hause kommen«, sagte Andrew schroff. »Vielleicht morgen... Na, vielleicht nimmt dieser blöde Rechtsanwalt Pfiefer dich zu sich. Hör' mal, Oktober, du kannst Mrs. Elmer alles sagen.«

»Ist Littleberg denn so neugierig?« fragte sie harmlos.

»Mrs. Elmer, habe ich gesagt! Sie ist eine Frau, Oktober.« Dies letzte fügte er sehr ernst hinzu.

»Dieser Hinweis war überflüssig, Mr. Elmer«, erwiderte Oktober. Die Situation wurde immer gespannter.

Eine endlose Fahrt! Oktober in der einen Ecke des ratternden alten Fordwagens, Mrs. Elmer in der anderen. Zwischen ihnen stand der Picknickkorb der alten Dame wie eine unerbittliche Scheidewand.

Oktober erwachte aus ihrem Vorsichhindämmern, als der Wagen den schlechten Weg zum Birkenhof hinaufratterte. Das alte Zimmer... unverändert, die ewig tickende Uhr mit den gemalten Rosen auf dem Zifferblatt, die charakterlose gelbe Katze unter dem Tisch zusammengerollt! Das ganze Haus roch nach Verwesung! Weitaus schlimmer als die Küche in der Hütte des Schweden. Hier hätte eigentlich auch ein Haken in der Decke sein müssen, um einem gebrochenen Herzen einen schnelleren und gnädigeren Übergang in ein besseres Land zu ermöglichen, wo strolchähnliche Engel Hand in Hand durch duftende Wälder wanderten.

Nicht Liebe – das war nicht Liebe. Heldenanbetung! Sie brach plötzlich in ein Gelächter aus. Mrs. Elmer hoffte mit zusammengekniffenen Lippen, dies möge den Anfang des Zusammenbruchs bedeuten.

»Du hast ja Grund zum Lachen«, sagte Sam, der mit ihnen zusammen nach Hause gefahren war, »du solltest –«

»Schweigen Sie!« Sie wischte seine Worte mit einer Handbewegung beiseite. »Gehen Sie nach Hause! Sie haben keinen Anlaß, sich hier aufzuhalten. Als Bräutigam in spe hatten Sie wenigstens einen Fuß in der Familie, aber jetzt...!«

Mr. Elmer biß sich nachdenklich auf die Lippe und kam zum Schluß, daß Oktober recht hatte. Er hatte Sam satt: Sams Verlust, Sams Racheplan, Sams Führerschaft – außerdem war er ja nur ein dummer Junge. Oktober war zweifellos verrückt und undankbar, aber sie hatte recht. Selbst Sam mußte sich ihrer Logik beugen.

»Dann ist die Sache für mich endgültig erledigt«, sagte er und zog seinen Gürtel fester. »Ich glaube nicht, daß du und ich uns je noch mal wiedersehen werden. Geh du deiner Wege, ich gehe die meinen. Tja... Ich nehm's dir nicht weiter übel, Oktober. Ich verlasse ja Littleberg... fahre irgendwohin... nach Europa, aber bevor ich gehe, möchte ich noch das eine sagen –«

Er sagte es aber nie.

»Ich weiß – hab' ich schon gelesen. Sie verzeihen mir, Sie hoffen, ich möge glücklich werden –«

»Ich wollte nichts dergleichen sagen!« protestierte er indigniert. »Meine Zeit ist natürlich verloren! Mein Leben ist verpfuscht, und dabei stehst du einfach da und lachst!«

»Meiner Meinung nach gehst du jetzt lieber, Sam«, sagte Mr. Elmer und öffnete die Tür. Sam zuckte mit seinen schmalen Schultern, schnippte die Finger im Jazzrhythmus und zog sich zurück. Unterwegs fiel ihm eine geistreiche Antwort ein, die er eigentlich hätte geben müssen.

Eine peinliche Pause folgte seinem Abgang. Oktober saß im Schaukelstuhl. Mrs. Elmer, ihre Arme fest verschränkt, betrachtete ihren Gatten. Andrew Elmer dachte über die bevorstehende Gutsbesitzertagung nach. Lena, die schwedische Köchin, kam auf

Zehenspitzen ins Zimmer mit einem Brett, auf dem ein auffallend großer silberner Kaffeetopf stand. Sie stellte die Tassen geräuschlos hin. Niemand hatte den Mut, sie wegzuschicken. Sie war der Überzeugung, den richtigen Ersatz für das gemästete Kalb gefunden zu haben.

Unwillig schenkte Mrs. Elmer den Kaffee ein.

»Dein Zimmer ist in Ordnung«, sagte sie. »Ich weiß nicht, was ich den Leuten sagen soll – keine Ahnung!«

Sie reichte Oktober mit einer Bewegung der Mißbilligung eine Tasse. Oktober schlürfte nachdenklich die warme Flüssigkeit. Vielleicht stimmte es nicht, daß eine Wache am Eisenbahnübergang stand. ›Rotbart‹ kam es auf eine Lüge mehr oder weniger sicher nicht an, und Robin war vorsichtig... Er konnte in der Dunkelheit sehen – Dinge, die ihr unsichtbar blieben... Also hatte der Schwede sich doch an dem Haken aufgehängt. Das war eigentlich keine Ursache zum Lächeln, aber sie lächelte doch, und Mrs. Elmer spürte, wie die Wut in ihr kochte.

»Freut mich, daß du grinsen kannst, Oktober, aber Mr. Elmer und ich –«

»Hab' ich gegrinst?« Sie schien fast reumütig. Mrs. Elmer hatte sie noch nie so gesehen. »Tut mir leid. Ich dachte... an etwas ganz anderes. Ich muß wohl hierbleiben? Könnte ich nicht im ›Berghaus‹ ein Zimmer nehmen?«

Dies war ein Vorschlag, über den Mr. Elmer sehr bestimmte Ansichten hatte.

»›Berghaus‹? Und wer bezahlt dir denn das Appartement im ›Berghaus‹, Oktober? Du hast ja kein Geld! ›Berghaus!‹«

Es war das erstemal, daß ihre Geldlosigkeit erwähnt wurde. In mancher Hinsicht war dies die belehrendste Äußerung, die Andrew Elmer je gemacht hatte.

»Ach so, ich habe kein Geld, ist das richtig?« Sie hätte beinahe ›Lenny‹ hinzugefügt.

»Stimmt«, sagte Mr. Elmer und spielte unbewußt die Rolle des kleinen, dicken, messerwerfenden Mannes.

Es klopfte an der Tür. Die Eheleute wechselten Blicke.

»Wenn es Sam ist, sag' ihm, er soll morgen früh wiederkommen«, knurrte Mr. Elmer.

Sie verschwand. Die Tür des Salons war dick genug, alle Geräusche, die leiser als ein Brüllen waren, fernzuhalten. Oktober schaukelte, ihr Gesicht auf die Handfläche gestützt, hin und her. Über der Stuhllehne hing ihr zerrissener Mantel. Es machte ihr Freude, ihn anzusehen. Fast jeder Riß und jeder Flecken erinnerte sie an ein Ereignis ihres Abenteuers.

Die Tür ging langsam auf. Mrs. Elmer trat ein. Die Art ihres Lächelns zeigte die gesellschaftliche Wichtigkeit des Besuchers an.

»Bitte, treten Sie näher, mein Herr.« Der Herr folgte ihr auf den Fersen. Ein stattlicher Mann. Sein Hemd war weiß wie Schnee, seine schwarze Krawatte ganz korrekt. Seine Hosen waren oben vielleicht um ein paar Zentimeter zu kurz, und ein Streifen vom Hemd war zwischen der Weste und der Hose sichtbar. Er hatte einen kurzen Schnurrbart und Backenbart und trug einen Zwicker, der ein bißchen schief auf seiner Nase saß.

»Captain Sullivan, Staatspolizei«, so stellte er sich vor. »Ist das hier die junge Dame?«

Als er auf Oktober deutete, wurden acht Zentimeter seiner Manschetten sichtbar. Die Ärmel seines Rockes waren zu kurz.

»Ich komme aus Washington«, sagte Captain Sullivan. »Meine Dame, Sie sind verhaftet.«

Oktober nickte. Sie hatte keine Fragen zu stellen.

»Holen Sie Ihren Mantel – haben Sie etwas Proviant im Hause?« Dies letztere war an Mrs. Elmer gerichtet. Sie nickte nur, denn sie fand in ihrer Bestürzung nicht die rechten Worte.

»Käse, Wurst und so weiter.« Captain Sullivans Augen ruhten auf dem Kaffeetopf. »Kaffee. Wir haben eine lange Reise vor uns.«

»Verhaftet?« Mr. Elmer fand die Sprache wieder.

»Verhaftet«, sagte Captain Sullivan von der Staatspolizei. »Vergehen gegen Paragraph neunundzwanzig.«

Mrs. Elmer verschwand in der Küche.

Sie kam in erstaunlich kurzer Zeit wieder mit einem Korb voll Proviant.

»Haben Sie Flaschen – eine große Flasche?«

Sie nickte stumm und kehrte dann aus der Küche zurück mit einer Flasche – einer großen Flasche. Gemächlich füllte Captain

Sullivan die Flasche zur Hälfte aus dem Kaffeetopf und fügte Milch hinzu. Er nahm zwei große Handvoll Zucker und steckte sie in die Tasche seines Smokingjacketts. Seine Ernsthaftigkeit war beinahe beunruhigend.

»Verhaftet? Aber ich bitte Sie... verhaftet?«

Captain Sullivan sah Mr. Elmer den Bruchteil einer Sekunde streng an, dann nahm er den Mantel auf, der über der Stuhllehne hing.

»Ihrer?«

Oktober nickte. Sie stand jetzt auf.

»Kommen Sie«, sagte er und nahm von dem Tisch zwei Tassen. In einer Hand hielt er die Flasche, in der anderen den Korb. Ein Apfel fiel heraus, er bückte sich, ihn aufzuheben.

Krach!

Eine Naht seines Rockes war dieser Belastung nicht gewachsen – ein Stück Rockfutter wurde sichtbar.

Oktober folgte ihm gehorsam. Vor dem Tor stand ein Auto mit laufendem Motor.

Sie kletterte in den Wagen, der nicht sehr imposant aussah.

»Aber Captain«, sagte Mrs. Elmer, die ihnen bis zum Gitter gefolgt war, »das ist kein sonderlich schöner Wagen für eine lange Reise!«

»Er ist getarnt«, sagte der Captain kühl. »Wir tarnen immer alles.«

Der Wagen ratterte quietschend durch Littleberg und kam wieder auf die bekannten Straßen. Oktober seufzte zufrieden.

»Ich finde dich fabelhaft!« flüsterte sie.

9

In einer Entfernung von einigen vierzig Kilometern telefonierte ein fassungslos wütender junger Mann mit der Polizei.

»... ein brauner Lederkoffer, mit Monogramm R. T.... Wie? – Ich sagte Ihnen ja schon... Vor Stunden hab' ich es Ihnen schon gesagt! Hören Sie, schreiben Sie bitte auf: ein brauner Lederkoffer. Er war im Wagen hinten angebunden. Er enthielt einen Smoking, Rasierapparat und – nun, das übliche Zubehör, außerdem einen seidenen Pyjama.«

Robin wurde gesprächig, während der Wagen weiterfuhr.

»Der Pyjama war eigentlich überflüssig. Ich habe ihn auf einer Wiese fortgeworfen. Jetzt tut es mir leid. Du hättest die Hose als Schärpe tragen können. Und der Rasierapparat... gütiger Himmel! Hat der aber weh getan!«

Der Wagen war aus der Reihe der in der Nähe des Lagerfeuers parkenden requiriert worden. Es war der allerletzte gewesen. – Niemand hatte bemerkt, wie er verschwand. Die jungen Leute von Littleberg hatten eine sehr soziale Art, mit ihren Wagen umzugehen. Ed borgte Joes, wenn an seinem etwas nicht in Ordnung war, ohne überhaupt um Erlaubnis zu fragen. Möglicherweise schlief in diesem Augenblick der rechtmäßige Besitzer, ohne eine Ahnung von seinem Verlust zu haben.

»Aber das Rasieren... Kaltes Wasser, kein Spiegel, und mein Gesicht in diesem Zustand!«

»Hast du gesehen, wie man mich weggeführt hat?« fragte sie.

»Die Wandervögel – ja. Du bist ja direkt an mir vorbeigegangen. Was ist denn eigentlich geschehen?«

Sie erzählte ihm von ›Rotbart‹, aber das war für ihn keine Neuigkeit. Er hatte ›Rotbart‹ ja gesehen.

»Als ich dich nicht mehr sah, erriet ich, daß du in der verkehrten Richtung gegangen warst. Ich machte einen Augenblick halt, um den Handkoffer zu erbeuten. Jetzt habe ich seidene Unterwäsche an, ich komme mir vor wie ein König!«

Sie stellte keine Fragen. An der Straßenkreuzung, wo der Handkoffer ergattert worden war, bog er ein. Als sie an dem Haus vorbeifuhren, wo der so ungerecht behandelte Besitzer eines Automobils und Abendanzugs im Begriff war, seiner Meinung über die Polizei im allgemeinen und deren Unfähigkeit im besonderen Ausdruck zu verleihen, winkte Robin dem Urheber seiner Bequemlichkeit schweigend einen dankbaren Gruß zu.

›Rotbart‹ hatte nur zur Hälfte gelogen. An der Kreuzung stand tatsächlich ein Wächter mit einer Flinte unter dem Arm. Als sie vorüberfuhren, schrie er: »Haben Sie vielleicht –?« Der Rest des Satzes ging verloren.

»Gute Nacht!« brüllte Robin zurück, als sie über die Schienen holperten.

»Ich hätte mir ja etwas weniger Auffallendes als einen Smoking gewünscht«, sagte er, »aber wer etwas braucht, darf nicht wählerisch sein. Ich komme mir vor wie der Prinz von Wales. Da wir unsere Ausgänge zudem nachts machen, ist der Abendanzug ganz am Platz. Du hattest keine Angst, als ich auftauchte?«

»Ich erkannte dich sofort – selbstverständlich erkannte ich dich«, spottete sie.

»Ich dachte mir schon, daß du das würdest... Hallo!« Er drehte plötzlich den Kopf, um zurückzublicken.

»Was ist denn los?« fragte sie.

»Ein Mann lag neben dem Weg – ich glaube auf der Lauer. – Du weißt nicht, in welcher Richtung ›Rotbart‹ ging, als er die verwegene Jugend von Littleberg verließ?«

Sie hatte sein Weggehen nicht beachtet.

»Er hat erraten, daß ich zur Eisenbahn wollte«, sagte er schließlich. »Vielleicht glaubte er, daß ich schon weitergefahren sei. Ich möchte wissen, was Elfrieda über die ganze Geschichte denkt – und der Gustl!«

Sie konnte diesbezüglich keine Auskünfte geben.

»Das da vorne sieht wie eine Kreuzung aus«, sagte er. »Wie wäre es, wenn wir seitwärts abbögen, die Lichter ausmachen und essen würden? Ich mußte unseren alten Proviant im Stich lassen, und jetzt vergehe ich vor Hunger.«

Aber die Wegkreuzung entpuppte sich als Hauptstraße, und da fanden sie keine passende Stelle für einen Aufenthalt. Ein paar Kilometer weiter die Hauptstraße entlang fanden sie einen kleinen versteckten Weg, der zu einem angemessenen Platz führte. Am westlichen Himmel war ein Glimmen sichtbar – schwach, aber unverkennbar. Er vermutete die Nähe der großen Stadt oder irgendeiner Fabrik.

»Ogdensburg kann nicht mehr weit sein«, sagte er, als er die Flasche entkorkte.

Sie war nicht sehr hungrig, aber sie aß, um ihn zu ermutigen.

»Wenn wir den Wagen nur verstecken könnten, dann könntest du darin schlafen«, sagte er. »Eine Decke ist drin. Hast mich also gleich erkannt, als ich in den Salon kam?«

Dies schien ihm Freude zu machen, und er erwähnte wiederholt die Tatsache, daß sie ihn erkannt hatte.

»Elmer wird selbstverständlich zur Polizei laufen. Am Schluß war er ja ziemlich argwöhnisch. Elfrieda kennt meine Gewohnheiten sehr genau; ich möchte wissen, ob Gustl im Bilde ist?«

»Inwiefern?«

»Darüber, daß ich Bescheid weiß.«

Sie stellte die Tasse, aus der sie gerade trank, hin.

»Was hast du denn für ein Verbrechen begangen?« fragte sie. »Ich weiß, daß du ein Einbrecher bist und daß du Autos stiehlst. Aber hast du etwas ernstlich Unrechtes getan?« Und als er lachte, fuhr sie fort: »Nein, ich meine es ganz im Ernst, hast du vielleicht Gustls Frau entführt?« Es kam ihr seltsam vor, daß es ihr so schwerfiel, ihre Zweifel in Worten auszudrücken. »Hast du das getan?«

»Gott behüte!« sagte er fromm. »Gustls Frau lebt nicht mit ihm zusammen. Entweder konnte sie Gustl nicht vertragen oder, was mir wahrscheinlicher erscheint, seine Mutter nicht.«

»Ist Elfrieda seine Mutter – die Frau mit der Nase?« fragte sie schnell.

»Sie hat allerdings eine Nase, ja. In Wirklichkeit heißt sie Georgina, und sie ist Gustls Mutter. Sie ist der Inbegriff aller Unwahrscheinlichkeiten, aber jagen und reiten kann sie fabelhaft! Ein richtiger Sportsmann – ein feiner Kerl.«

»Aber ich dachte, sie sei unangenehm. War Elfrieda nicht ziemlich... schrecklich?«

»Schauderhaft«, sagte er ernst. »Erinnerst du dich nicht, wie schrecklich sie sich gegen Athelwold benahm, als diese in ihren schönsten Gewändern in die Königsburg kam?«

»Nein, ich erinnere mich nicht!« Der Tonfall von Oktobers Stimme war schärfer als gewöhnlich, aber Robin wirkte dennoch entwaffnend auf sie.

»Ich werde dir eines Tages die ganze Geschichte erzählen«, sagte er. »Ich bin kolossal bewandert in der angelsächsischen Geschichte. Aber nun müssen wir erst eine sichere Burg finden.«

Er ließ den Motor anspringen. Sie ratterten ungefähr einen Kilometer weiter und kamen zu einer Weggabelung. Er nahm den mittleren Weg. Bald erreichten sie ein Gebäude, das – sehr eckig und häßlich – wenige Meter von der Straße entfernt stand. Die Drahtumzäunung war stellenweise lose und fehlte zum Teil ganz. Zu den Dingen, die sie bei der Durchsuchung des Wagens gefunden hatten, gehörte eine Taschenlampe, und mit dieser in der Hand ging er auf Entdeckung aus.

Der Platz lag voll eiserner Fässer. Üppiges Gras wucherte überall. Alles war öde und vernachlässigt, fraglos eine verlassene Ruine. Er sah ferner, daß das Fensterglas zerbrochen war; auf der schwarzen Eingangstür, direkt in der Mitte des Gebäudes, war ein halb verwischter, mit Kreide geschriebener Gaunerzinken zu sehen. Er überlegte sich eine Zeitlang, was das Zeichen wohl bedeuten könnte. Konnte es heißen »Bruch«, »Unsicher«?

Er stieg vorsichtig über den Schutt, bog um die Ecke des Gebäudes und ging weiter. Am entferntesten Ende kam er zu einem einstöckigen Teil, der an das Hauptgebäude angebaut worden war. Er konnte sich vorstellen, daß dies einmal das Büro der längst entschwundenen Inhaber gewesen sein mochte. Eine kleine Tür war da. Er versuchte sich daran, obwohl er nicht erwartete, daß sie sich öffnen lassen würde. Zu seinem Erstaunen gab sie sehr leicht nach – viel zu leicht. Jemand zog von innen an ihr, und er machte schnell einen Schritt zurück und zog die Pistole aus der Tasche.

Im Licht seiner Lampe erkannte er den alten Mann, den er in der Nähe der Hütte des Schweden in der Hochzeitsnacht gesehen hatte. Der Alte runzelte die Brauen.

»Hab' dich doch schon mal gesehen, nicht, ›Penner‹?«

Er sprach leise, als habe er Angst, jemanden zu stören.

»Ich und ›O‹ wurden von einem Bullen vom Zug geschmissen«, flüsterte er, »und so haben wir uns hier versteckt.«

Der Alte blickte in das Zimmer zurück, trat dann heraus und machte die Tür sehr leise hinter sich zu.

»Habe mich wohl doch geirrt!« Die Stimme war die eines gebildeten Mannes. Kanadier, erkannte Robins geübtes Ohr.

»Ich konnte Sie nicht deutlich sehen. Das Licht blendete. Hm!«
Er blickte ihn mit kurzsichtigen Augen an.

»Hm! Ich sehe, daß Sie sich zum Dinner umgezogen haben. Die Mode hat sich in den letzten Jahren sehr geändert. Ein weiches Hemd war früher undenkbar.«

Seine schmutzige Hand betastete den Stoff des Smokings.

»Das ist doch interessant.« Er schüttelte den kahlen Kopf. »Mal sehen... Es ist schon lange her, daß ich das letztemal... Hm!«

Robin war sowohl durch die Aussprache des Alten wie durch das Gesagte bestürzt.

»Es war vor der Geschichte mit Julia«, meinte der alte Gentleman, sich in Erinnerungen verlierend, »und lange bevor die Erscheinung zu mir kam. Das geschah das erstemal in Santa Barbara... Oder war es in Sacramento... Das genaue Datum kann ich Ihnen nicht sagen. Meine Frau hab' ich sehr schlecht behandelt. Julia war das Werkzeug der göttlichen Gerechtigkeit.«

Er sprach sehr freundlich, in der Art, wie sie alten Männern, die sich in Erinnerungen verlieren, eigen ist. Er erwähnte nebenbei, daß er Professor der Anatomie an einer großen amerikanischen Universität gewesen war – lange vor der unglücklichen Affäre mit Julia, lange bevor die Erscheinung zu ihm gekommen war, lange vor der Geschichte mit ›O‹.

Der Alte nickte auf die Tür zu. ›O‹ glaubt, ich sei verrückt... Wegen der – Erscheinung. Ich versuchte ihm klarzumachen, daß ich Gaben besitze, die nicht jedem beschieden sind, aber ich kann seine Skepsis schon begreifen. Vor zwanzig – dreißig Jahren hätte ich auch über die Sache gelacht... Hm!«

Robin hielt die Zeit für gekommen, einige wichtige, sachliche Fragen zu stellen.

»Platz für einen Wagen? Mal überlegen.« Der Alte strich sich über seinen glänzenden Kahlkopf. »Hinten ist ein Schuppen – niemand kommt ins Atelier... Wie man das hier nennt. Früher war es eine Film – eh – Werkstatt. Ich weiß sehr wenig von solchen Sachen. Bin froh, daß Sie gekommen sind.«

»Weshalb denn?«

»Ich bin sehr froh, daß Sie gekommen sind«, wiederholte der Alte. »Die Erscheinung... Ich bin nicht sicher, ob ich sie recht verstanden habe. Gewöhnlich spricht sie sehr ausführlich, aber heute nacht... seltsam unklar. Selbstverständlich möchte man nicht gern einen Fehler begehen. Vielleicht war es auch nur mein eigenes Gefühl, schlecht behandelt worden zu sein, das mir eingab... Er hat mich ziemlich geschlagen. Sehen Sie!«

Er deutete auf seinen Mund: Er war geschwollen und aufgerissen.

»Handelt es sich um den Mann, mit dem Sie reisen?«

Der Alte nickte ernst.

»Ich kenne seinen Namen nicht. Man nennt ihn Harry, den Diener.« Er blickte nervös auf die Uhr. »Ich zeige Ihnen den Schuppen«, sagte er und ging voraus. »Wir sind seit acht Jahren zusammen – vielleicht noch länger. Ich finde ihn nützlich. Aber er ist sehr grausam... Hm!«

Der Alte hatte gesagt, dieses verlassene Atelier würde von niemandem aufgesucht. Aber selbst, wenn dies nicht der Fall war, so stand der Schuppen auf der Seite des Gebäudes, wo er am wenigsten gesehen werden konnte.

»Das hier ist ein besonders beliebter Unterschlupf für die ›Pennerzunft‹.« Robin verstand, was er meinte. »Aber ich fürchte, der beste Platz ist besetzt. Vielleicht wünschen Sie aber gar nicht, hier zu schlafen?«

Robin teilte ihm mit, daß das allerdings seine Absicht sei, und der Alte schien nicht erstaunt.

»Sind Sie allein? Nicht? – In der Ecke des Grundstücks ist noch ein alter Verschlag. Ich war selbst noch nicht dort, aber bei trockenem Wetter soll es da sehr bequem sein.«

Er hätte ihm den Weg gezeigt, aber Robin lehnte seine Hilfe ab. Sie kehrten zu dem einstöckigen Gebäude zurück, wo sie entdeckten, daß ›O‹ im Freien stand und auf den Alten wartete. Er war ein Riese, fast einen ganzen Kopf größer als Robin.

»He! Was ist denn los, Jesse... Was zum Teufel treibst du denn? Was unterstehst du dich, die Tür offen zu lassen, du kleiner...«

Seine Sprache war nicht gerade gewählt. Robin hielt seine Taschenlampe zur Erde. Das gab genug Licht, den Mann näher zu betrachten. Schäbig, aber nicht eigentlich schlecht gekleidet, gut genährt, stämmig... Das war alles, was man Gutes über seine Erscheinung sagen konnte. Wenn möglich, war er noch weniger anziehend als am ersten Abend, als sie sich begegnet waren.

Der alte Mann sprach ihn mit ›O‹ an und war rührend besorgt, ihn günstig zu stimmen.

»'rein mit dir, und mach das Bett noch mal, du erbärmlicher Zwerg!« Er hob seinen Fuß. – Der kahle alte Mann aber wich dem Fußtritt mit großer Gewandtheit aus.

Im Licht hatte ›O‹ die weiße Fläche der Hemdbrust bemerkt und hoffte sicherlich auf Almosen. Robin begriff, daß er nicht erkannt worden war.

»Der alte Kerl hat 'nen Vogel. Achten Sie nicht auf ihn! Er sieht Gespenster! Haben Sie 'nen Dollar? Na, also, dann 'nen halben? Ich und er, wir haben seit Tagen nichts mehr zu fressen gekriegt.«

Robin erklärte kurz das Nötige.

»Hier schlafen? Sind ja verrückt. Übrigens ist hier kein Platz.« Der Ton der Ehrerbietung war aus seiner Stimme verschwunden. »Was haben Sie denn vor?«

»Ich bleibe hier, das ist alles«, sagte Robin und wandte sich ab.

Er erwartete, daß der Mann ihm folgen würde, aber der bewegte sich nicht. Robin erklärte Oktober schnell die Sachlage.

»Ich glaube nicht, daß wir den Wagen viel weiter bringen können«, sagte er. »Der Tank ist beinahe leer, aber vielleicht kann ich morgen irgendwo einen Kanister Benzin klauen.«

Er fuhr den Wagen über die Löcher und Furchen, ließ ihn über geheimnisvolle Schutthaufen klettern und lenkte ihn rückwärts in den Schuppen. Dann gingen sie den Verschlag in der Ecke des Grundstücks suchen. Es war ein kleines, fensterloses Gebäude, das aber offensichtlich früher schon als Schlafstelle benutzt worden war. Einer der Türflügel fehlte. Der Boden war kahl, nicht einmal ein Sack war liegengelassen worden. Die einst geweißten Wände waren mit Bleistiftanschriften früherer Bewohner bedeckt. Einige von ihnen waren verständlich, eine ganze Reihe aber nicht druckfähig. Zeichnungen waren auch da, aber Robin beleuchtete sie wohlweislich nicht.

»Du wirst es mit dem Boden versuchen müssen«, sagte er und legte Kissen und Decke, die er aus dem Wagen mitgebracht hatte, in die eine Ecke.

Er hörte ein Geräusch und blickte auf. Die Riesengestalt von ›O‹ stand als Silhouette im Türrahmen. Robin schritt auf ihn zu.

»Wünschen Sie etwas?« fragte er.

Robins Lampe beleuchtete grell das tierische Gesicht des Mannes. Dieser beschattete seine Augen und sah die Pistole in Robins Hand.

»Nanu, was ist denn mit Ihnen los...?«

»Mach, daß du fortkommst!«

Der große Mann schlenderte in die Dunkelheit hinaus. Nur sein Fluchen klang unerwünscht deutlich zurück.

»Wer ist das?«

»O«, sagte Robin kurz, »das heißt ›Null‹ – er ist Niemand, nichts!«

Ein Kissen genügte ihm. Er legte es vor die Tür, zog eine Gummidecke um sich und döste, mit dem Rücken an der Wand, ein. Es dauerte lange, bis Oktober in einen unruhigen Schlaf fiel. Sie wachte mindestens ein dutzendmal auf, aber jedesmal, wenn sie sich umdrehte oder ausstreckte, vernahm sie in der Nähe der Tür eine Bewegung und wußte, daß er wach war. Schließlich setzte sie sich aufrecht, schüttelte ihr Haar aus den Augen und gähnte.

»Hat es dich geweckt?« fragte er sofort.

»Es? Was war denn? Ich habe nichts gehört.«

»Der arme kleine Kahlkopf kriegt Prügel – wenn ich könnte, ginge ich hinüber.«

Sie wußte, was er sagen wollte. Wenn es nicht nötig gewesen wäre, ihren Schlaf zu bewachen, wäre er hingegangen.

Sie gähnte wieder, stand auf, zog ihre Schuhe an und ging zu ihm hinüber. Sein Kopf war horchend vorgeneigt. Von irgendwoher kam ein Wimmern, ein dünnes, schwaches Weinen, wie das eines Kindes.

»Armes altes ›Kahlköpfchen‹!« sagte er sanft.

Sie fragte ihn, wen er meinte, und er erzählte ihr von dem Alten, der Jesse hieß.

»Der wird wohl ein ›Sklave‹ sein. Einige dieser Strolche haben solche arme Teufel bei sich, von denen sie sich bedienen lassen. ›Kahlköpfchen‹ ist einer von ihnen.«

Er erzählte ihr nichts von Julia oder der Erscheinung oder der großen Universität, wo ›Kahlköpfchen‹ vor Studenten doziert hatte, die jetzt große Ärzte waren und in protzigen Limousinen durch das Land fuhren. Die Geschichte war doch zu quälend, und er war nicht gefühllos genug, um nicht selber davon ergriffen zu sein.

Das Weinen hörte auf. Sie holte ihre Decke, legte sie um ihre Schultern und setzte sich neben ihn. Er hätte ein ganz klein wenig geschlafen, sagte er, und außerdem behauptete er, nicht viel Schlaf zu brauchen. Einmal, erzählte er stolz, hätte man ihn sogar drei Tage und drei Nächte wachgehalten.

»Wo war denn das?« fragte sie. Er antwortete unbestimmt, es sei in Europa gewesen, denn er fand es überflüssig zu erklären, daß ein intensives Bombardement seines Schützengrabens der eigentliche Grund dieser Wachheit gewesen war.

Als das erste blasse Licht im Osten erschien, hörten sie wieder einen Schrei. Ein Schrei, heiser und erschreckend. Darauf folgte nichts. Robin rührte sich unbehaglich. Er konnte jetzt die Ecke des anderen Gebäudes sehen – die hintere Seite des Büros. Dann stand er auf.

»Ich muß wirklich hinübergehen«, sagte er. »Hast du was dagegen? Du bist hier ganz sicher.«

»Soll ich mit dir kommen?«

Er zögerte. »Ja... Vielleicht wäre es doch besser.«

Der Morgen war kühl. Er half ihr in den Mantel, und sie schritten Seite an Seite hinaus. Im kalten Licht der Morgendämmerung sah er merkwürdig aus. Er hatte den steifen Kragen und die Krawatte ausgezogen, und sein Hemd war am Hals geöffnet. Gute acht Zentimeter des Hemdes waren zwischen der heraufgeschobenen Weste und der Hose sichtbar, die für einen weitaus kleineren Menschen gebaut war. Die Ärmel näherten sich dem Ellenbogen. Er fing ihren belustigten Blick auf und lachte.

Sie bogen um die Ecke und blieben horchend vor der Tür stehen. Von innen kam kein Laut. Er deutete ihr an, stehenzubleiben, und drückte sanft gegen die Tür. Als sie spannweit offen war, horchte er wieder. So scharf auch seine Ohren waren, er konnte doch kein Atmen vernehmen. Die Luft war stickig, er verzog das Gesicht und öffnete die Tür ganz.

Immer noch kein Geräusch. Er hätte seine Lampe anknipsen können, aber er wollte die Leute nicht stören – sie mußten ziemlich tief schlafen, da die frische Luft sie nicht aufweckte. Das Zimmer war schwarz wie Tinte. Er machte einen vorsichtigen Schritt. Dann glitt er aus und verlor das Gleichgewicht.

Er lag in etwas Weichem und Nassem. Seine Hände waren mit einer warmen, klebrigen Flüssigkeit bedeckt. In einer Sekunde stand er wieder auf den Füßen und beleuchtete mit seiner Lampe das Gesicht des Mannes, der ›O‹ genannt wurde. Er blickte vor Entsetzen erstarrt auf ihn nieder, suchte dann mit seiner Lampe nach Jesse, der einmal Professor der Anatomie gewesen war und Erscheinungen sah. Der alte Mann war nicht da.

Robin bückte sich, wischte seine Hände am Rock des liegenden Mannes ab und ging dann rückwärts hinaus. Oktober wartete, die Umrisse ihrer Gestalt verschwammen in dem grauen Morgenlicht.

»War er...?«

Dann blickte sie auf seine Hemdbrust.

»Blut!« flüsterte sie. »Ist dem Alten etwas geschehen?«

Er schüttelte den Kopf.

»Der andere...?«

»Tot!«

Er suchte die Gegend mit seiner Lampe ab. Nirgends war eine Spur von dem alten Mann, der ein so gutes Englisch sprach. Vielleicht war er schon bei seiner Erscheinung, die in manchen Nächten zu ihm kam, ihn auslachte und ihm befahl, was er zu tun habe.

Sie gingen zurück zu dem kleinen Verschlag und sammelten die Decken und Kissen.

»Wir müssen von hier fort – aber schnell«, sagte er, während er die Sachen zum Wagen trug. »Der arme Teufel! Professor der Anatomie! Das glaube ich gern.«

Als er den Wagen anließ, erschien ihm das Geräusch ohrenbetäubend. Es war ihm, als könne niemand auf Erden wohnen, ohne es zu hören.

»Ich weiß nicht, wie weit wir mit einem Liter Benzin kommen«, sagte er, »aber wir wollen so weit fahren wie nur möglich.«

Sie erreichten auf dem verwahrlosten Weg die Straße und fuhren in derselben Richtung wie gestern weiter. Der Morgen war sehr trüb – kaum von der Nacht zu unterscheiden. Weiße Nebelflecken lagen in den Vertiefungen, und als sie einen steilen Hügel hinunterfuhren, gerieten sie in dicken Nebel.

Als der Wagen später einen kleinen Berg hinaufkeuchte, begann der Motor plötzlich zu spucken, und es ging nur noch ruckweise vorwärts. Knapp vor der Scheitelhöhe blieben sie endgültig stehen. Er zog die Bremsen an, kletterte heraus und ging zum Gipfel hinauf. Von hier aus lief die Straße wieder sanft bergab.

Er kam zurück, und dann schoben sie mit großer Mühe gemeinsam den Wagen bis oben hin. Hier setzten sie sich nieder, um Atem zu schöpfen.

»Kannst du nicht dein Hemd ausziehen?« fragte sie besorgt. »Es sieht einfach schrecklich aus! Und deine Hände...«

Er blickte sich nach Wasser um, aber keine Quelle war zu sehen.

»Könnte ich nicht etwas für dich kaufen gehen?« fragte sie plötzlich.

Er steckte die Hand in die Tasche, und als er sie wieder hervorzog, lagen zwei Vierteldollar auf seiner Hand.

»Du kannst alles kaufen bis zu fünfzig Cent«, sagte er.

Sie hatte überhaupt kein Geld. Möglicherweise konnte sie etwas für ihre Armbanduhr bekommen, aber auch nicht viel.

»Ach du mein Gott!«

Sie sah in der Richtung, in die er mit dem Ausdruck größten Erstaunens blickte. Er hatte sich umgewandt. Vom Hügel übersah man den ganzen Weg, den sie gekommen waren: Große Rauchwolken stiegen vom Atelier auf... Rote und gelbe Flammen flackerten auf und verschwanden.

»Es brennt... Er hat es getan – der Alte!«

Sie erriet, daß er von ›Kahlköpfchen‹ sprach. Dann verdüsterte sich sein Gesicht.

»Das wird die Polizei der ganzen Gegend alarmieren«, sagte er, »und sie werden ›O‹ finden – beide Teile von ihm.«

Ohne weiteres zog er Rock und Hemd aus, darunter kam die Wäsche zum Vorschein, die ihm solches Behagen bereitet hatte. Er rollte die Kleidungsstücke zu einem Paket zusammen und schob sie unter einen der hinteren Sitze.

»Wir fahren im Leerlauf«, sagte er.

Der Wagen rollte glatt den Hügel hinunter.

Er hätte den Motor vielleicht noch zu einer letzten Anspannung bringen können, aber dies wollte er, wenn möglich, für die Ebene aufsparen.

»Du frierst ja – nimm doch die Decke um deine Schultern«, sagte Okober, aber obwohl er zitterte, lehnte er das Angebot ab.

Ein kleines Städtchen lag vor ihnen. Das unvermeidliche Gemüseauto erschien auf der Straße. Robin machte ein Zeichen, und der Fahrer, ein schläfriger, schlecht gelaunter Jüngling, hielt an.

»Natürlich hab' ich Benzin...«

Robin handelte und log. Er hatte eine Art an sich, die Überlegenheit und gute Laune zu vereinen schien. Er suchte nach einer Schwäche des jungen Mannes und fand sie.

»Diese junge Dame ist meine Tochter – sie hat es sehr eilig, den Zug um sechs Uhr fünfzehn zu erwischen. Ekliges Pech, daß ich meine Brieftasche vergessen habe – schauen Sie!«

Die fünfzig Cent auf seiner Handfläche sahen nicht nach sehr viel aus.

»Das genügt nicht für eine Kanne«, meinte der junge Mann mit einem Auge auf Oktober. »Das würde mich meine Stellung kosten – jawohl, Sir. Immerhin...«

Er hatte eine Kanne, die beinahe voll war. Der Handel kam zustande.

»Wo sind Sie her? Doch nicht aus Littleberg? Wissen Sie, daß sie den Kerl da gestern nacht gefangen und erschossen haben? Jawohl, Sir. Er hat einen Herrn vergiftet, dann seine Frau geraubt... Nein, die ist ja tot.«

»Ach, du meine Güte! Das muß ich meiner Tochter erzählen!«

Ein paar Meilen weiter schaukelte in einer Staubwolke ein Feuerwehrauto an ihnen vorbei.

»Wir nähern uns sichtlich der Zivilisation«, sagte Robin. »Hier müssen wir sehr vorsichtig sein.«

Kaum hatte er ausgesprochen, als er das Heulen einer Autohupe hinter sich hörte. Er glaubte, es sei die Feuerwehr, und achtete nicht darauf. Das wütende Hupen wiederholte sich. Er blickte zurück, sah ein Auto, fuhr rechts an die Straßenseite und winkte dem Wagen, vorbeizufahren.

»So früh schon solch ein Verkehr –«, bemerkte er, dann kam der Wagen auf sie zu, fuhr einen Augenblick langsamer und raste dann weiter. Der Mann am Steuer hatte ein schmales Gesicht und trug ein Monokel. Aus dem Berg von Pelzen an seiner Seite erschien das totenblasse Gesicht einer Dame mit einer großen, spitzen Nase. Eine Sekunde lang begegneten sich ihre Augen... sie sprach mit dem Mann neben ihr, der seinen Kopf halb zu ihm hinüberdrehte, ihn aber rasch wieder nach vorn wandte und vor dem kleinen Auto einbog.

»Das nenne ich aber eine Frechheit«, sagte Robin Leslie Beausere.

Die ganze Geschichte hatte knapp zwei Sekunden gedauert: der Austausch der Blicke, das Vorbeifahren. Der vordere Wagen fuhr schneller und verschwand bald zwischen Staubwolken.

»Elfriede!« sagte Oktober.

»Und Gustl. Also haben sie den Wagen wiedergefunden. Das freut mich. Würde mir sehr leid tun, ihn zu verlieren.«

Sie sah ihn verständnislos an.

»Aber es ist doch nicht dein Wagen?«

»Gewissermaßen und zur Zeit vielleicht nicht«, sagte er vorsichtig, »aber es wird doch mein Wagen werden.«

Bei der nächsten Wegkreuzung machte er halt und untersuchte die Radspuren. Die Reifen mit dem viereckigen Muster waren geradeaus nach Norden gefahren. Er schlug den Weg nach Westen ein, was ihm bald leid tat, denn er führte sie direkt in die belebten Vororte einer großen Stadt. Autos und Menschen waren auf der Straße – Leute, die sich sichtlich für einen Mann interessierten, der eine Smokingjacke und ein seidenes Unterhemd anhatte. Das Benzin begann spürbar abzunehmen. Eine Tankstelle öffnete gerade, und er hielt davor an. Aber der Mann, der öffnete, war nur ein Angestellter und hatte nicht das Recht, Benzin außer gegen bar abzugeben.

»Hätten Sie nicht Interesse an diesem erstklassigen Wagen?« fragte Robin einschmeichelnd.

Der Tankwart betrachtete diesen Vorschlag als einen schlechten Witz und wurde unwillig. Dann fragte er neugierig: »Haben sich verletzt, nicht wahr?« Er blickte auf Robins Hand.

»Können Sie so einen Wagen fahren, ohne sich zu verletzen?« gab Robin zurück.

Oktober rettete die Situation.

»Mein Onkel hat seine Brieftasche vergessen, und wir müssen unbedingt nach Ogdensburg. Würden Sie uns etwas Benzin leihen, wenn ich Ihnen meine Uhr als Pfand hierließe – oder wollen Sie sie kaufen?«

Der Mann nahm die Uhr und lächelte schlau. Das Lächeln sollte sagen, er sei nicht die Sorte Mensch, die auf falsches Zeug hereinfällt. Mit einem herablassenden Ausdruck auf seinem häßlichen Gesicht, auf dem die Spuren der gestrigen Arbeit noch sichtbar waren, wog er die kleine, goldene Uhr in seiner Hand ab.

»Taxiere 'nen Dollar, was?« fragte er. »Ist wohl auch noch billiger zu kriegen, aber einen Dollar lasse ich mich 's kosten.«

Die Uhr hatte vor knapp einem Jahr einhundertfünfzig Dollar gekostet.

»Sagen wir zehn«, schlug Oktober tapfer vor.

Der junge Mann schüttelte den Kopf. Er hatte ein Mädel, für dessen Geburtstag er die Absicht hatte, ein teures Geschenk zu kaufen – ein teures Geschenk ist eins, was ein ganz klein wenig mehr kostet, als man sich eigentlich leisten kann, und die Uhr war hübsch. Sie war getragen, doch sah sie nach Gold aus.

»Fünf Dollar ist alles, was ich für die Uhr geben kann.«

Oktober hatte eine brillante Idee.

»Sie können die Uhr für drei Dollar und einen Anzug haben«, sagte sie mit feierlichem Ernst.

Er war mehr als erstaunt, aber die Neigung zum Handeln war in dem Mann geweckt. Er hatte einen Anzug... einen sehr alten Anzug...

»Gemacht«, sagte er.

In der Nähe der Garage stand das kleinste Holzhaus, das sie je gesehen hatte. Es sah fast aus wie ein großer Schrank, und doch verschwand er dort hinein. Als er wieder hervorkam, hingen Kleidungsstücke über seinem Arm. Oktober nahm sie, eins nach dem anderen, und untersuchte sie kritisch.

»Vom allerersten Schneider sind sie nicht«, meinte sie.

Aber eine Minute später fuhren sie mit Benzin im Wert von einem Dollar im Tank, zwei öligen Banknoten in der Hand und dem Anzug, ordentlich auf dem Hintersitz gefaltet, ihren Weg weiter.

»Der Kerl ist sehr schmal, um nicht zu sagen dürr«, murmelte Robin besorgt. »Ich werde herausquellen.«

Jetzt waren sie in einer weniger dicht bevölkerten Gegend. Die Häuser wurden seltener, und überall wuchsen Gruppen von Bäumen. Es gab schnellfließende, kleine Bäche. Sie folgten einem von ihnen, bis sie in ein kleines Tal kamen.

Decke und Proviant von dem ersten Autoraub hatte er liegen lassen, aber die Seife und das Handtuch hatte er behalten.

»Geh du zuerst«, sagte er, und zog mit Schwung das Handtuch hervor.

Sie kletterte den steilen Abhang zum Bach hinunter, machte eilig Toilette und brachte ihm demütig ein ziemlich feuchtes Handtuch zurück. Er besaß, so teilte er ihr feierlich mit, ein Hemd. Dies benutzte er, um sich abzutrocknen, wusch das Hemd im Bach und bearbeitete sein Gesicht stöhnend mit dem Rasierapparat. Ein Mann kehrte zu ihr zurück: elegant, ziemlich jung, mit einem Schnurrbart, dessen Enden mit Hilfe von Seife zu kleinen Spitzen aufgezwirbelt waren. Der gestreifte Anzug war ziemlich abgetragen, aber paßte ihm besser als der Smoking. Der steife Kragen war etwas geglättet worden, und die schwarze Smokingkrawatte verlieh ihm ein solides Aussehen.

»Du siehst aus«, konstatierte Oktober, »wie ein Vertreter.«

Das Hemd wurde zum Trocknen über den Motor gelegt, während sie eine schnelle Mahlzeit einnahmen und Kriegsrat hielten. Der Tod von ›O‹ hatte die Situation kompliziert, behauptete er. Die Verbreitung von Einzelheiten, die gewiß stattgefunden hatte, ferner das Bekanntwerden der Nummer des gefundenen Autos, das Erscheinen des Captain Sullivan im Birkenhof in einem geliehenen Smoking sowie das schnelle Erkanntwerden seitens Elmers, das war alles schon schlimm genug. Aber was auf die Entdeckung im Atelier folgen würde, konnte noch schlimmer sein.

»Aber, man kann doch nicht behaupten, daß du diesen scheußlichen Raufbold umgebracht hast!« protestierte sie.

»Man kann und wird es wahrscheinlich sogar«, entgegnete er ernst. »Meine einzige Hoffnung ist Elfrieda – sie ist sehr klug.«

Oktober war vor Erstaunen sprachlos.

»Aber... ich dachte, daß sie dich verhaften lassen wollte, wenn sie nur könnte...? So hatte ich verstanden. Haßt sie dich denn nicht?«

Er nickte nur.

»Sie kann mich nicht ausstehen!« sagte er schließlich. »Aber das Letzte, was sie auf Erden wünscht, ist meine Verhaftung. Elfrieda würde sich die Ringe von den Fingern reißen, die Brillanten aus den Ohren und ihre Perlen, die das Lösegeld für einen König sein könnten, vom Hals, um meine Verhaftung zu verhüten! Das ist doch ihre größte Sorge, und sie wird mir nie verzeihen, daß ich die öffentliche Aufmerksamkeit auf mich gelenkt habe. Wenn du in Elfriedas Seele hineinschauen könntest, würdest du sie voll Verzweiflung finden. Arme, alte Elfrieda!«

Oktober setzte sich in ihre Ecke zurück und stöhnte.

»Ich verstehe nichts von der ganzen Geschichte. Was ist das für ein Geheimnis? Erst läßt du mich glauben, daß diese unglückliche, alte Frau dich haßt, dann erzählst du mir, sie würde ihren Schmuck verkaufen – wie ich es ja bereits getan habe –, um dich zu retten. Dann nennst du sie ›arme, alte Elfrieda‹, als wäre sie deine beste Freundin!«

»Ich bin von Natur geheimnisvoll«, sagte er bescheiden, wurde aber gleich darauf wieder ernst. »Das Wichtigste ist folgendes: Wir sind zu erkennen. Und zwar ist es das Auto, das uns verrät. Ich weiß nicht, ob der Eigentümer sich schon mit der Polizei in Verbindung gesetzt hat – es ist noch ziemlich früh am Tag –, aber das Risiko, das wir auf uns nehmen, wird mit jeder Stunde größer. Jede Tankstelle der Gegend wird benachrichtigt werden. Unser Freund, dessen Garderobe ich augenblicklich trage, wird uns bestimmt verraten. Die einzige Hoffnung in dieser Richtung ist, daß er nicht erzählt, die Kleider gegen deine Uhr eingetauscht zu haben. Wahrscheinlich wird er das nicht tun. Er wird denken, daß die Uhr gestohlen war und daß er, wenn er die Wahrheit sagt, nur Geld und Kleidung verliert. Er wird einfach erzählen, daß wir getankt haben und weitergefahren sind.«

»Was sollen wir denn mit dem Auto anfangen?« fragte sie nachdenklich.

»Stehenlassen – nicht hier, aber in der Nähe irgendeiner kleinen Stadt. Du mußt auch deinen Mantel liegenlassen, der sieht zu auffallend aus.«

Er nahm sein Hemd wieder an sich, es war stellenweise trokken, sogar mit gelben Brandflecken hier und da. Oktober machte einen Vorschlag. Darauf wurde ein dünner Erlenzweig abgebrochen, an dessen Enden das Hemd an seinen Ärmeln befestigt wurde. Es war kaum Wind genug, das Wäschestück zu bewegen, aber sowie sie losfuhren, fing die Brise sich in dieser wehenden Fahne und füllte sie wie eine dicke, formlose Wurst.

»Eigentlich ein Symbol der Kapitulation und ein ganz klein wenig auffällig«, sagte Robin, »dafür aber praktisch.«

Glücklicherweise war die Straße verlassen, und der einzige Mann, der dieses seltsame Banner erblickte, fand dafür eine völlig natürliche Erklärung. Sie mußten ihre Fahne einmal niederlassen, als sie an einem Bauernwagen vorbeifuhren. Als die Straße dann belebter wurde, war das Hemd bereits trocken. In der Tat kamen sie unerwartet und plötzlich bei der ersten Wegkreuzung in dichten Verkehr – zwei leichte Einspänner, mehrere Fordwagen, ein kleiner Lieferwagen, voll mit jungen Mädchen und Männern in Sonntagskleidung, ein Lastauto, in dem sich Musikanten in seltsamen Uniformen befanden –, alles das kam in Sicht, als sich ihr Auto heiser keuchend einen langen, steilen Berg emporkämpfte.

»Die fahren alle zur Gutsbesitzertagung«, sagte das Mädchen, das sich plötzlich daran erinnerte.

Es war klar, daß die Tagung eine ziemlich wichtige Angelegenheit sein mußte.

»Mr. Elmer ist doch der Präsident oder so was Ähnliches...«

Sie wußte nicht genau den Namen der Stadt, wo die Tagung abgehalten werden sollte, aber sie hatte gehört, daß sie stets den Anlaß zu wilder Fröhlichkeit gab. Mr. und Mrs. Elmer sprachen oft von einer Dame, die Schwerter schluckte, und einem Herrn, der seinen Kopf in den Rachen eines Löwen steckte. Und in ihrer unverfälschten Bewunderung dieser kühnen Leistungen wurden sie beinahe menschlich.

Dies alles erzählte Oktober, während sie langsam auf die vor ihnen liegende Querstraße fuhren. Robin entschloß sich schnell. Die sicherste Art, keine Aufmerksamkeit auf sich zu lenken, war, sich mit dem Strom treiben zu lassen. Er drehte seinen Wagen, klemmte sich zwischen einen klapprigen, zum Fest geschmückten Karren und einen langsamen, schwerbeladenen Fordwagen und hielt diese Position inne.

Die Sensationen der Tagung zogen an ihnen vorbei – Schuppen, in denen junge Leute schnell, aber ganz vertieft, Nahrung einnahmen; eine kleine Gruppe, die sich um einen Mann im Zylinder versammelt hatte, der in ihrer Mitte irgendeine Zauberei vollführte. Eine größere Gruppe, die um ein kleines Podium versammelt war, auf dem ein Herr mit auffallend getupfter Weste eine Rede hielt, wobei er in der einen Hand eine rosa gefüllte Flasche hielt und mit der anderen heftige Gebärden machte.

»Hier werden wir uns von rückwärts hineinschleichen«, sagte Robin.

Sie hatten die Stadtmitte erreicht. Autos in jedem Stadium des Glanzes oder des Verfalls parkten überall in schrägem Winkel zum Bürgersteig.

»Jede Stadt in den Vereinigten Staaten müßte eigentlich an beiden Enden ihren Namen mit meilenhohen Buchstaben angemalt tragen«, sagte Robin, als er ausstieg. »Unser böses Baby lassen wir hier stehen – ich kann mir keinen besseren Ort vorstellen, als einen Parkplatz. Die Frage ist nur die, wo ich dich verlassen kann.«

»Mich verlassen?« wiederholte sie bestürzt.

Er nickte. »Ich brauche Kleidung für uns beide, einen anderen Wagen und Informationen«, sagte er, »und diese Dinge kriege ich alle am besten, wenn ich allein arbeite. Übrigens nehme ich an, daß du dich nie in deinem Leben als Taschendieb betätigt hast? Schade. Ich bin leider auch ziemlich tappig mit meinen Händen. Wir werden einen anderen Weg wählen müssen.«

Er ließ sie vor der Apotheke stehen, mit dem strikten Befehl, sich nicht zu rühren, bis er zurückkehre, und verschwand in der Menschenmenge. Eine Zeitlang blieb sie stehen und beobachtete die Leute. Direkt gegenüber war ein großes viereckiges Gebäude mit rotem Ziegeldach. Über der Fassade stand in goldenen Buchstaben: ›Astor-Haus‹.

Anscheinend war es das Haupthotel des Ortes. Auf der schmalen Veranda vor dem Gebäude, die vor der Sonne durch ein Dach geschützt war, standen eine Reihe Stühle, auf denen es sich hemdsärmelige Herren bequem gemacht hatten.

Während sie dastand und schaute, fuhr ein langer Sportwagen vor und hielt vor der Tür. Er war derart mit Staub bedeckt, daß seine Farbe kaum zu erkennen war, aber die Form kam ihr bekannt vor... Es war der Wagen, der auf dem Berg an ihnen vorbeigefahren war. Noch mehr: es war dasselbe Auto, das sie und Robin im Wald bei dem Steinbruch hatten stehenlassen. Aber die Frau mit der großen Nase war nicht unter den drei Insassen. Auch war nicht Loamer mit seinem Monokel der Mann hinter dem Volant, sondern ein einfacher Chauffeur saß da.

Der erste, der ausstieg, war der Fahrgast, der sich hinten im Rücksitz großartig breitgemacht hatte. Er öffnete seinen Mantel, klopfte sich den Staub ab und zog seine große Autobrille herunter.

Sam Water! Erstarrt schaute Oktober hinüber.

»... das ist der Wagen... englisch. Nicht übel, aber mir ist mein alter Overland lieber!«

Hinter sich hörte sie die Stimmen zweier Männer, die aus der Apotheke herausgekommen waren.

»Der Wagen hat nach Littleberg und zurück zwei Stunden gebraucht. Allerhand! Aber er frißt Benzin – frißt es einfach.«

Der Wagen war nach Littleberg geschickt worden, um Sam zu holen, aber weshalb denn?

Wir wollen es der Lady Georgina Loamer überlassen, die Erklärung zu liefern.

Sie empfing ihren Gast in einem Zimmer des Hotels.

Sam, den man vor knapp einer Stunde buchstäblich von seinem Frühstück entführt hatte, freute sich, ihre Bekanntschaft zu machen – wenigstens behauptete er es.

»Sehr liebenswürdig von Ihnen, daß Sie gekommen sind, Mr. Water! Wahrscheinlich wundern Sie sich, daß ich Sie hergebeten habe?«

Sie hielt inne; ihr Sohn zog sich diskret zurück. Sam faßte sich langsam. Er besann sich darauf, daß er ein Gentleman sei und riß mit Gewalt seine faszinierten Augen von den seltsamen Anormalitäten auf dem Gesicht der Dame los. Von da ab blickte er an ihrem rechten Ohr vorbei, das einen großen, birnenförmigen Smaragd trug. Übrigens war es bei ihrem linken Ohr das gleiche.

»Wollen Sie Platz nehmen – bitte!«

»Nach Ihnen, gnädige Frau«, sagte Sam gelant. Er zog seine Hosen etwas hoch und setzte sich erwartungsvoll.

»Ich habe sehr bedauert, von Ihrem Unglück zu hören. Mein Sohn hat mir die Geschichte erzählt, und ich überlege mir, ob ich Ihnen nicht behilflich sein könnte.«

Sam hustete. »Nun, gnädige Frau, das ist sehr liebenswürdig von Ihnen, aber ich glaube nicht, daß man irgend etwas tun kann. Ich muß gute Miene zum bösen Spiel machen und von neuem anfangen. Ich sage nichts gegen Oktober – aber dieser Schuft von Strolch! Der ist von Natur aus schlecht. Ich hätte ihn umbringen sollen. Aber das wollte ich erst – wenn ich sicher war.«

»Selbstverständlich«, sagte sie ermutigend.

»Na ja... Ich bin ihm nachgegangen – vor der Trauung, gnädige Frau. Hinten im Wald. Sie müssen nämlich wissen, gnädige Frau, ich hatte schon meinen Argwohn. Am gleichen Vormittag hatte sie mir nämlich gesagt: ›Lieber würde ich einen Strolch heiraten‹. Aber ich war ja nicht sicher. Da ging ich in den Wald, um mich mit ihm auszusprechen. Ich sagte... Nun, ich weiß nicht mehr genau, was ich sagte. Ich habe ihn einfach auf den Rükken gelegt.«

»Das war sehr tapfer von Ihnen, allein gegen diesen großen Kerl anzugehen!«

Sam fühlte sich unbehaglich. »Nun, gnädige Frau, nicht ganz allein... Zwei meiner Freunde, vielleicht drei...«

Sie nahm drei an. Er fügte düster hinzu: »Ich hätte ihn umbringen sollen.«

»Mr. Water« – die Frau schlug mit einer Hand, die fast unter Ringen verschwand, auf ihr Knie –, »ich finde es sehr töricht von Ihnen zu sagen, daß man nichts machen kann. Ich bin Engländerin, so daß ich allerdings in bezug auf Ihre Gesetze nicht ganz im Bilde bin. Aber Sie wissen doch, nicht wahr, daß die Gültigkeit der Trauung in Frage gestellt ist und daß der Bezirksrichter sie für illegal erklärt hat.«

»Was – Sie – sagen!«

Sam hatte jene Teile der Zeitungsberichte übersprungen, die nicht von ihm persönlich handelten.

»Glauben Sie nicht, daß Sie dieses törichte Mädchen ausfindig machen und ihr klarmachen können, in welch schreckliche Lage sie sich gebracht hat? Und sind Sie nicht der Meinung. Mr. Water, daß es sehr ritterlich und edel von Ihnen wäre, ihr Ihren Namen anzubieten?«

Sams Füße bewegten sich unruhig unter dem Stuhl.

»Aber gnädige Frau –«

»Bitte, ich möchte zu Ende sprechen. Alle Zeitungen sagen, das Mädchen – Miss Jones – habe Sie geliebt. Das ist doch richtig, nicht wahr?«

Mr. Water rutschte auf dem Stuhl herum.

»Ja, gnädige Frau... Oktober war etwas verrückt...«

»Nach Ihnen verrückt?«

»Ja, das wollte ich damit sagen.«

Lady Georgina Loamer war eine sehr kluge Frau, und eine dreiminutenlange Unterredung mit Oktober oder eine Minute lang Oktober zusammen mit Mr. Water in ihrer Gegenwart hätte sie aufgeklärt. Unglücklicherweise nahm sie Zeitungsartikel etwas zu wörtlich. Sie war an die ›Times‹ gewohnt, die große Tragödien stets in wenigen Worten erledigte, wie zum Beispiel:

›Der am Trafalgar Square erschossen aufgefundene Mann wurde als John Smith identifiziert. Lady Smith ist unter Polizeiaufsicht gestellt worden. Man ist der Auffassung, daß Eifersucht auf eine bekannte Tänzerin hinter dieser traurigen Geschichte steckt.‹

Sie war nicht im Bilde über die Methoden eines farbenkräftigeren Journalismus. Es war ihr nicht möglich, sich vorzustellen, daß es in diesem Lande eine Armee von Reportern gab, deren Aufgabe es war, Menschen entweder zu verschönern oder zu verzerren, und daß folglich Oktober Jones, um der Littleberger Geschichte die ihr gebührende Form zu geben, als armes Opfer dargestellt werden mußte.

»Nun – ja. Sie war vielleicht nicht ganz verrückt nach mir, aber – wir verstanden uns sehr gut.«

Lady Georgina überlegte einen Augenblick, wer von den beiden den anderen wohl am besten verstanden haben mochte. Ihre Gedanken hierüber waren recht scharfsinnig.

»Das ist es, was ich gerade sagen wollte. Dem Glück junger Leute gilt das Hauptinteresse meines Lebens. Ich möchte Ihnen gern behilflich sein. Nun, Mr. Water, seien Sie nicht beleidigt, wenn ich Ihnen sage, daß ich Ihnen an dem Tage, an dem Sie mit dieser unglückseligen, einsamen, armen Frau versöhnt und getraut sind, als Hochzeitsgeschenk zehntausend Dollar auszahlen lasse.«

Sams Knie wurden weich. Er machte Geräusche, die Überraschung und Freude ausdrücken sollten, aber auf seinem Gesicht malte sich ein Ausdruck hoffnungsloser Verzweiflung, wie etwa auf dem Gesicht eines Verhungernden, der durch einen nicht zu überquerenden Fluß von der Nahrung getrennt wird.

»Ja, gnädige Frau... Nämlich, es ist so. Niemand weiß, wo Oktober steckt. Gestern nacht hat dieser Strolch die Kleidung eines Herrn gestohlen und den alten Elmer zum besten gehalten. Er hat sich für einen Captain der Staatspolizei ausgegeben – dafür kriegt er allein seine dreißig Jahre Kittchen –, und Oktober ist mit ihm weggegangen. Wo sie sich aber jetzt befindet –«

Lady Georgina schritt zum Fenster und zog die Spitzenvorhänge beiseite. »Ist sie das nicht?«

Sam starrte mit offenem Mund an ihr vorbei.

Oktober Jones stand auf der anderen Seite der Straße auf dem Bürgersteig. Sie sah nicht das interessierte Publikum, das ihre Bewegungen beobachtete, da ihre ganze Aufmerksamkeit auf einen rotbärtigen Mann konzentriert war, der regungslos mitten auf der Straße stand und sie mit einem bösartigen Blick anstarrte.

Wo war Robin? Ihr Herz schlug wild, aber nicht aus Angst um sich selbst. Sie blickte einen Moment um sich, um den Kompagnon Lenny zu suchen. Er war nirgends in Sicht. Als ihre Augen wieder zu ›Rotbart‹ zurückkehrten, interessierte sich dieser anscheinend für etwas ganz anderes. Dann schlenderte er weiter und ignorierte sie vollständig. Sie wollte ihm folgen, aber Robin hatte sie angewiesen zu bleiben, und folglich mußte sie auch bleiben.

Die Menge wuchs. Jeder Augenblick brachte neue Trupps aus den benachbarten Orten und – oder irrte sie sich? – immer mehr Polizei. Sie sah eine Gruppe von zwölf Berittenen langsam die Straße entlang traben. Sie mußten aus einiger Entfernung gekommen sein, denn die Pferde waren staubbedeckt und abgehetzt. Und dann hielt am Bürgersteig ein Lastwagen, aus dem ein Dutzend junger Männer herauskletterten – als einer den Staub von seiner Jacke schüttelte, bemerkte sie ein Dienstabzeichen: Hilfspolizei.

Das war doch bestimmt mehr, als nötig war, um ein paar tausend braver, friedlich gesinnter Bürger in Ordnung zu halten.

Sie fühlte, wie sie abwechselnd rot und blaß wurde. Robins Gegenwart schien hier bekannt zu sein. Aber das war noch nicht alles. Etwas Entsetzliches war geschehen.

»Hallo, Oktober!«

Sie zuckte zusammen. Das Lächeln Mr. Sam Waters sollte freundlich sein. Er streckte ihr die Hand entgegen.

»Freut mich, dich zu sehen, Oktober... Hab' nicht erwartet, dich hier zu treffen. Hast du Mr. Elmer gesehen?«

»Nein«, gelang es ihr zu stammeln.

Sam holte eine Zigarre aus seiner Tasche und zündete sie mit gemachter Gleichgültigkeit an. Er fand es schwierig, ihrem Blick zu begegnen.

»All das Zeug... was ich gestern nacht gesagt habe... bitte, vergiß es, Oktober. Ich war gereizt. Aber ehrlich, bist du nicht auch gereizt gewesen? Ich bin doch ein Mann von Welt, Oktober!«

Einen Augenblick lang hatte sie ihr Gleichgewicht verloren, aber jetzt war sie wieder sie selbst, konnte sogar ein wenig lächeln, aber so wenig, daß er nicht wußte, ob es wirklich ein Lächeln war.

»Aber Sam, das ist ja herrlich! Seit wann hast du dich denn so verändert?«

Er war in der Lage eines Redners, der seine Rede auswendig gelernt hat, aber nicht das Stichwort findet, loszulegen. Hätte sie gesagt, wie er erwartete: ›Weshalb folgst du mir?‹ hätte er anfangen können: ›Weil ich dich, trotz allem, was geschehen ist, liebe. Weil ich dich vor dir selbst beschützen möchte‹ – oder irgend etwas dieser Art.

»Na, weißt du, Oktober. Ich habe mich schrecklich um dich gesorgt – kann nicht schlafen, nicht essen, nichts...«

Er sah nicht gerade verhungert aus. Auch seine Augen zeigten, daß er nicht die ganze Nacht in einem alten Verschlag gesessen und auf das Wimmern eines alten Mannes gehört hatte.

Sie wandte sich der Apotheke zu. »Aha – du bist unterwegs zur Apotheke? Schade um dich, aber der Apotheker wird dir schon ein Schlafmittel geben. Vielleicht willst du etwas Nervenstärkendes...?«

»Ich will dich«, sagte Sam heiser, und bevor sie eine Antwort hervorbringen konnte, begann er mit der Einleitung zu seiner Rede: »Dich will ich, weil ich dich trotz der Art und Weise, wie du mich hast sitzenlassen – du weißt, daß du das getan hast, Oktober! – trotzdem liebe. Ich glaube, wenn je ein anderer Mann von einer Frau so behandelt worden wäre, würde er ihr nicht nachlaufen wie ich dir...«

Sie bemerkte plötzlich einen kleinen, unnatürlich sauberen

Jungen mit einem weißen, ihm sicher hinderlichen Kragen, der neben Sam auf dem Bürgersteig aufgetaucht war.

Er stand sehr unsicher und verlegen da und blickte erst Oktober und dann Sam an. In seiner Hand hielt er ein zusammengeknülltes Stück Papier.

»Du brauchst nur zu lesen, was der ›Globe‹ und der ›Star‹ geschrieben haben, um zu sehen, wie gemein du dich benommen hast – nach allem, was ich für dich getan habe!«

Oktober ging auf den kleinen Jungen zu.

»Willst du mich sprechen?« fragte sie leise.

»Sind Sie Mrs. Beau –«

Sie riß ihm beinahe den Zettel aus der Hand.

›Geh zur Schule am anderen Ende der Hauptstraße. Dann weiter hinaus aus der Stadt. Werde versuchen, dich zu treffen. Polizei sucht mich.‹

Keine Unterschrift. Die Worte waren auf ein Telegrammformular geschrieben.

Sie zerknitterte das Papier in der Hand und nickte dem Jungen zu. Anscheinend erwartete er keine Belohnung, denn er lief sofort weg.

Sam, dessen beredte Bitte unterbrochen worden war, fand nichts Erstaunliches in ihrem schnellen Wortwechsel mit dem kleinen Jungen. Vielleicht hatte sie ihm vorher einen Auftrag gegeben und ihn hier erwartet.

»Trotz allem, was geschehen ist, Oktober, bin ich ganz in dich vernarrt. So ist es – glatt verrückt nach dir, Oktober, und du bist allein und ohne Freunde und – und so weiter... Und du bist ja gar nicht verheiratet, Oktober! Der Bezirksrichter, der Bischof und alle sagen, es sei illegal.« Ihr waren in diesem kritischen Augenblick alle Bischöfe der Welt egal.

»Triff mich hier in einer Stunde.«

Jetzt war nicht die Zeit, sich in eine Diskussion einzulassen. Sie hatte nicht einmal die Zeit, grob zu werden.

»Was ich dir sagen wollte, Oktober, ist dies –«

»In einer Stunde. Geh jetzt, oder ich werde überhaupt nicht mit dir sprechen. Geh! Los!« Er gehorchte dieser dramatischen Entlassung. Sie wartete nicht einmal, bis die breite Tür des

›Astor-Hauses‹ ihn verschluckt hatte, sondern mischte sich sofort unter die Menge, die sich langsam in Richtung zur Schule bewegte. Um ganz sicher zu sein, fragte sie eine vorbeigehende Frau nach dem Weg.

Überall Polizei!

Männer, die in der Stadt sichtlich fremd waren, betrachteten erstaunt das ungewöhnliche Aufgebot an uniformierter Polizei.

Die Schule, ein nicht zu übersehendes Gebäude aus auffallend roten Ziegelsteinen, lag außerhalb der Stadt, in der Nähe einer Gruppe winziger, einstöckiger Holzhäuser, einem Vorort der Stadt, der einen eigenen Namen führte. Von der Frau, die sie befragt hatte, war ihr mitgeteilt worden, die Schule liege diesseits von Lutherville.

Die Straße vor der Schule war verhältnismäßig leer, abgesehen von Fußgängern und einigen Wagen, die der Stadt, die sie soeben verlassen hatte, zustrebten. Von Robin keine Spur.

›Dann weiter hinaus aus der Stadt. Werde versuchen, dich zu treffen‹, hatte auf dem Zettel gestanden, und sie ging geradeaus weiter. Bald lag Lutherville hinter ihr. Zu beiden Seiten dehnten sich Weizenfelder. Bauernhöfe waren zahlreich verstreut. Vor ihr lag die blaue Rundung der Berge. Sie hielt an, setzte sich und starrte den Weg zurück, den sie gekommen war. Außer den Autos, die vorbeifuhren, war nichts in Sicht.

Ein Lastwagen, der sich mit erbarmungswürdiger Langsamkeit vorwärtsarbeitete, kam auf sie zu. Ein ganz kleiner Mann steuerte – zuerst glaubte sie, es sei ein Knabe. Das Geräusch der verbrauchten und zusammengeflickten Maschine klang bereits aus einiger Entfernung wie Donner. Als der Wagen näher kam, ähnelte der Lärm einem Artillerieangriff.

Der Fahrer war ein winziger Mann mittleren Alters mit einem weißlichgrauen Kinnbart und einer großen, randlosen Brille auf der Nase. Sein Gesicht trug den Ausdruck großer Hartnäckigkeit – als sei es nur die Anstrengung seiner nicht zu besiegenden Seele, die die greuliche Maschine überhaupt in Bewegung setzte. Der Karren arbeitete sich mit der Schnelligkeit eines Durchschnittsfußgängers vorwärts. Als er näher kam, wurde der Lärm betäubend. Der Führer warf ihr, als er auf sie zukam, einen bittenden Blick zu. Der Wagen fuhr mit leichter Schlagseite. Wehende Planen verbargen das Innere.

»Oktober!«

Sie wandte sich mit einem kleinen Schrei um. Hinten waren die Planen auseinandergezogen. Sie sah das Gesicht und eine ausgestreckte Hand und flog darauf zu. Sie hielt sich am Ende des Wagenbodens fest und wurde in die Höhe gezogen.

»Paß auf!« warnte Robin. »Wir haben Gäste.«

Dann sah sie im Halbdunkel den Mann mit dem roten Bart und seinen Genossen mit dem breiten Gesicht. Sie saßen mit zusammengebundenen Händen, Rücken an Rücken, auf dem Boden.

»Du kannst dich auf sie draufsetzen, wenn du Lust hast«, schrie Robin ihr liebenswürdig zu.

Es war nötig zu schreien, denn innerhalb des Wagens war der Lärm des Artillerieangriffs noch stärker.

10

Als Mr. Robin Leslie Beausere seine Frau verlassen hatte, ging er ein Telegrafenamt suchen. Er hatte zwei Dollar fünfzig in der Tasche und war entschlossen, sich auf kürzestem Wege aller seiner Sorgen zu entledigen. Aber es war nicht ganz leicht, das Telegrafenamt zu finden, ohne Erkundigungen einzuziehen, und seine Aussprache war verräterisch englisch. Ein gutes Ergebnis hatte ihm seine Wanderschaft jedoch schon eingebracht – er kannte die Gegend so ziemlich. Auf einem Brett vor einer Eisenwarenhandlung befand sich ein Anschlag, der die besonderen Vorzüge von Grundstücken außerhalb der Stadt anpries. Um ihre Nähe zu zeigen, hatte der Zeichner einen Plan hingemalt, und auf einem der breiten, baumbeschatteten Wege – wie sie auf der Zeichnung dargestellt waren – stand ›Nach Ogdensburg‹, und Ogdensburg war doch sein Ziel.

Außer einem Kino konnte die Stadt sich auch eines Theaters rühmen. Robin erfuhr dies durch die grellen Plakate, die die Attraktion ankündigten: ›Die Sünden der Mütter‹, was unbescheidenerweise als ›das erschütterndste Drama von Liebe, Haß und weiblicher Aufopferung, das je auf einer amerikanischen Bühne gespielt worden ist‹, angepriesen wurde.

Im Dahinschlendern merkte er, daß es mehr Polizei in der Stadt gab, als unbedingt nötig erschien. Zwei Männer, die vor ihm miteinander stritten, waren augenscheinlich Kriminalbeamte. Einer zog seinen Hut ab – man sah einen kahlen Kopf mit einem Kranz strohblonder Haare. Er ging etwas näher auf die beiden zu.

»... nicht seit zehn Jahren. Der letzte Fall war, als Mickey Norey dem Anwalt den Hals durchschnitt, genau wie bei diesem Kerl.«

Das genügte Robin. Mehr wollte er nicht hören. Die Leiche war gefunden, und obwohl sein Name nicht genannt worden war, so wußte er wohl, daß ihm dieses Polizeiaufgebot galt. Man suchte ihn und wußte entweder, daß er in der Stadt war, oder vermutete wenigstens, daß man ihn mit der größten Wahrscheinlichkeit hier finden würde.

Bald darauf fand er das Telegrafenamt, ließ sich ein Formular geben und überlegte. So ein Telegramm abzuschicken, war ihm unangenehm. Er war im Begriff, das Schiff im Stich zu lassen, einen Rückzieher zu machen – aber, er mußte doch Rücksicht auf Oktober nehmen!

Er setzte die Spitze seines Bleistifts auf das Papier, hielt aber wieder inne. Was sollte ihm letzten Endes das Telegramm nützen, wenn man ihn wegen des Mordes an ›O‹ verhaftete? Es wurde ihm ein bißchen schwül, als er an all die möglichen Folgen einer solchen Verhaftung dachte.

Er entschloß sich schnell, kritzelte ein paar Zeilen an Oktober und hielt Umschau nach einem Boten.

Ein Junge hatte ein Telegramm zum Aufgeben gebracht und bezahlte gerade den Beamten. Robin fing seinen Blick auf und machte ihm ein Zeichen. Der kleine Junge kam argwöhnisch auf ihn zu.

»Hier hast du fünfundzwanzig Cent, mein Junge. Nimm diese Zeilen und gib sie der jungen Dame, die du vor der Apotheke stehen sehen wirst.«

Als der Bote weg war, schritt Robin ohne Hast zur Tür und trat zur Seite, um einen Neuankömmling eintreten zu lassen.

»Morgen, ›Penner‹!«

›Rotbart‹ war erschrockener als er. Seine Stimme zitterte, allerdings kaum merklich, so daß ein gewöhnlicher Zuhörer das Vibrieren überhaupt nicht bemerkt hätte. Hinter ihm stand Lenny, ein krampfhaftes Lächeln auf dem Gesicht. Seine Augen sagten deutlicher als alle Worte ›viel, viel Polente in der Gegend‹.

»Komm nur herein, ›Rotbart‹.« Robins Stimme war kühl und erschreckend höflich. »Sehr erstaunt, dich zu sehen.«

Er hatte seinen Vorteil wahrgenommen, und seine linke Hand steckte in der Rocktasche. Mit einem kaum merklichen Schielen hatte ›Rotbart‹ diese wichtige Tatsache erfaßt.

»Bist ja sehr schick geworden, was? Hab' dich noch nie mit einem Schnurrbart gesehen. Bist eigentlich ein Geck, ›Penner‹, nicht wahr, Lenny?«

»Stimmt«, grunzte Lenny.

»Ich glaube, ich muß weitergehen«, sagte Robin.

›Rotbart‹ machte einen Schritt zur Seite. Als Robin auf die Straße kam, wandte er sich schnell um und stand vor den beiden.

»Hör mal –« ›Rotbart‹ schien vergessen zu haben, daß er überhaupt ins Telegrafenamt hatte gehen wollen –, »ich möchte mit dir reden, ›Penner‹. Wie wär's, wenn du einen Spaziergang mit uns machtest?«

»Wie wär's!« antwortete Robin trocken. »Wo ist denn überhaupt der Friedhof?«

»Ach was, Friedhof!« ›Rotbart‹ versuchte, eine muntere Miene aufzusetzen. »Wie kommst du denn auf Friedhof? Ich und Lenny gehen voraus. Das ist doch fair, nicht wahr, Lenny?«

Lenny stimmte auf die übliche Weise zu.

Neugierde war eine Schwäche von Robin Leslie.

»Geht voraus«, sagte er und blieb dicht hinter ihnen, als sie Seite an Seite, wie zwei Soldaten, voranmarschierten. An der Straßenecke bogen sie ein; er blieb dicht hinter ihnen, da er nur zu gut alle gefährlichen Eigenschaften von Ecken kannte. Auf der Hauptstraße war eine ziemliche Menge Leute, auch einige Buden waren aufgeschlagen. Ein Mann, sichtlich romanischer Abstammung, verkaufte heiße Würste. Weiter die Straße entlang formierte sich gerade ein Umzug, dort stand eine größere Menge jüngerer Leute. Ein Zirkus war in der Stadt. Vergoldete Wagen waren da; hübsche, aber wenig bekleidete Damen unterhielten sich mit finsteren Kosaken, Clowns rauchten Zigaretten; ein enttäuschter Löwe blinzelte schläfrig aus seinem Käfig; zwei Kamele; ein Jägersmann im Zylinder, der eine Meute ›Jagdhunde‹ führte, die alle als Straßenköter ihr Dasein begonnen hatten; ein Wagen für die Musik in Rot und Gold und weit hinten, am Ende dieser Ansammlung von Talent und Schönheit, ein uralter Lastwagen mit einer sehr schmierigen Zeltplane.

»Nun wollen wir miteinander reden.«

›Rotbart‹ und sein Begleiter blieben stehen und machten mit militärischer Präzision kehrt.

»Ich habe da eine junge Dame auf der Hauptstraße gesehen«, sagte ›Rotbart‹. »Seltsames Mädchen. Vollendete Dame, nicht wahr, Lenny?«

»Stimmt«, sagte Lenny.

»Ich und Lenny reden die ganze Zeit über dich. Lenny nimmt an, du bist böse mit uns, weil wir dich in Schenectady so'n bissel angeschossen haben. War aber 'n reines Versehen, hielten dich für 'nen ›Penner‹, der mir und Lenny vorletzten Herbst eins ausgewischt hat. Ist das richtig, Lenny?«

»Stimmt«, sagte Lenny.

»Wir haben dich nicht richtig verstanden. Wirklich nicht. Ich und Lenny wollten keine Geschichten, wollen nicht, daß jemand auf uns giftig ist. Bloß wegen 'ner puren Verwechslung.«

»Und wann war es«, fragte Robin liebenswürdig, »daß Sie diese Entdeckung gemacht haben?«

»Wie bitte?« fragte ›Rotbart‹.

»Geschah es, als ihr entdecktet, daß ich mir von dem Fabrikwächter in Louisville eine Pistole geliehen hatte, und ein so guter Schütze bin, daß ich euch glatt die Hüte vom Kopf schieße?«

»Das hat nichts damit zu tun«, versicherte ›Rotbart‹ hastig. »Du hast es durchaus nicht nötig, meine Melone abzuschießen – ich ziehe sie ohnedem vor dir. Bist ein guter Schütze, jawohl!«

»Worüber wollt ihr denn mit mir sprechen?«

›Rotbart‹ sah seinen Freund an. Der stierte geradeaus.

»Du bist in einer Klemme. Hast die Polizei ja in der Stadt gesehen. Wetten, du hast sie gesehen! Wetten, es gibt nichts, was du nicht siehst! Das sage ich ja immer zu Lenny: ›Der Kerl übersieht rein gar nichts!‹«

»Ja, ich habe die Polizei gesehen. Ich war der Meinung, daß sie euch sucht.«

›Rotbart‹ war belustigt. Er lachte laut und lange.

»Bester Witz, den ich, seit ich aus New York weg bin, gehört habe. Hör' mal, Lenny, hast du den Herrn da gehört? Ist er nicht furchtbar komisch? Paß auf – ich sage dir ja, mußt 'raus aus der Stadt, und zwar schnell! Drei Polizisten bewachen jede Ausfallstraße – und auch welche zu Pferd. Du kommst nicht allein hinaus, auf keinen Fall. Ich und Lenny müssen auch 'raus – der Trottel aus Littleberg ist hier und wild auf uns. Aber ich und Lenny wollen dich nicht verlassen. Wir haben so'n Gefühl, als möchten wir dich mit uns 'rauskriegen. Bloß, wir können diese junge Dame nicht mitnehmen. Da ist nichts zu machen.«

»Wie wollt ihr mich denn hinauskriegen?«

›Rotbart‹ blickte um sich, und es fiel Robin, dem Flüchtling, ein, daß sich bis zu diesem Augenblick sein Retter keine Gedanken über die Technik seiner Rettung gemacht hatte. Das wacklige Lastauto hielt am Straßenrand. Der kleine Führer saß mit dem Rücken gegen den hohen, mit Plakaten bedeckten Bretterzaun und frühstückte.

»Einen Augenblick«, sagte ›Rotbart‹ und schritt langsam auf den Mann zu. »Morgen, Nachbar, schon weit hergekommen?«

Der kleine Mann sah ihn mißbilligend über seine Brille an.

»Ogdens«, sagte er knapp und biß wieder in den großen Brotkanten, der seine ganze Aufmerksamkeit gefesselt hielt.

»Ich und meine Freunde möchten auch nach Ogdens zurück. Fahren Sie bald los?«

»Tja« – mit einem Blick auf die ›Freunde‹ und dann mit einem Kopfschütteln: »Mein alter Karren geht nicht schnell genug. Ihr kommt eher hin, wenn ihr die Tram nehmt.«

›Rotbart‹ pfiff leise. »Sind Sie hier sehr bekannt?«

»Kann man wohl flüstern«, erwiderte der Wagenbesitzer selbstgefällig. »Gibt niemand hier, der mich nicht kennt. Ich heiße Master.«

»Kennt die Polizei Sie?«

»Was?« Argwohn malte sich auf dem Gesicht und lag im Tonfall des Mannes. Er hatte Geld in der Tasche, und dieser Mann war Ausländer. »Und ob! Gibt keinen Polizeibeamten in der ganzen Gegend, der mich nicht kennt. Ich bin Friedensrichter!«

Er wickelte den Rest seines Frühstücks in ein schmutziges Papier.

»Na, ich werde mich wohl auf den Weg machen –«

›Rotbart‹ bedeutete den anderen, herzukommen. Sie schritten über die Straße. Mr. Master bekam es mit der Angst.

»Wir haben uns überlegt, daß wir gern mit Ihnen ein Stück mitfahren möchten«, sagte ›Rotbart‹, und während der alte Mann den Motor anließ, signalisierte er den beiden, hinten einzusteigen.

Der Motor machte einen irrsinnigen Lärm. Mr. Master sprang mit großer Behendigkeit auf seinen Platz, als er sah, daß der Mann, der ihn ausgefragt hatte, verschwunden war. Der Karren machte einen Ruck nach vorn... Hinter dem Fahrer wurde die Plane zur Seite gezerrt.

»Fahr glatt durch die Stadt und rede keinen Ton mit irgendwem, ich paß verdammt auf dich auf und schieße dir das Rückgrat in Fetzen, wenn du petzt!«

Der Lauf eines Revolvers erschien hinter dem Fahrersitz. Mr. Master zitterte. Als der Karren in die verkehrsreiche Hauptstraße kam, sagte ›Rotbart‹: »Legt euch flach hin, Kerls, falls 'n Polizist 'reinschaut.« Er ging mit gutem Beispiel voran, legte sich flach auf den Boden, während er die vordere Plane mit einer Hand zurückhielt und seinen Revolver auf den Rücken des Alten richtete.

Robin und Lenny lagen lang ausgestreckt. Die halbe Breite des Wagens war zwischen ihnen.

Jetzt kamen sie aus der Stadt heraus... Felder waren zu beiden Seiten... von Oktober war nichts zu sehen.

»Leg den Revolver da hin!«

›Rotbart‹ wandte den Kopf. Robin stützte sich auf seinen rechten Ellbogen und hielt in seiner linken Hand eine Pistole. ›Rotbart‹ blickte Lenny an, aber das ausdruckslose Gesicht seines ›Echos‹ sagte ihm nichts. Er legte den Revolver sehr vorsichtig hin, und Robin holte ihn mit dem Fuß näher zu sich. Plötzlich warf er sich mit aller Kraft gegen die Seite des Wagens. Lenny aber hatte sein Messer nicht weit genug geworfen. Schneller, als ein Auge ihr folgen konnte, hatte seine Hand sich bewegt... Aber das Messer grub sich in den Holzboden, wo es zitternd steckenblieb.

»Hierher mit dir, ›Rotbart‹, und schnell! Liegenbleiben – du!« Er war aufgestanden. ›Rotbart‹ taumelte vor, seine Hände hochhaltend.

»Hinlegen – Rücken an Rücken!«

Im Karren lagen einige Riemen. Das Zusammenfesseln der beiden war eine Kleinigkeit.

»Schlau bist du, nicht wahr...! Wir helfen dir aus der Stadt, und dann machst du so was! Wir kriegen dich aber doch!«

»Keinen Laut«, sagte Robin drohend.

»Weiterfahren, nicht halten bis Ogdensburg.«

Jetzt sah er die schlanke Gestalt Oktobers am Wegrand. Er riß die Plane zur Seite und rief ihren Namen...

11

An der nächsten Kreuzung half ihr Robin, auf die Straße abzuspringen. Der Wagen donnerte weiter.

»Und wo geht es jetzt hin?«

Sie sprach mit stockendem Atem. Er sah sie besorgt an.

»Nach Kanada«, antwortete er.

Während der letzten Meilen war die Eisenbahn parallel mit der Landstraße gelaufen. Sie kreuzten die Strecke nun, ohne irgendein Lebewesen, außer einem Hund, zu treffen. Bei einem kleinen Teich blieb er stehen, um eine Anzahl Waffen, die er im Laufe seiner Reise gesammelt hatte, in das stille Gewässer zu werfen. Zwei Messer, ein Revolver und eine kleine Pistole fanden ein unrühmliches Ende.

»Im Grunde genommen tut Lenny mir leid«, sagte er. »Erfolg im Messerwerfen erfordert ein ganz exaktes Ausbalancieren – es kann Jahre dauern, bis er sich an eine neue Ausrüstung gewöhnt.«

Sie schauderte zusammen, und wieder warf er ihr einen sorgenvollen Blick zu.

»Du fühlst dich doch nicht krank?« Und als sie verneinend den Kopf schüttelte: »Darüber wirst du mich nie zu täuschen versuchen, nicht wahr?«

»Nein – krank fühle ich mich nicht. Nicht wirklich krank wenigstens. Ich kann nur... Ich gebe es ungern zu – aber meine Nerven sind fast am Ende.«

»Hast du die Zeitungen gelesen?« fragte er schnell.

»Nein – warum denn? Steht etwas Wichtiges darin? Hat man die – Leiche gefunden?«

Er nickte. »Ich habe auch keine Zeitungen gelesen, aber ich entnahm einigen Gesprächen, die ich belauschte, daß ›Os‹ Leiche gefunden ist, aber keine Spur von dem Alten. Natürlich gibt man mir die Schuld – der Tankwart hat auch alles mögliche erzählt. Ich brenne darauf, eine Zeitung in die Hand zu kriegen.«

Er erhielt viel eher eine, als er erwartet hatte.

Sie erreichten die Straße nach Ogdensburg und schlugen die Richtung nach dieser für sie so wichtigen Stadt ein. Dies verursachte ihr neue Beängstigungen. Waren nicht die Opfer von Robins letzter List auch unterwegs nach Ogdensburg?

»Sie werden anfangen, wie der Satan zu schreien, sowie ich außer Hörweite bin. Der komische kleine Kerl wird seinen Wagen zum Halten bringen und sie losbinden – außer er ist so schlau, sie zur nächsten Polizeistation zu fahren.«

Er lachte, als erinnerte er sich an einen guten Witz.

»Was ist denn los?« Sie war etwas reizbar.

Als Antwort steckte er die Hand in die Tasche und zog ein anständiges Bündel Banknoten heraus.

»Beinahe tausend Dollar – ich habe sie jemandem weggenommen«, sagte er einfach.

Oktober war nicht mehr fähig, überrascht zu sein.

»Ich verstehe überhaupt nichts mehr«, sagte sie. »Warum hast du eigentlich die beiden Strolche so behandelt? Sie wollten dir doch helfen? Ohne sie wärest du wahrscheinlich verhaftet.«

Was sie sagte, amüsierte ihn.

»Das würde Elfrieda nicht zugeben. Ich hab' dir doch gesagt, daß sie das nicht würde, und natürlich war Elfrieda da – ich sah ihr Auto, als ich mit ›Rotbart‹ am Telegrafenamt sprach. Nein, es wäre Elfrieda nicht recht, wenn man mich hopsnehmen würde!«

»Sam war auch da«, sagte sie

Er hörte sich ihre Erzählung an, ohne eine Bemerkung zu machen. Dann sagte er: »Das hing selbstverständlich auch mit Elfrieda zusammen! Sie ist doch fabelhaft! Gute, alte Elfrieda! Der Gedanke, Gustl einsperren zu lassen, ist mir direkt unangenehm – das wird ihr allerhand Schmerz verursachen. Hallo!«

Sie hatte seine Seite verlassen, war auf einen grasbewachsenen Hügel am Straßenrand gelaufen und hatte sich gesetzt. Ihr Gesicht war plötzlich sehr weiß.

»Ich glaube nicht, daß ich weitergehen kann«, sagte sie unsicher.

Hastig und ängstlich blickte Robin den Weg entlang. Es war eine gerade, breite Landstraße, und ihm war, als sähe er den weißen Giebel eines Hauses durch die Bäume.

»Du wirst doch nicht ohnmächtig, wenn ich dich allein lasse?« Sie schüttelte den Kopf. »Bist du sicher?«

»Sei nicht töricht. Natürlich werde ich nicht ohnmächtig. Hunger tötet doch nicht am ersten Tag!«

Hunger! Sie hatte seit sieben Uhr morgens nichts gegessen. Er durchsuchte eilig seine Taschen.

»Ich bin doch ein Scheusal!« rief er aus. »Ich habe nichts, nicht einmal eine Kruste.«

Ohne ein weiteres Wort lief er den Weg hinunter. Als er sich dem Giebel näherte, sah er, daß das Haus ziemlich groß war, ein Gebäude aus der Kolonialzeit, weiß und sauber mit hölzernen korinthischen Säulen, zur Hälfte von einer Kletterpflanze mit lila Blüten bedeckt. Als er das kleine Gittertor öffnete, war er mehr als erstaunt, auf einem an einen Baum genagelten Brett zu lesen: »Zimmer zu vermieten«.

Er klingelte, und nach kurzem Warten wurde die Tür von einem schwarzgekleideten Dienstmädchen mit scharfen Zügen geöffnet. Er nahm jedenfalls an, daß es das Dienstmädchen sei, weil sie eine weiße Schürze und ein Häubchen trug. Er schätzte sie zwischen vierzig und fünfzig Jahren. Sie hatte geweint; ihre Augen waren sehr rot und geschwollen, ihre Nase war – offensichtlich in aller Hast – gepudert; ein rührender Versuch, die Zeichen ihrer Niedergeschlagenheit zu verbergen.

»Kann ich bitte die Dame des Hauses sprechen?«

Ihre Lider zwinkerten schnell.

»Sie ist nicht da.«

Es war klar, daß sie Britin war, aber er fand nichts Ungewöhnliches dabei, in einem solchen Haus einen englischen Dienstboten zu finden. Dann fiel ihm wieder die Tafel am Baum ein.

»Kann ich ein Zimmer haben – zwei Zimmer? Meiner – äh – Frau ist auf der Landstraße schlecht geworden.«

Sie schüttelte mutlos den Kopf und sah ihn abschätzend an.

»Würden Sie lange bleiben?« fragte sie.

»Das weiß ich nicht. Es kommt darauf an.«

Er konnte sehen, wie sie schwankte.

»Treten Sie bitte näher.«

Sie schloß hinter ihm die Tür. Er stand in einem großen Vorraum, von dem eine Treppe zu einer Galerie führte, die um alle vier Seiten der Halle lief. An der Wand vor ihm hing ein Stahlstich der Königin Viktoria und darüber eine englische Fahne. Der Boden war mit viereckigen schwarz-weißen Fliesen ausgelegt; ein wuchtiger Schrank aus Rosenholz stand an einer Wand, und eine alte Uhr tickte ernst aus einer Ecke. Sie öffnete eine Tür und führte ihn in einen Salon, der sich in nichts von allen Salons der frühviktorianischen Zeit unterschied. Alles war peinlich sauber, aber schrecklich abgenutzt und ärmlich. Das ursprüngliche Muster war längst vom Teppich verschwunden, nur rotblaue Flecken waren davon übriggeblieben.

Sie nahm Haube und Schürze ab und legte sie auf ein Sofa.

»Ich bin selbst die Dame des Hauses«, sagte sie einfach. »Ich habe nur ein Dienstmädchen. Manchmal mache ich selber die Tür auf. Sie wollen Zimmer?«

»Zwei«, sagte er, aber sie schüttelte den Kopf.

»Ich habe nur eins – ein großes Doppelzimmer. Sie müssen wissen, Mr. –?«

»Beausere!«

»Mr. Beausere, daß ich keine Pensionäre mehr habe. Das Haus ist ziemlich weit außerhalb Ogdensburg, und in den letzten Jahren wurden dort verschiedene neue Pensionen eröffnet. Nur manchmal im Frühjahr und Herbst wohnt eine Familie aus Kanada bei mir.«

Sie wollte ihm noch etwas erzählen, aber er wurde beim Gedanken an Oktober ungeduldig und war nicht in der Laune, vertrauliche Mitteilungen zu hören.

»Ich darf meine Frau dann herbringen?« fragte er.

Sie zögerte wieder. »Ja, bitte. Ich bin überzeugt, daß ich richtig handle. Gott hat schon große Wunder für mich getan – ich muß Ihnen mein Vertrauen schenken.«

Diesen geheimnisvollen Satz noch in den Ohren, rannte er zurück zur Stelle, wo er Oktober verlassen hatte, und ein Stein fiel ihm vom Herzen, als er sah, daß sie ihm langsam entgegenkam.

»Du Engel! Ich war der Meinung, du müßtest unbedingt getragen werden!«

Hierüber lächelte sie, und Oktober lächelte selten.

»Was hast du ausgegraben?« fragte sie. »Robin, ich könnte Gras essen!«

Er erzählte ihr von seiner neuen Wirtin.

»Die Arme – wie tapfer!« sagte Oktober mit gedämpfter Stimme, »und ich liebe frühviktorianische Möbel und besonders Tische mit geröstetem Huhn und Kuchen und Melonen... Ach, ich darf gar nicht daran denken!«

Die Wirtin erwartete die beiden an der Tür und teilte ihnen mit, daß man sie für gewöhnlich Miss Ellen nenne.

»Ich muß Sie nur um einen Gefallen bitten«, sagte sie, nachdem sie Oktober feierlich das Wohnzimmer gezeigt hatte, »nämlich, so wenig Lärm als möglich zu machen. Ich habe – ich habe einen Kranken im Hause, mein – lieber Vater.«

Sie suchte schnell nach ihrem Taschentuch. Das also war der Grund ihrer Tränen.

»Vielleicht möchten Sie zu Mittag essen? Es ist allerdings etwas spät, wir essen gewöhnlich um zwei, aber wenn Sie wünschen –?«

Oktober wünschte heftigst. Miss Ellen glitt aus dem Zimmer und schloß sanft die Tür hinter sich.

»In mancher Hinsicht«, sagte Robin und blickte das Mädchen an, »kann dies nicht Wirklichkeit sein! Das gehört zu den Dingen, die es eigentlich nicht gibt. Ich danke Gott für das Geld!« Er raschelte zufrieden mit den Noten in seiner Tasche und sagte dann mit gemachter Gleichgültigkeit: »Es gibt nur ein Zimmer. Ich will sagen, ein Schlafzimmer... Ich werde der gütigen Dame mitteilen, daß ich eine eigenartige Vorliebe dafür habe, auf Roßhaarsofas zu schlafen – und wirklich, einem Mann, der gewohnt ist, auf harter Erde zu schlafen, und der selbst eine Holzbaracke als Luxus betrachtet, wird ein Sofa oder selbst ein einigermaßen weicher Teppich wie der Himmel vorkommen.«

Sie gab keine Antwort: Aus irgendeinem Grund war der Augenblick peinlich.

»Ich nehme an – wir sind doch verheiratet?« fragte sie.

»Selbstverständlich sind wir das. Weshalb fragst du?«

Sie blickte starr das Fenster an. »Mr. Sam Water hegte Zweifel. Er sagte, die Trauung sei vom Bezirksrichter für illegal erklärt worden. Und vom Bischof!«

Er war beruhigt. »Das ist doch nicht dein Ernst?«

Sie nickte. »Das ist nur ein Trick! Oder irgendeiner dieser infamen Reporter brauchte eine Sensation und hat den Bischof interviewt.«

Sie wandte ihm mit einem Ruck ihr Gesicht zu.

»Wärest du... nicht sehr erleichtert, wenn die Ehe für nichtig erklärt würde? Ich werde nie vergessen, wie unglücklich du warst, als ich dir am nächsten Morgen die Tatsache unserer Hochzeit mitteilte.«

Er sah auch jetzt nicht gerade glücklich aus.

»Wahrscheinlich wirst du erleichtert sein, arme, kleine Oktober!«

»Du weichst mir aus!« beschuldigte sie ihn.

Er blickte sie fest an. »Würdest du mich nochmals heiraten, wenn diese Ehe für nichtig erklärt wird?« fragte er, worauf ihre Hand ihm entgegenflog und festgehalten wurde.

Miss Ellen klopfte an die Tür. Das Essen wäre bereit, sagte sie. Sie hoffte, man würde seine Mängel verzeihen, und wann sie das Gepäck erwarten müsse. Dies wurde gefragt, als Robin ihr in das Eßzimmer folgte. Er zog sein Geld hervor und erklärte, es würde eine gewisse Zeit dauern, bis das Gepäck geholt werden könne. Sie wollten ja nur bleiben, weil es seiner Frau nicht gut ginge. Eigentlich waren sie nur auf einen kurzen Besuch aus Kanada gekommen und hatten gar kein Gepäck mitgebracht. Er hatte sogar beabsichtigt, sie um die Liebenswürdigkeit zu bitten, ein paar Sachen für seine Frau in der Stadt zu kaufen, vielleicht auch ein paar Kleinigkeiten für ihn? Einen hellen Sommeranzug zum Beispiel? Er hatte ein Paket Banknoten in der Hand, als er sprach. Würde sie die Miete für eine Woche im voraus annehmen? Er hätte schwören können, daß ihre Augen bei diesem Vorschlag leuchteten.

Als er sich zu Oktober an den Tisch setzte, war sie schon halb mit dem ersten Gang fertig. Miss Ellen bediente die beiden. Sie teilte ihnen mit, daß sie selber einen sehr guten Wein herstelle.

»Nicht alkoholisch. Mein lieber Vater behauptet immer, eine genaue Einhaltung des Gesetzes sei der höchste Ausdruck der Kultur.«

Der Holunderbeerwein war gut. Sie erzählte ihnen die Geschichte des Busches, von dem sie die Beeren gepflückt hatte. Der Kaffee war dünn und fast ungenießbar.

»Selbstverständlich ist sie Engländerin!« erwiderte Robin spöttisch, als Oktober Zweifel äußerte. »Schmeck bloß diesen Kaffee, dann bist auch du überzeugt!«

Bald darauf kam Miss Ellen wieder ins Zimmer. Sie war zum Ausgehen angezogen. Zu Robins größter Freude erklärte sie sich bereit, alles zu kaufen, was er nur brauchte. Vielleicht würden sie sich dann nach ihrer Rückkehr ihr Zimmer ansehen? Wenn sie es vorher sehen wollten, so wäre die Tür gerade gegenüber, wenn man die Treppe hinaufging.

»Mrs. Beausere wird ihr Zimmer schon finden«, sagte Robin nachdrücklich.

Er stellte hastig eine Liste der Gegenstände auf, die er brauchte, händigte dann Papier und Bleistift Oktober aus und zog sich diskret an das Fenster zurück, während sie ihre privaten Wünsche niederschrieb.

Vom Eßzimmer aus überblickte man einen breiten Rasen, auf jeder Seite von Blumenbeeten flankiert, auf denen frühe Chrysanthemen leuchteten. Hinter der Rasenfläche war eine Gruppe von Bäumen, weit dahinter erblickte man zu Robins größtem Erstaunen die Eisenbahnstrecke. Diese schien an der Grenze eines Gartens vorbeizuziehen, der durch die Bäume sichtbar war.

Nachdem Miss Ellen fort war, sah sich Oktober ihr Zimmer an. Robin schlenderte hinaus in den Garten. Der Rasen war angenehm weich. Der Kiesweg führte zur Pergola, die vom Fenster aus zu sehen war. Auch hier blühten viele Blumen, aber eine Spur von Vernachlässigung war doch schon zu merken.

»Die arme Seele!« hatte Oktober richtig bemerkt. Er spürte den harten und erbitterten Kampf gegen die Armut, eine heroische, vergebliche Verteidigung angesichts einer überwältigenden Übermacht.

Ein Gürtel von Tannen trennte den hinteren Garten ab. Eine niedere Hecke, die weder Buchsbaum noch Liguster war, schied dies Stück Land von einer breiten Wiese. Ein Zug donnerte vorbei. Er schritt auf die ungeschnittenen Büsche zu, die die erste Grenzlinie bildeten.

Die Hecke war an einer Stelle zerrissen ... Er überlegte sich, weshalb. Die Zweige waren geknickt und zeigten weiße Bruchstellen – außer an einer Stelle. Ein dunkleres Rot war da, das braun wurde. Blut! Da war es wieder an einer Blattfläche... und noch auf einem gebrochenen Zweig. Er blickte zu Boden. Das Gras hier wuchs hoch, dazwischen üppige Goldraute... Ganze Büschel waren niedergetreten, die Stiele gebrochen... Auf der Goldraute war auch Blut! Jetzt begann er das Feld zu durchqueren, fand aber nichts, bis er anfing, die Baumgruppe zu durchsuchen... Unter einem Baum, ganz dicht am Weg, lag eine schmutzige, alte Golfmütze, und als er sie aufhob, merkte er, daß sie feucht war – Blut! Er wischte sich die Hände am Gras ab und ließ die Mütze wieder fallen, wo er sie gefunden hatte. Er blickte nach dem Haus. Es war ihm, als habe es eine drohende Miene aufgesetzt: Selbst die Fenster schienen ihn anzuschielen, als ob sie sich über einen grimmigen Scherz freuten.

»Nerven!« sagte sich Robin und kehrte sehr nachdenklich zum Haus zurück.

Oktober saß im Wohnzimmer und las eine Zeitung. Der Ausdruck auf ihrem Gesicht war noch ernster als sein eigener.

»Ich habe dies unter dem Sofakissen gefunden«, sagte sie und gab ihm die Zeitung.

Eine fette Schlagzeile auf der ersten Seite lautete: ›Staatliche Hilfspolizei sucht Mörder‹.

»Netter Anfang«, meinte er, nachdem er diese Zeilen laut gelesen hatte.

»Kommt noch schlimmer«, erwiderte sie, aber er war schon im Begriff, das ›Schlimmere‹ zu lesen.

›Robin Lesley, der Brautentführer, schneidet einem anderen Strolch den Hals ab und brennt ein Filmatelier nieder, um die Spuren seines teuflischen Verbrechens zu verbergen.

»Sie haben mich ja schon vorher ›teuflisch‹ genannt«, beklagte er sich.

»Hast du gelesen, was Al Luke zu sagen hat?« fragte sie

Er überflog die Überschriften und las den Bericht von Al Luke.

›Es muß so gegen sieben Uhr gewesen sein, als ich den Kerl erblickte. Er machte an der Tankstelle von Mr. Stone, wo ich arbeite, halt und bat mich um Benzin. Ich sah, daß seine Hände befleckt waren, aber ich ahnte nicht, daß ihre Purpurfarbe –‹

»Wetten, daß Al das nie gesagt hat«, protestierte Robin.

›– Purpurfarbe das Blut eines unglücklichen Opfers war. Ich sah auch Oktober Jones. Sie war den größten Teil der Zeit im Auto geblieben. Sie sah blaß und mitgenommen aus. Ich würde sie nicht hübsch nennen, – sie hatte einen traurigen Gesichtsausdruck –‹

»Er würde dich nicht hübsch nennen!« betonte Robin.

»Er nennt dich ja auch nicht hübsch«, erwiderte sie.

›Der Mann war ein verkommen aussehendes Individuum. Die Spuren seines lasterhaften Lebens standen ihm deutlich auf der Stirn geschrieben. Ich habe nicht bemerkt, welche Kleider er trug –,‹

»Schlauer Al!«

›– ich sah nur seine Säuferfratze. Wahnsinn stierte aus seinen Augen.‹

Der Bericht endete mit der Mitteilung, daß Mr. Al Luke die Absicht hatte, demnächst das hübscheste Mädchen in Luxor zu heiraten und nach Littleberg zu ziehen, um in die gutgehende Auto-Reparaturwerkstätte von Slitt & Silbermann als Mechaniker einzutreten.

»Ganz nett«, sagte Robin und faltete die Zeitung zusammen. »Ich möchte eigentlich wissen, was aus ›Kahlköpfchen‹ geworden ist – diesem traurigen alten Sklaven! Die Zeitung erwähnt ihn ja überhaupt nicht!«

Auf ihren Vorschlag legte er die Zeitung genau wieder so hin, wie sie sie gefunden hatte. Er ließ sie mit einem alten Roman von Scott – der leichtesten Lektüre, die das Bücherregal im Wohnzimmer zu bieten hatte – zurück und ging in den Garten, wo er eine systematische Untersuchung vornahm.

Als er sich der äußersten Stelle des Baumgürtels näherte, bemerkte er den durchdringenden Geruch von brennendem Petroleum. In der Nähe der Ziegelmauer fand er ein Häufchen Asche, das noch glühte. Er schnupperte und stöberte in der Asche herum. In der Mitte war noch rote Glut. Was war wohl hier verbrannt worden? Es ließ sich nicht mehr feststellen. Die flockige Asche gab ihm keinen Anhaltspunkt, aber schließlich bemerkte er in der noch roten Glut einen ebenfalls glühenden Metallknopf und dann einen zweiten, etwas größeren. Alte Kleider also – aber Miss Ellen schien ihm doch nicht die Sorte Frau zu sein, die alte Kleider verbrennen würde.

Er überquerte die Wiese, zwängte sich durch die Lücke in der Hecke und fand sich auf dem Eisenbahndamm. Hier waren ebenfalls Blutflecken, und ein Erdhaufen zur Seite der Schienen sah aus, als sei ein schwerer Körper darauf gefallen.

Es mußte also ein Unfall stattgefunden haben. Er begann das

Beweismaterial zusammenzureihen. Der alte Vater von Miss Ellen hatte vielleicht die Schienen überqueren wollen, war dabei von einer Lokomotive angefahren worden, und man hatte ihn in das Haus getragen. Aber weshalb dann die Geheimnistuerei und wieso sprach sie von dem Ereignis überhaupt nicht?

Als er durch den Garten zurückging, sah er wieder die Mütze. Es war eine alte Golfmütze mit großen roten Karos, und er hatte den Eindruck, sie schon irgendwo gesehen zu haben. Aber wo denn? Allerdings mußte es Tausende solcher Mützen geben. Er hob sie mit einem Stock auf, trug sie zum Aschenhaufen und stopfte sie in die Mitte der Glut.

Im Wohnzimmer schlief Oktober, das offene Buch auf dem Schoß. Er setzte sich ihr gegenüber.

Sie war sehr, sehr hübsch. Die langen Wimpern waren dunkler als ihre Haare, die wie rotes Gold leuchteten. Er seufzte tief. Vielleicht weckte das sie, denn sie öffnete die Augen.

»Schlief ich? Wie lange bist du denn schon da...? Hab' ich geschnarcht? Wie scheußlich von dir!«

Er schüttelte ernst den Kopf. »Keine Spur von Schnarchen. Ich hätte dir mit Leichtigkeit einen Kuß rauben können – aber ich habe es sein lassen.«

»Warum hast du es nicht getan?« fragte sie und hob das Buch auf, das zu Boden geglitten war.

»Ich schreibe es in der Hauptsache meinem angeborenen Zartgefühl zu«, sagte er, »eingedenk der traurigen Warnung von Mr. Sam Water.«

»Daß wir nicht verheiratet sind?« Sie gähnte und streckte den Arm aus. »Ach was, ich würde mich um das nicht kümmern, was Sam sagt. Im Postkurier steht nichts drin.«

»Daran wird schon was Wahres sein ... Oktober, quo vadis?«

»Nach Ogdensburg«, sagte sie faul, »dann gehe ich schwimmen im St. Lawrence und dann nach Kanada!«

Er lachte leise. »Kennst du die Breite des Flusses bei Ogdensburg? Oktober, ich schulde dir eine Abbitte.«

»Weswegen?«

»Ich hielt dich einfach für leichtsinnig – wenn ich mich nur an alle Einzelheiten dieser verfluchten Trauung erinnern könnte!

Ich dachte mir – bitte, bleib ruhig! – das war reine Hysterie. Eine Art Wahnsinn, die dich überkam und dich dazu brachte, zu sagen: ›Ja‹, oder was man da zu sagen hat –«

»Du hast es gesagt«, entgegnete sie herausfordernd.

»Aber ich war nicht ganz bei mir.«

»Blau – betrunken!« spottete sie. »Natürlich hast du gesagt: ›Ja‹. Und ich war gar nicht wahnsinnig. Ich war mir völlig im klaren, was es bedeutete oder bedeuten könnte, einen Strolch zu heiraten. Jawohl, das wußte ich – wenn du jetzt lächelst, werde ich etwas tun, was sich für eine Frau nicht schickt! Das war ja die Hauptklage Mr. Elmers, daß ich Dinge tat, die sich für eine Frau nicht gehören, daß ich rauchte und mich vom Kopf bis zu den Füßen im Stall abwusch – die haben nicht einmal eine Dusche im Birkenhof. Aber ich war durchaus nicht wahnsinnig; nicht, nachdem du gesagt hattest: ›Verzeihung‹. – Ohne das hätte ich dich bestimmt nicht geheiratet. Aber du hast ›Verzeihung‹ gesagt, und ich wußte, es war dein Ernst, und ich habe überhaupt keine Angst gehabt – nur ein einziges Mal. Einmal – hatte ich Angst, als ich aufwachte, und war wütend auf mich selber, weil . . . Na, ich weiß nicht, warum. Was denkst du jetzt von mir?«

Schwarz auf weiß muß eine solche Frage kokett klingen, doch sah er nichts darin als das, was sie wirklich fragen wollte.

»Ich gebe mir Mühe, dir das mitzuteilen. Du bist einzigartig.«

»Das sind ja alle Frauen«, erwiderte sie.

»Natürlich – unterbrich mich nicht. Du wirfst alle meine vernünftigen Ansichten über den Haufen. Von deiner Einzigartigkeit weiß ich aus Erfahrung. Möglich, daß du einem Typus angehörst, von dem es viele gibt, aber ich bin noch keinem Exemplar davon begegnet. Ich hielt dich zuerst für eine Art heilige Johanna. Aber das bist du gar nicht. Du hast keine Erscheinungen – armes, altes ›Kahlköpfchen‹ –, du bist vollständig bei Verstand. Die Lady Godiva ist mehr deine Art: eine Lady Godiva mit kurzem Haar. Du hättest dich nie auf den Kompromiß einlassen können, langes Haar zu deiner Bekleidung zu verwenden.«

Sie nickte. »Das stimmt schon. Ich hätte das Gefühl gehabt, daß es nicht ganz fair wäre – und was weiter?«

»Ich verstehe dich noch nicht ganz, du bist mir noch ein bißchen fremd. Auf der einen Seite bist du sehr temperamentvoll... Ich habe eben sorglos davon gesprochen, dich im Schlaf zu küssen, aber in Wahrheit hätte ich nie daran gedacht. Ich möchte schon lieber mit einem Hammer einen Granatzünder einschlagen! Entweder würdest du explodieren – oder nicht. Wenn nicht, wäre ich enttäuscht, wenn ja, wäre ich besinnungslos. Wie alt bist du?«

»Einundzwanzig. Wenn ich nicht einundzwanzig geworden wäre, gestern oder vorgestern, oder wann es war, dann wärest du ruhig deines Weges gegangen, und ich hätte das Buch, das ich gerade las, bestimmt inzwischen ausgelesen. Ob ich wohl explodiert wäre?«

»Ich denke schon.« Er nickte. »Es wäre meinerseits eine schlecht gewählte Gelegenheit gewesen. Ich kannte einen Kerl, der ins Meer sprang, um ein ertrinkendes Mädchen zu retten. Sie war sehr hübsch. Sie mochte ihn recht gern, aber im Schwimmen gab er ihr einen Kuß. Sie hat es ihm nie verziehen.«

Während des ganzen Gesprächs hatte sie die Augen nicht von seinem Gesicht gewandt.

»Ich hasse deinen Schnurrbart«, sagte sie.

»Das war auch ein Grund, weshalb ich dich nicht küssen konnte«, sagte er, und sie errötete.

»Daran habe ich nicht gedacht – doch, ich habe daran gedacht! Jetzt ist es zu spät, um zu lügen. Ich habe daran gedacht. Dieser Schnurrbart mit den spitzen Enden... wie ein italienischer Bankier oder das Ideal eines Dienstmädchens –«

»Hallo, ›Penner‹! Wartest du auf einen Frachter?«

Eine gebrochene, dumpfe Stimme rief es, und Robin sprang auf.

Ein kleiner Mann in einem verblaßten Frauenkimono stand in der Türöffnung. Sein Kopf stak in weißen Mullbinden, seine mageren Füße waren nackt. Mit kreidebleichem Gesicht starrte er Robin an.

»Los, los! Dann sind wir bis zum Morgen in Troy, und da gibt's genug Schlupfwinkel...«

Es war ›Kahlköpfchen‹, der Strolch, der mit flackernden

Augen in dieses ruhige Zimmer hineintorkelte. Die Knie des alten Mannes wankten, und Robin fing ihn gerade noch in seinen Armen auf.

»Wie?« Er blickte Robin ins Gesicht.

»Der Kerl hat mich geschmissen, Strolch – und dabei hatte der Zug glatte vierzig! Hat mich gepackt und geschmissen!« Sein Kopf fiel vornüber.

»Was sagt er?« fragte das verwirrte Mädchen. »Ich kann ihn nicht verstehen.«

»Er fuhr als blinder Passagier auf einem Zug, der Kondukteur hat ihn erwischt und ihn vom fahrenden Zug geworfen.«

Das Geheimnis der Blutflecken und des Loches in der Hecke war nun kein Geheimnis mehr, und auch Miss Ellens ›Wunder‹ war jetzt klar; denn es war doch ein Wunder, daß dieser alte Wanderer gerade vor die Tür des Hauses geworfen wurde, das er vor dreißig Jahren verlassen hatte!

Er legte den Alten auf das Sofa. Seine Augen waren geschlossen, und Oktober befürchtete schon, daß er tot sei.

»Wo mag wohl das Dienstmädchen sein?« fragte Robin. »Paß du auf ihn auf, während ich sie suche.«

In diesem Augenblick zwinkerten ›Kahlköpfchens‹ Augenlider, und er öffnete die Augen. Er blickte zu Robin auf und lächelte sanft.

»Ich bedaure unendlich, Ihnen soviel Mühe zu machen, Sir. Meine Kenntnis der Medizin sagt mir, daß ich nur noch eine ganz kurze Spanne Zeit zu leben habe. Wäre es zuviel von Ihnen verlangt, wenn ich Sie bitten würde... Ich möchte so gern Julia wiedersehen. Meine liebe Frau würde das schon verstehen... unter diesen Umständen. Julia wohnt im ›King-Edward-Hotel‹, Zimmer zwölf, wenn ich mich nicht irre – das heißt, ich bin beinahe sicher. Lady Georgina Loamer...«

Über dem schwachen Körper trafen sich die Augen Robins und des Mädchens.

»Elfrieda! Welch eine Frau!« flüsterte er.

Lady Georgina Loamer lehnte bequem in einem Liegestuhl, eine Zigarette zwischen ihren stark geschminkten Lippen, und hielt ihre glänzenden Augen auf ihren Sohn gerichtet. Dieser fühlte sich mit Recht wenig glücklich, denn das Schweigen seiner Mutter versprach nichts Gutes. Ein dutzendmal nahm er sein Monokel aus dem Auge und polierte es und klemmte es wieder ein. Seine Finger klopften nervös auf die Lehne seines Stuhles, und sein mechanisches Lächeln war eigentlich nur eine Gesichtsverzerrung.

Die Stadt war noch voll von Menschen, und die Hauptstraße war eine lange Reihe auf und nieder wogender Lichter. Die überlaute Zirkuskapelle war gerade unter dem Fenster vorbeigezogen und hatte eine Unterbrechung in ihre Unterhaltung gebracht, nebenbei eine willkommene Ruhepause für Mr. Loamer.

»Was hast du denn eigentlich vor?« fragte sie. Wenn Lady Georgina Loamer mißgestimmt war, bekam ihre Stimme eine eigenartige Heiserkeit – jetzt war sie heiser.

»Weiß ich nicht.« Er betrachtete aufmerksam sein Einglas. »Wahrscheinlich wird es das beste sein, ich fahre im Wagen nach Ogdensburg und hole diesen Narren zurück ... Wirklich, Mutter, ich seh' nicht ein, weshalb du mich auszanken willst! Ich habe mein Bestes getan. Ich habe nie gedacht, daß es leicht sein würde, Robin zu Fall zu bringen, und sagte dir das auch –«

»Mir gleich, was du gesagt hast!« krächzte sie.

»Jedenfalls«, unterbrach er sie, »war es nicht meine Idee, das mußt du zugeben. Es war die deine.«

Er schmolz förmlich unter der Verachtung ihres Blicks.

»Nicht deine Idee! Hast du überhaupt je eine Idee gehabt? Alan! Nicht deine Idee! Ich erinnere dich ungern daran, aber wirklich, du ähnelst deinem Vater sehr.«

Es war klar, daß dies eine tödliche Beleidigung bedeutete, denn ein langes, gespanntes Schweigen folgte. Das Gesicht Mr. Alan Loamers war sehr rot geworden. Sie kannte ihn nur als Schwächling, und sein aktiver Widerstand schockierte sie einigermaßen.

»Mir ist's egal...!« Er sprach schnell, und seine Sätze waren etwas unzusammenhängend. »Ich bin mit der ganzen Geschichte fertig. Es ist zu grauenvoll! Und er weiß Bescheid... Er hat ja die ganze Zeit Bescheid gewußt! Er nennt dich doch öffentlich ›Elfrieda‹. Er hat es immer erwartet, Mutter. Robin ist kein Narr. Du hättest nicht kommen sollen – weshalb bist du nicht in Ottawa geblieben? Du hast die ganze Situation unmöglich gemacht. Ich fahre morgen früh nach New York und schiffe mich auf dem ersten besten Dampfer nach Europa ein!«

»Du, dich einschiffen? Als Steward vielleicht?« fragte sie ironisch. »Und wie willst du denn überhaupt nach New York kommen? Im Frachter als blinder Passagier? Nein, Alan, du wirst hierbleiben, bis ich dir die Erlaubnis gebe zu gehen – und das Geld. Ich hätte in Ottawa bleiben sollen! Ich habe ja nie die Absicht gehabt, in Ottawa zu bleiben. Als die Sullivans mir für die Zeit ihrer Europareise ihr Haus anboten, nahm ich an, weil ich wußte, daß du früher oder später Hilfe brauchen würdest. Ist dir je etwas gelungen – ohne Hilfe?«

Er knickte zusehends ein und wurde wieder der demütige Sohn.

»Mutter, sei doch vernünftig! Diese Geschichte fängt an, mir auf die Nerven zu fallen. Ich werde einen Nervenzusammenbruch bekommen. Ich kann nicht mehr schlafen... Wirklich, die ganze Sache ist unmöglich, und er weiß ja Bescheid! Warum läßt du nicht einfach alles liegen und stehen und fährst mit mir nach England zurück?«

Sie erhob sich von ihrem Stuhl, ging zum Fenster hinüber und zog die Vorhänge beiseite; er dachte, sie habe irgend etwas gehört, was ihre Aufmerksamkeit geweckt hätte, aber anscheinend hatte sie nur Bewegung und das Licht nötig – als Stimulans oder Beruhigungsmittel. Als sie sich wieder umdrehte, lächelte sie.

»Wir fahren nach Ogdensburg«, sagte sie. »Dort gibt es ein gutes Hotel –«

»Kennst du das Nest?« fragte er erstaunt.

»Ich kannte es vor Jahren«, antwortete sie kurz. »Mein Vater hatte geschäftlich viel in Kanada zu tun, und ich habe einige Jahre in Toronto verbracht. Wie heißt denn dieser Mann mit dem roten Bart?«

»Byrne«, antwortete er.

»Ich will mit ihm sprechen«, sagte sie. »Nein, nicht hier. Es wäre töricht, die beiden hierher zurückzubringen. Wo warten sie denn eigentlich?«

Er sagte, sie hätten aus einem kleinen Restaurant an der Peripherie von Ogdensburg telefoniert.

»Das soll natürlich heißen, daß sie viel zu bekannt sind, sich in die Stadt hineinwagen zu können«, antwortete sie nickend, »und hier wäre es für sie auch nicht viel besser, wenn das, was du sagst, stimmt.«

Er war die personifizierte Besorgnis.

»Ist das klug«, sagte er bittend, »das heißt – mußt du dich überhaupt in die Geschichte hineinmischen?«

»Sei doch nicht so dumm!« unterbrach sie ihn kurz, »und jetzt erzähl mir, was du diesen Männern gesagt hast. Welchen Grund hast du angegeben?«

»Ich erklärte ihnen, Robin sei ein ehemaliger Diener, der seit Jahren die Familie zu erpressen versucht. Das war doch richtig, nicht wahr? Daß er irgendeine... na, irgendeine Skandalgeschichte über uns ausgegraben hat...«

»Du willst sagen über mich«, sagte sie kurz.

»Nun ja, über dich. Ich habe dich ja nie gefragt, ob es eine Skandalgeschichte über dich gibt oder nicht. Aber es ist anzunehmen, nicht wahr?«

»Es ist durchaus unnötig, daß du davon überzeugt bist«, gab sie kühl zurück. »Die Frage ist, hast du die Männer überzeugt?«

»Ich glaube, ja . . .« Er schien nicht ganz sicher zu sein.

»Aber sie sind ziemlich hartgesottene Burschen; Byrne wollte wissen, seit wann Robin ein Strolch ist. Glücklicherweise brauchte ich keine Einzelheiten anzugeben. Einer von ihnen – der kleine Italiener oder Spanier, oder was er ist – begegnete Robin vor zwei Jahren in einem Strolchlager am Fraser River in Vancouver. Sie nannten ihn ›der Kerl, der zu Fuß geht‹, weil er nie als blinder Passagier fährt. Anscheinend ist ein Strolch, der nur läuft, ein Gegenstand des Spottes. Dieser Kerl, Lenny, der seinerzeit etwas in St. Louis ausgefressen hat und deswegen auf die Walze gegangen ist, hatte anscheinend einige Zusammenstöße mit

Robin, bei denen er den kürzeren zog. Byrne sagte mir dies, und ohne Lennys Überraschung, seinen alten Feind wiedergefunden zu haben, hätten sie ihn südlich von Schenectady gefaßt.«

Erneute Pause. »Mutter, wenn... Ob –« Er hielt inne.

»Wenn – Ob«, wiederholte sie ungeduldig.

»Wenn die Sache gutgeht, was ist dann mit diesen beiden Männern? Sie haben uns doch ziemlich in der Hand, nicht wahr?«

Ihr frostiges Lächeln antwortete ihm.

»Einer von ihnen wird bestimmt ins Gras beißen – zumindest einer«, sagte sie. »Ich kenne Robin. Bitte klingle, Alan. Wir wollen die Leute nicht warten lassen.«

Beim Geräusch der sich öffnenden Tür stürzte Robin hinaus auf den Vorplatz. Es war Miss Ellen, mit Paketen beladen, die ihm freundlich zunickte – dann sah sie erst sein Gesicht.

»Ist etwas geschehen?« fragte sie ängstlich. Er versuchte sie zu beruhigen, aber sie ließ die Pakete fallen und lief an ihm vorbei ins Wohnzimmer. Als er ihr folgte, kniete sie neben dem Sofa, die Arme um den Hals des Alten geschlungen.

»Also deshalb sind Sie gekommen, um ihn aufzustöbern?« Sie kreischte herausfordernd. Er staunte über die Tapferkeit dieser zarten kleinen Frau. »Ich hätte wissen können, daß Sie Detektive sind... Deswegen haben Sie mich doch weggeschickt, um einen armen alten Mann auszuspionieren.«

Der Haß glühte in ihren Augen wie Feuer. Er war zu erstaunt, um zu antworten.

»Sie werden aber erst beweisen müssen, daß er jemand umgebracht hat... Er hat es nicht getan – er ist dazu doch gar nicht imstande! Und das Mädchen... So ein alter Mann wie er. Lügen! Einfach Zeitungslügen!«

Robin Leslie Beausere ging ein Licht auf. Jetzt wußte er, weshalb die blutbefleckten Kleider des Alten verbrannt – weshalb die Zeitung so vorsichtig versteckt worden war. Seine loyale Tochter hatte ihren Vater verwechselt, und zwar mit Robin! Er hätte lachen können. Ein Lächeln konnte er nicht unterdrücken.

»Wir sind keine Detektive«, sagte er ruhig. »Wir sind Strolche.«

»Strolche?« Zweifel und Unglauben lagen in ihrer Stimme und in ihrem Blick.

»Ja, die Hälfte der Geschichte in den Zeitungen bezieht sich auf mich – die andere Hälfte auf Ihren Vater.«

»Sie sind ein Strolch... Welche Hälfte? Welche Hälfte?« forschte sie zitternd. »Er hat doch nicht... Er hat doch niemanden getötet?«

»Selbstverständlich hat er das nicht getan – wie dumm du doch bist, Robin!« rief Oktober rasch dazwischen.

»Robin! Robin Leslie! Ist das Ihr Name? Das stand in den Zeitungen!«

»Wir wollen Ihren Vater erst wieder hinauf in sein Bett bringen«, Robin sprach herrisch, beinahe befehlend. »Nachher können wir alles durchsprechen.«

Der alte Mann hatte schweigend zugehört, aber jetzt, als die anderen sich über ihn beugten, um ihn aufzuheben, kicherte er blöd.

»Professor der Anatomie, wie? Und noch mit seinem eigenen Messer dazu! Er hat's gekriegt! Am dritten Halswirbel...!«

Robin trug ihn schnell außer Hörweite. Unten an der Treppe stand händeringend eine alte Frau. Sie war die älteste Frau, die er je gesehen hatte.

»O Gott, o Gott, Miss Ellen! Ich bin ja nur hinuntergegangen, um Wasser zu wärmen...«

Miss Ellen, die sich in diesem kritischen Moment sehr tatkräftig zeigte, schob sie beiseite und flog vor Robin und seiner Last die Treppe hinauf. Sie zeigte ihm den Weg zu einem kleinen Zimmer am entferntesten Ende der Galerie.

»Ich danke Ihnen... Jetzt kann ich mich schon um ihn kümmern.« Sie war ebenso blaß wie der Alte und schob Robin aus dem Zimmer.

»Dies hier«, sagte er, als er wieder ins Wohnzimmer kam, »gehört zu jenen Dingen, die es eigentlich nicht gibt. Es ist ja unmöglich und lächerlich – der unglaublichste Zufall, der je den glatten Strom der Logik gekreuzt hat.«

»Das war der alte Mann– ›Kahlköpfchen‹, wie du ihn genannt hast?«

»›Kahlköpfchen‹, ja! Und dies hier ist sein Heim – das Heim, aus dem Elfrieda ihn gelockt hat. Ich rate ja nur, Oktober. Es ist möglich, daß wir uns schnell von hier fortmachen müssen.«

»Weshalb denn? Glaubst du, sie wird zur Polizei schicken?«

Er nickte. »Die Möglichkeit besteht. Du mußt verstehen. Sie kann ja nicht glauben, daß ihr Vater den Mord begangen hat; vielleicht kommt sie plötzlich auf den Gedanken, meine Verhaftung werde ihren Vater vor der Schande retten. Pst!« Er hob warnend den Finger.

Auf dem Vorplatz war ein Telefon. Sie hörten Miss Ellens Stimme. Robin schlich sich zur geschlossenen Tür und horchte.

»Doktor Soeur? Würden Sie bitte sofort herkommen. Mein Vater ist nach Hause gekommen und plötzlich erkrankt... Ja, mein Vater; er war – in Europa.«

Man hörte das Einhängen des Hörers. Robin war aber bereits wieder auf Zehenspitzen in die Mitte des Zimmers gegangen, als Miss Ellen die Tür öffnete. Ihr Gesicht war sehr weiß, aber sie hatte ihr Gleichgewicht wiedererlangt. Sie schloß die Tür hinter sich, hielt unterwegs an, um die Tischdecke auf einem der vielen kleinen Tische, die im Zimmer herumstanden, zu glätten.

»Mr. Leslie –«

»Beausere, aber Leslie tut's auch«, erwiderte er.

»Ich möchte, daß Sie mir die Wahrheit über meinen Vater und über Sie sagen.« Ihre stumpfen Augen wandten sich dem Mädchen zu, und die Trauer in ihrer Stimme brachte Oktober beinahe zum Weinen. »Ich bin ganz allein auf der Welt«, sagte sie. »Eine einsamere Frau gibt es überhaupt nicht, und ich habe niemand, den ich um Rat oder Hilfe bitten kann. Wollen Sie das, bitte, nicht vergessen.«

Robin nickte. »Ich werde Ihnen alles erzählen«, sagte er.

Einen Augenblick lang überlegte sich Oktober, ob jenes ›alles‹ nicht mehr sein würde, als sie selbst wußte. Aber er sagte nichts von seinem Leben vor der Trauung. Er bat Oktober nur um ihre Bestätigung, als er von der Zeremonie selbst sprach. Danach fuhr er fort, ohne sich wieder auf sie zu beziehen. Miss Ellen hatte sich steif auf den Rand eines Stuhls gesetzt und ihre Hände im Schoß gefaltet. Mit ihren blassen, blauen Augen sah sie ihn fragend an. Sie hörte ohne Unterbrechung zu, bis er endete.

»Sie sind der Meinung, daß kein Zweifel daran besteht?« Sie schüttelte selber den Kopf, ohne seine Erwiderung abzuwarten. »Ich bin froh – ich bin froh, daß er ihn umgebracht hat!« sagte sie atemlos. »Wie es nur möglich ist, so böse und grausam gegen einen alten Mann zu sein!« Sie schauderte. »Grauenvoll... Er hat meinen Vater wahnsinnig gemacht. Er war so eine zarte Seele – so ein lieber, zarter Mensch!«

Mit einer Willenskraft, über die Robin nur staunen konnte, beherrschte sie ihre zitternden Lippen.

»Er war Universitätsprofessor für Anatomie; außerdem hatte er eine Praxis – als Facharzt. Meine Mutter war Amerikanerin. Dies Haus hier war ihr Eigentum – sie hinterließ ein kleines Legat, das mir ermöglichte, das Haus zu führen, bis mein Vater zurückkam. Sie war überzeugt davon, daß er zurückkommen würde. Vor ungefähr dreißig Jahren lernte mein Vater einen englischen Peer kennen – den Marquis von Dearford. Er war geschäftlich in Toronto. Er hatte eine Tochter, ein sehr kluges Mädchen, das sich aber als sehr herzlos erwies. Meine Mutter sagte mir, sie sei häßlich gewesen, aber unerhört klug. Ich habe sie nie gesehen. Jedenfalls war sie intelligent genug, meinen Vater so zu faszinieren – daß er sein Heim vergaß, seinen Ruf, kurz alles. Er war bereit, mit dieser Lady Georgina davonzugehen, schickte sogar meiner Mutter einen Brief und bat darin um Verzeihung. Aber dann entdeckte er, daß sie ihn zum besten gehalten hatte. Anscheinend hatte sie geglaubt, er sei sehr reich. Es war alles schrecklich gemein und grauenvoll. Wir haben meinen Vater nie wiedergesehen! Später erhielten wir einen Brief, in dem er uns bat, ihn zu vergessen. Sie hat bald darauf geheiratet – das haben wir im ›Globe‹ gelesen –, sie kommt oft nach Kanada, und einmal habe ich eine Fotografie von ihr in der Zeitung gesehen: eine Frau mit dem Gesicht eines Habichts.«

Sie beschrieb dann das geschehene Wunder. Sie und die alte Frau waren im Garten gewesen, als der Zug vorbeigerattert kam, und sie hatten mehr gehört als gesehen, wie der alte Mann vom Dach eines Waggons geworfen wurde.

»Wir schleiften ihn ins Haus. Erst als er seine Augen öffnete und mich beim Namen meiner lieben Mutter nannte, hab' ich ihn wiedererkannt. Mr. Leslie, was soll ich denn tun?«

»Gar nichts sollen Sie tun. Haben Sie nach dem Arzt geschickt? Sagen Sie, Ihr Vater schläft, und Sie wollen ihn nicht stören. Kein Arzt kann ihm im Augenblick helfen. Später, wenn all dieses Geschwätz über Mörder und Strolche sich gelegt hat, können Sie ihn rufen. Es handelt sich noch um eins, Miss Ellen: Was wollen Sie, daß wir tun?«

Sie hatte keinen Wunsch.

»Sie können bleiben oder gehen, wie es Ihnen paßt«, sagte sie. »Ich werde Ihnen behilflich sein, wie ich nur kann. Ich war froh, als Sie kamen – die Gegenwart eines Mannes im Hause war mir willkommen. Was hat Sie auf die Landstraße gebracht, Mr. Leslie?«

Er zuckte die breiten Schultern. »Es wird wohl angeboren sein«, sagte er.

»Auch wegen einer Frau?«

Oktober spürte, wie er zögerte, und ihr Herz setzte einen Schlag aus.

»Gewissermaßen ja«, sagte er. Mit einem heimlichen Seitenblick sah er, wie Oktober sich am Rand des Tisches festhielt. »Ja... ja, dieselbe Dame – Julia. Ich wußte gar nicht, daß sie Julia hieß – doch, ich habe es gewußt. Mein Vater nannte sie immer so: Georgina Julia.«

»Sie hat Sie so weit gebracht?« Miss Ellen war erstaunt. »Aber sie ist doch alt, mindestens sechzig!«

»Eine verflucht anziehende Frau«, sagte Robin ruhig.

»Unsinn!« brach Oktober aus. »So eine Frau kann doch überhaupt keinen Mann zu etwas bringen! Ich glaube es nicht. Es war jemand anderes! Warum machst du mir was vor?«

Miss Ellens Gegenwart war vergessen. Für den Augenblick stand der alte Mann nicht mehr im Mittelpunkt des Interesses, sondern ihre gemeinsame Gefahr, das Geheimnisvolle um den Mann, ›der zu Fuß geht‹. Robert Leslie hatte anscheinend den Zünder einer Granate mit dem Hammer getroffen.

»Daran hab' ich nie gedacht. – Irgend jemand hat dir weh

getan, und du bist deshalb auf die schiefe Ebene gekommen! Ich hätte nie geglaubt, daß hinter allem nur ein romantisches Erlebnis steckt.«

»Hinter den meisten Dingen steckt nur so was«, erwiderte er etwas hochmütig.

Miss Ellen spürte das Gespannte der Situation; es war nicht der Augenblick, ein junges Ehepaar zu stören, und außerdem hatte sie ihre eigenen, dringenden Sorgen. Als Robin sich umdrehte, vermißte er sie, aber keiner hatte sie gehen sehen.

»Lächerlich...« Oktober konnte auch mit den Achseln zukken. »Ich benehme mich wie ein Schulmädchen. Natürlich hast du deine Vergangenheit – ich kann auch nicht von dir erwarten, daß du mir dein gebrochenes Herz auftischst, damit ich es untersuche. Verzeihung . . .«

»Das freut mich«, sagte er steif, »will sagen, es freut mich, daß du ›Verzeihung‹ gesagt hast.«

»Gesagt hast?« Sie fuhr zornig auf.

»Gesagt hast«, erwiderte er fest. »Ich habe kein gebrochenes Herz aufzutischen – wie du es ausdrückst.«

»Wie würdest du es ausdrücken?« fragte sie.

»Auftischen«, gab er zu. »Ich habe kein romantisches Erlebnis hinter mir; ich habe keine wilden Liebesgeschichten gehabt. Mein Herz ist so unbescholten, daß es beinahe gar nicht zählt.«

»Irgend jemand hat dich irgendwo weggeschickt, und du bist gegangen«, bohrte sie weiter. »Das ist doch kein Verbrechen. Du hast es nicht nötig, dich zu verteidigen. Das geht mich doch alles nichts an. Ich erwarte nicht, daß du mich ins Vertrauen ziehst – ich würde dich hassen, wenn du es tätest. Sie hat doch ein Recht auf dein Schweigen.«

Er sah sie düster an. Die eine scharfe Spitze seines Schnurrbartes bog sich nach unten. Unter diesen Umständen konnte er nicht heldenhaft sein.

»Es – gibt – in – meinem – Leben – keine – Frau – außer – dir!« sagte er.

Sie lachte höflich.

»Das geht mich nichts an«, meinte sie.

»Ich könnte dich schütteln!«

»Möchte ich dir nicht raten! Und überhaupt, dein Schnurrbart verliert seine Fasson.«

»Wirklich?« Diese Tatsache interessierte ihn, und er näherte sich dem goldumrahmten Spiegel über dem Sofa. »Das ist deine Schuld: Kein Schnurrbart mit Selbstachtung kann in Gegenwart einer nörgelnden Gattin einwandfrei bleiben.«

»Ich nörgle weder, noch bin ich deine Gattin!«

Hierauf erwiderte er nichts; ihr war, als sähe sie einen Schatten über sein Gesicht gleiten.

»Ich nörgle – und ich bin deine Gattin«, fügte sie hinzu, »ich bin ein unangenehmer, kleiner Teufel, Mr. Robin Leslie Beausere. Ich wünschte, wir wären schon in Kanada.«

Er machte einen tiefen Atemzug.

»So ist's besser«, sagte er. »Ich hatte eben das Gefühl, auf einem meilenhohen Antennenmast zu stehen und zuzusehen, wie jemand die Halteseile durchschneidet. Ja, so schlimm war's. Elfrieda war tatsächlich die Dame, aber ich bin nicht aus Liebe zu ihr auf die Landstraße gegangen.«

»Wer könnte das auch?« antwortete sie mitfühlend.

Es war eigenartig, wie tief bewegt sie war, sie konnte kaum glauben, daß dieses weiche Wesen mit solchen unerwarteten Gefühlen die alte Oktober Jones sei.

»Das darf ich nicht wieder machen«, sagte sie ernst.

»Was machen?«

»So eifersüchtig sein. Ja, ich war eifersüchtig.«

Er nahm diese Gelegenheit nicht wahr; sie wäre erstaunt gewesen, wenn er es getan hätte. Das war das Wundervolle bei der ganzen Sache – sie konnte ganz ungeschützt bleiben, das Fallgitter hochgezogen und die Zugbrücke heruntergelassen, und doch wurde der Waffenstillstand, der unausgesprochene, eingehalten. Seine Anständigkeit war einmalig. Manchmal erweckte sie in ihr die Versuchung zum Leichtsinn. In gewissen Launen hatte sie den Wunsch, das Wort ›Willkommen‹ auf das Fallgitter zu malen und einen Teppich über die Brücke zu legen, bloß um zu sehen, was er tun würde.

Ein Klopfen an der Tür verkündete die Ankunft des Arztes. Es folgte eine lange Unterredung zwischen Miss Ellen und dem

Ankömmling. Das Murmeln einer Stimme klang durch die dicke Tür.

»Er geht hinauf«, sagte Robin erstaunt.

Lange Zeit verstrich, bevor die Stimmen wieder hörbar wurden und die Eingangstür sich wieder schloß. Miss Ellen kam herein, ihre Augen waren vom Weinen gerötet.

»Der Arzt sagt, mein Vater werde sich nicht wieder erholen«, klagte sie. »Ich erzählte ihm, er sei aus dem Zug gestürzt, und er sagt, für sein Alter sei die Erschütterung zu heftig gewesen, um einen Funken Hoffnung auf Genesung zu gestatten.«

Sie preßte die Lippen fest aufeinander, aber die Tränen rollten über ihre Wangen.

»Der Arzt weiß aber doch nicht alles«, sagte Robin ruhig. »Er weiß ja nicht, an welch ein hartes Leben Ihr Vater gewohnt war. Er ist bestimmt oft von Zügen geworfen worden, und die Schläge von ›O‹ waren, fürchte ich, auch ziemlich hart.«

Sie schüttelte den Kopf. »Ich danke Ihnen für diesen Hoffnungsschimmer, aber der Arzt hat recht – das spüre ich. Auch Vaters klarer Verstand ist getrübt, obwohl es Augenblicke gibt, da er mich kennt und sich an alles erinnert. Ich bin Gott so dankbar, daß er ihn noch heimgeschickt hat.«

Nachdem sie weg war, fragte Oktober leise: »Glaubst du, daß er sterben wird?«

Robin nickte. »Sie glaubte es ja auch. Frauen haben einen unheimlichen Instinkt in diesen Dingen.«

Die ganze Geschichte mit ›Kahlköpfchen‹ ängstigte ihn. Dieser alte Strolch war wahrscheinlich wiederholt durch jede Stadt der Vereinigten Staaten gefahren und wußte genau, wie er sich zu verhalten hatte. Höchst unwahrscheinlich, daß er so unvorsichtig gewesen sein sollte, sich zu zeigen – es sei denn ... Ja, das war natürlich die Erklärung! Der alte Mann hatte nach seinem Haus, von dem er wußte, daß es an der Strecke lag, gespäht und sich dabei dem Bremser gezeigt, der ihn daraufhin hinuntergeworfen hatte.

Die Nacht brach herein. Miss Ellen kam mit einer Lampe in das Wohnzimmer und ließ die Jalousien herunter. Sie war sehr ruhig, fast heiter. Ihr Vater schliefe, sagte sie.

»Ich habe Ihre Sachen oben für sie zurechtgelegt, Mr. Leslie. Wenn Sie sich vor dem Abend noch umziehen wollen, so ist alles bereit.«

Robin hatte die Sachen ganz vergessen.

»Hast du was dagegen, wenn ich jetzt hinaufgehe?«

Oktober hatte nichts dagegen.

»Sie werden sich schlafen legen, wann es Ihnen paßt«, sagte Miss Ellen.

»Gewiß«, erwiderte Robin nachdenklich, »und da ich gerade daran denke, Miss Ellen, hätten Sie etwas dagegen, wenn ich Ihr Wohnzimmer benutze ... sehr spät allerdings. Es ist möglich, daß ich bis in die frühen Morgenstunden zu schreiben habe –«

»Möglich, daß wir beide bis frühmorgens schreiben werden«, unterbrach Oktober.

Die Frau blickte von einem zum anderen.

»Ich verstehe«, sagte sie ruhig und verließ das Zimmer.

»Was hat sie denn eigentlich verstanden?« fragte Robin, aber seine Frau war in ihren Roman vertieft und gab keine Antwort.

Bald darauf verschwand Robin und kam erst wenige Minuten, bevor das Abendessen angerichtet wurde, zurück. In das Zimmer schritt eine elegante, straffe Gestalt in einem hellen Sommeranzug. Er war glatt rasiert. Das Gesicht war interessant geschnitten – und alles an ihm entsprach jener Art guter Erziehung, die sich eigentlich nicht beschreiben läßt.

»Du?« sagte sie ungläubig.

»Ich«, bestätigte Robin. Er streichelte zärtlich seine Backe. »Das Sumachgift hat aufgehört, meine männliche Wange zu verunstalten. Wir haben es weggeschreckt, nehme ich an.«

Sie hatte am Vormittag schon bemerkt, daß die Schwellung fast verschwunden war. Von dem blauen Auge, das sein Gesicht bei ihrer ersten Begegnung verunstaltet hatte, war nur ein ganz blasser Schatten geblieben.

»Du – komm ins Licht. Ich will dich ansehen.«

Er gehorchte ohne Verlegenheit.

»Ja...« Es war, als befriedigte sie die Untersuchung nicht ganz. »Ja..., du bist anders. Ob mir die Veränderung gefällt? Ich glaube, ja.«

Sein verändertes Aussehen verursachte ihr die Befriedigung, die ein neues Spielzeug einem Kind gibt. Sie ließ ihn sich da hinstellen und dort, das Licht auf seinem Gesicht oder von hinten, im Profil... »Ja«, sagte sie.

»Bestehe ich die Prüfung?«

»Du bestehst, aber du bist schrecklich jung!«

»Das wird die Zeit schon heilen«, entgegnete er kurz, »und außerdem bin ich etwas über dreißig.«

Sie überlegte. »Zehn Jahre älter als ich –«

»Dreizehn; das ist unglücklich. Für dich, will ich sagen. Was für Unsinn du mich reden läßt!«

Miss Ellen aß mit ihnen zu Nacht – eine Freundlichkeit, die jeder aus einem anderen Grunde schätzte. Sie sprach ganz offen über sein verbessertes Aussehen und behauptete, sie glaube, irgendwo seine Fotografie gesehen zu haben. Robin versuchte, ein anderes Thema anzuschlagen. Aber Oktober beharrte darauf.

»Wo denn? – Bitte, besinnen Sie sich doch, Miss Ellen«, sagte sie.

»Ich war einmal Präsidentschaftskandidat«, murmelte Robin.

»Sei nicht töricht... Wo denn, Miss Ellen?«

Aber Miss Ellen konnte sich nicht entsinnen, und als sie weggegangen war, um Kaffee zu machen, versuchte Oktober ihn festzunageln. Ihre Neugierde war geweckt.

»War dein Bild jemals in einer Zeitung?« fragte sie.

»Dandy und Beau«, murmelte Robin. »In den besten Kreisen gern gesehen. Mr. Robin Beausere, bekanntes Klubmitglied und tonangebend in der Gesellschaft. Sam hat nichts vor mir voraus. Wo ich hingehe, steht in der Zeitung: Mr. Robin Beausere ist in unserer Stadt angekommen. Er ist in einem luxuriösen Frachtwagen hinter dem Güterbahnhof abgestiegen.«

»Aber sie hat es doch gesehen«, beharrte das Mädchen.

»Vielleicht irgendeine dunkle Sache, Momentaufnahme mit der Unterschrift: ›Im Heuschuppen eines Bauern gefunden. Sechzig Tage Gefängnis wegen Landfriedensbruch.‹«

»Sei doch ernst –«

»Gut, ich sage dir alles –« Er beugte sich über den Tisch –, »ich wurde durch Doktor Schmidts Einreibemittel von Rheumatismus geheilt...«

»Ich rede kein Wort mehr mit dir.« Sie rückte unwillig mit ihrem Stuhl ab. »Irgend etwas Schändliches wird schon dahinterstecken.«

»Ganz recht, Liebes!« Beinahe war er respektlos.

Nachdem Miss Ellen den Kaffee gebracht hatte, ließ sie die beiden endgültig allein. »Ich habe den Sekretär aufgemacht, falls Sie schreiben wollen«, sagte sie, »und eine Decke und ein Kissen auf das Sofa gelegt, falls Sie nicht schreiben wollen.«

»Eine angenehme, rücksichtsvolle Dame«, sagte Robin, als sie allein waren.

Er lenkte die Unterhaltung in ernstere Bahnen.

»Es ist möglich, daß wir ein paar Tage hierbleiben werden«, sagte er, »aber wir müssen bereit sein, jeden Augenblick zu türmen.«

»Das wird ja auch viel leichter sein, jetzt, wo du Kleider hast«, meinte sie, aber er schüttelte den Kopf.

»Davon bin ich gar nicht überzeugt. Alles hängt davon ab, wie weit ›Rotbart‹ von dem Lastwagen entführt wurde. Ich vermute eigentlich, daß sie nicht weit gefahren sind ...«

»Wer ist ›Rotbart‹ eigentlich in Wirklichkeit?«

Er lächelte. Sein Lächeln war besonders nett. Davon war sie jetzt endgültig überzeugt.

»Ein berühmter Strolch, mit dem ich mich in Utica zusammengetan habe, und der mir erzählt hat, er sei ein ziemlich berühmter Geldschrankknacker und in Chicago in Schwierigkeiten geraten – der rote Bart ist nur da, um seine Vergangenheit zu verbergen. Lenny hat verschiedene Dinger mit ihm gedreht. Ich traf ihn vor zwei Jahren, als ich durch Britisch-Kolumbien wanderte; wir hatten Streit miteinander. Es handelte sich um eine reine Eigentumsfrage. Er versuchte, meine Stiefel zu klauen, während ich schlief. Eines Tages wird sich der langsame, aber unaufhaltsame Arm des Gesetzes der Vereinigten Staaten nach ›Rotbart‹ ausstrecken und ihn festnehmen.«

Er betrachtete sie aufmerksam.

»Du bist müde. Wenn du vernünftig bist, begibst du dich ins Bett.«

Der Rat war willkommen. Oktober war noch nie in ihrem Leben so müde gewesen. Wie lange war es her, daß sie in ihrem harten, kleinen Bett im Birkenhof geschlafen hatte!

Er sprach von der Landstraße... von komischen Bewohnern einer Welt, von der sie nichts wußte... von der Wüste Gobi – das sei ein wirkliches Strolchen. Er kannte seltsame Menschen, die in seiner Welt berühmt waren. Hoke, der durch ganz Rußland gestrolcht war, während die Revolution am wildesten wütete, und der während des Krieges in aller Ruhe durch Deutschland spaziert war. Lossy, der Neuengländer, der vierzehn Sprachen sprach, aber seinen eigenen Namen nicht schreiben konnte. Lossy war bettelnd von Kaschmir nach Bukarest gewandert. Dies alles interessierte sie unbeschreiblich, und sie war wütend auf sich selbst, daß sie einnickte. Vielleicht war die Eintönigkeit seiner Stimme gewollt... Sie wachte auf, als sie in seinen Armen halbwegs die Treppe hinaufgetragen wurde. Er stellte sie vor der Tür ihres Zimmers auf die Füße. Eine Minute später klopfte er halblaut an ihre Tür und bat um sein Rasierzeug.

Er hatte nur die Wahrheit gesprochen, als er gesagt hatte, er hätte Briefe zu schreiben – dieses Schreiben war nur allzulange schon verschoben worden. Einer der Briefe war sogar sehr lang. Seine Feder flog mit erstaunlicher Geschwindigkeit über das Papier. Blatt um Blatt wurde beschrieben und beiseite gelegt. Um zehn Uhr brachte ihm Miss Ellen Kaffee, sah den Haufen beschriebener Blätter und war sichtlich beeindruckt.

»Am Ende des Grundstücks ist ein Postkasten«, sagte sie und beschrieb, wo er zu finden war, fügte aber hinzu, daß die Post erst am nächsten Vormittag abgeholt würde.

»Ich werde sie heute nacht noch einwerfen«, sagte er, »ein Postkasten ist ein fabelhafter Safe.«

Dürfte sie ihm noch irgendeine Erfrischung bringen, ehe er sich schlafen legte? Sie schlug ihm Holunderbeerwein vor, aber Robin sagte schnell, daß er Tee vorzöge. Sie hatte Tee, eine besondere Sorte, die Dr. Evington stets bevorzugt hatte. Es war das erste Mal, daß er ›Kahlköpfchens‹ Namen hörte. – Dieser Titel umgab den alten Mann mit einer Aureole von Würde. Nie wieder dachte Robin an den kleinen Strolch anders als an Dr. Evington.

Bis elf Uhr waren die drei wichtigsten Briefe fertig, und er ging, Miss Ellen um Briefmarken zu bitten. Er fand sie in der Küche, wo sie irgendeine Arznei anrührte.

»Soll ich sie einwerfen?« schlug sie vor, nachdem die Briefmarken aus ihrer Tasche geholt worden waren. Aber er wollte nichts davon wissen.

Es war eine schöne Nacht. Die Sichel des Mondes war noch am Himmel sichtbar und strömte ein unheimliches Zwielicht auf die dunkle, schweigende Welt. Er schritt den Weg hinunter, zog das Tor auf und schlenderte dem Postkasten zu. Der Kasten war an einem Steinpfosten befestigt, der den Eckstein des kleinen Grundstückes bildete. Er ließ die Briefe hineingleiten und ging langsam zurück. Frösche quakten in der Nähe des Teiches, eine eilige Fledermaus flog ihm entgegen, bog ab und verschwand. Ein langsamer Güterzug fuhr nach Süden, und das harte Keuchen der Lokomotive klang durch die Entfernung gedämpft. Die richtige Nacht für die Landstraße, dachte er. Seine Hand lag auf dem Türpfosten –

Ein Streifen Silber zuckte durch die Luft... Er duckte sich gerade noch zur rechten Zeit.

Das Messer blieb in dem Kreuzbalken des Tores stecken – er sah das zweite fliegen und warf sich zurück, während er seine Pistole zog. Das zweite Messer verfehlte das Tor – er hörte, wie es sich in einen Baum grub. Aus der Dunkelheit des gegenüberliegenden Straßengrabens sprang ein dünner Flammenstrahl... einmal, zweimal. Der Knall des Revolvers hallte, seine Pistole spuckte eine Antwort... Ein Schatten erschien aus dem Schatten – Robin warf seine Pistole in die linke Hand und schoß. Der Schatten stolperte und fiel.

Robin war innerhalb des Tores und lief. Er sah die Tür sich öffnen...

»Weg von der Tür!« schrie er. Miss Ellen wich zurück.

Er sprang auf die oberste Stufe im selben Moment, als Oktober den Flur erreichte. Sie fragte nichts, sondern knipste sofort das Licht aus.

»Was ist los?« fragte Miss Ellen. »Doch nicht die Polizei?«

»Nein, die Männer, von denen ich Ihnen erzählt habe.« Er

war außer Atem, aber er lächelte gezwungen. »Lenny hat seine Messer wieder zurückbekommen. Hat mich wahrscheinlich gesehen, wie ich sie in den Teich warf, und sie wieder herausgefischt. Darauf hätte ich vorbereitet sein müssen; aber der Revolver ist ein anderer. ›Rotbart‹ hat bisher immer ein harmloseres Schießeisen benutzt.«

»Sie haben dir doch nichts getan?«

Oktobers Hand bewegte sich langsam an seinem Ärmel auf und ab, und diese Zärtlichkeit rührte ihn tief.

»Nein – aber ich habe einem von ihnen etwas getan. Ich glaube, es ist Lenny. Hoffentlich ist er nicht tot. Ich werde mich überzeugen.«

Er ging durch das Wohnzimmer, öffnete ein Fenster und ließ sich geräuschlos auf die Terrasse hinunter. Durch die Baumgruppen lief er zu der Stelle, wo die Kleider des Alten verbrannt worden waren. Eine verwitterte Tür war in der Mauer, und er hatte bemerkt, daß sie nicht ganz geschlossen war. Er schob sie weit genug auf, um sich durchzuzwängen, und befand sich in einer schmalen Allee, die auf der einen Seite von der Gartenmauer, auf der anderen von einem Drahtgitter flankiert war. Hier schlich er vorwärts, pausierte alle paar Schritte, um zu horchen. Bald war er nur mehr einige Meter von der Straße entfernt. Er rechnete sich aus, daß er jetzt gegenüber der Stelle sein mußte, wo der Schatten gestürzt war... Er hörte das Surren eines Autos, das schwächer und schwächer wurde. Vorsichtig trat er auf die Straße und spähte nach rechts und links.

Der Weg verlief ganz gerade; eine halbe Meile entfernt sah er ein kleines rotes Licht – das Schlußlicht eines Autos, und er beobachtete, wie es verschwand. Die Pistole lag jetzt in seiner linken Hand. Er wollte nichts riskieren.

Niemand war da – nicht einmal in dem schwarzen Schatten der Bäume vor ihm. Sie waren weg. Er schritt mitten auf der Straße. Der Mondschein spiegelte sich auf dem brünierten Lauf seiner Waffe. Nirgends ein Geräusch oder eine Bewegung. Das nächste Haus war einen halben Kilometer entfernt. Aber zweifellos gab es in diesem Augenblick ängstliche Seelen, die im Begriff waren, die Polizei anzurufen.

Hier... oder war es dort, wo Lenny fiel? Er nahm das Risiko auf sich und zündete ein Streichholz an... ließ es aber sofort wieder fallen, als er das Tappen von Schritten vernahm.

Es war Oktober. Sie hatte einen alten Mantel über ihr Nachthemd geworfen und war barfuß.

»Geh' zurück ins Haus!« zischte er.

»Benimm dich nicht wie ein Höhlenmensch«, sagte sie. »Sie sind ja weg. Ich habe das Auto wegfahren sehen, und vorher haben sie jemand hineingehoben. Ich war oben in meinem Schlafzimmer und habe aus meinem Fenster geschaut. Das ist natürlich nicht so schlau, als über die Gartenmauer zu klettern, aber man sieht viel mehr! Ist das hier das Messer?« Sie hielt ein langes Messer in einer Hand. »Es steckte in einem der Bäume.«

Er hob warnend seine Hand und horchte.

»Das ist der Streifenwagen«, sagte er. Sie liefen ins Haus zurück und schlossen die Tür. Miss Ellen wartete wie ein müder Geist im dunklen Vorplatz und rieb ihre dünnen Hände nervös gegeneinander.

»Werden Sie hierherkommen?« fragte sie, als er ihr alles gesagt hatte.

»Vielleicht werden sie sich erkundigen... Das beste ist, Sie sagen, Sie hätten die Schüsse gehört. Oktober kann in ihr Zimmer zurückgehen. Ich glaube nicht, daß sie das Haus durchsuchen werden. Wenn Sie zum Tor hinuntergehen, würde uns das eine Menge Schwierigkeiten ersparen.«

Sie nickte – sie hatte doch Mut. So kam es, daß, als die Polizei ankam, und hinter ihr etwa ein Dutzend Einwohner der Gegend, Miss Ellen in der Lage war, ihnen eine glaubwürdige Schilderung der Schießerei zu geben.

»Sie haben niemanden erkannt?« fragte der Polizeisergeant, denn Miss Ellen behauptete, den ganzen Vorgang von ihrem Schlafzimmerfenster aus gesehen zu haben. »Etwa einen Kerl mit einem roten Bart? Der war heute nachmittag in Ogdensburg.«

Nein, Miss Ellen hatte weder den rotbärtigen Kerl noch irgendeinen anderen Kerl identifizieren können. Die Polizei nahm eine oberflächliche Untersuchung der Straße vor dem

Grundstück vor und fand Blutflecke, die die Aussage der Dame nur bestätigten.

»War kein Strolch dabei – in einem braunen Anzug... mit aufwärtsgedrehtem Schnurrbart – und ein Mädchen?«

Miss Ellen hatte keinen Strolch gesehen.

»Das ist aber seltsam.« Der Sergeant kratzte sich den Kopf. »Das Auto und alles das haben Sie auch nicht etwa gesehen, Miss Evington? Ich teile hiermit allen Leuten mit, daß es verdammte Schwierigkeiten für jedermann gibt, den ich mit einem Revolver finde – und das ist keine Übertreibung!«

Er ging weg, um weiteres Beweismaterial bei den anderen Umwohnern zu sammeln. Einer hatte sechs Schüsse abfeuern hören – einer nur zwei. Die Schießerei hatte keine Minute gedauert. Über diesen Punkt waren sich alle einig.

Und dann wurde etwas ganz Neues entdeckt. Der Postkasten an der Ecke des Grundstücks war aufgebrochen und seines Inhalts beraubt worden. Das war keine schwierige Operation gewesen, denn ländliche Postkästen sind nicht danach gebaut, einer derartigen Attacke Widerstand zu leisten.

»Eine Bande Posträuber«, schloß der Sergeant vage.

Endlich war der Polizeiwagen wieder in der Richtung der Stadt abgefahren, die Nachbarn hinter doppelt verriegelten Türen verschwunden, und Miss Ellen kehrte in das dunkle Wohnzimmer zurück.

»Sie sind alle weg. Der Postkasten ist aufgebrochen worden –«

Sie zitterte so, daß sie sich setzen mußte. Aber die Ruhepause der tapferen Frau war nur kurz. Sie ging hinauf – ihr Vater schlief noch.

Das Fenster des Wohnzimmers war mit Holzläden versehen; diese schloß Robin vorsichtig, bevor er die Lampe wieder anzündete.

»Geh und leg dich schlafen«, sagte er.

Oktober schüttelte heftig den Kopf. »Das könnte ich nicht. Wirklich. Ich bleibe hier, bis ich mich müde fühle.«

Sie hob einen nackten Fuß nach dem anderen und wischte den Sand davon ab.

»Dann, um Gottes willen, zieh dich an – und zieh dich warm

an, denn ich will dir etwas sagen, das dein Blut zum Gefrieren bringen wird!«

»Das wird«, sagte Oktober, als sie gehorsam zur Tür schritt, »das wird ja eine interessante Nacht.«

Wenige Minuten später war sie wieder da. Warm, wenn auch nicht vollständig bekleidet.

»Und nun los mit der Gruselgeschichte!« sagte sie.

Er schritt im Zimmer auf und ab, die Hände hinter dem Rükken verschränkt. Sie dachte nach, weshalb er wohl die Brauen runzelte, und ob es wirklich noch etwas Ernstes zu hören gäbe.

»Polizei oder keine Polizei, Lenny tot oder lebendig – diese Vögel haben sich noch nicht zur Nachtruhe begeben.«

»Du meinst, daß sie wiederkommen?«

»Jawohl, so sicher, wie du lebst!«

»Wenn du fertig bist mit diesen einleitenden Bemerkungen, wirst du vielleicht so freundlich sein, mir mitzuteilen, weshalb du das glaubst?«

Er lachte leise. »Also bitte: Ich bin zu nahe in Schußweite, als daß Elfrieda in ihren Bestrebungen nachließe. Es gibt nur eins, das sie zum Aufhören bringen kann. Das ist aber keineswegs ein Schießgewehr, sondern eine Füllfeder!«

Sie schüttelte verständnislos den Kopf.

»Verstehst du nicht? Zum erstenmal seit – ach, ich habe den Sinn für die Zeit verloren – bin ich wieder in der Lage, zu schreiben. Und ich habe geschrieben, und man hat gesehen, wie ich etwas in den Postkasten warf und hat dies ins Hauptquartier – ich nehme an, das befand sich im Auto – gemeldet. Man ist die Briefe holen gegangen und hat sie auch gekriegt. Folglich sage ich mir, die Nacht ist für Elfrieda noch nicht zu Ende.«

»Was hast du in den Briefen geschrieben?« fragte sie neugierig.

»Es gab einen sehr wichtigen Satz in dem wichtigsten dieser Briefe – er stand gleich zu Anfang und lautete wie folgt: ›Dies ist fast wörtlich eine Kopie des Briefes, den ich Ihnen gestern nacht aus Littleberg sandte, aber ich fürchte, daß dieser erste Brief verlorengegangen ist.«

»Hast du denn gestern nacht aus Littleberg geschrieben?« fragte sie erstaunt. Er schüttelte den Kopf.

»Nein – das war nur ein genialer Einfall, dieser Passus. Nun ist die Frage: Wird Elfrieda auf meinen Bluff hereinfallen?«

»Aber für wen war der Brief bestimmt?« fragte sie.

»Für meinen Freund – sein Name ist Mortimer und, um genau zu sein: Er ist als Diener bei einem Verrückten angestellt.«

»Ich gebe es auf!« sagte sie verzweifelt, »und mein Blut gefriert gar nicht, sondern ich bin entsetzlich enttäuscht.«

Er schlug vor, sie sollte sich schlafen legen und gut schlafen. Sie suchte ihren Roman, den Miss Ellen auf seinen Platz gelegt hatte, und fand ihn auch. Robin kehrte zu Tinte und Feder zurück und fing von neuem an, Briefe zu schreiben. Die Standuhr auf dem Vorplatz hatte einen sanften, volltönenden Schlag.

Oktober sah von ihrem Buch auf und zählte zwölf.

Robin blickte zu ihr hin.

»Hast du ein gutes Gehör?« fragte er leise.

»Ja, warum denn?«

Er antwortete nicht gleich; seine Augen wanderten zur Tür. »Irgendwo klingelt es.«

Jetzt hörte sie es auch. Ein ganz schwaches Klingeln.

»Meinst du, es ist Miss Ellen...? Vielleicht geht es ihrem Vater schlechter. Soll ich gehen?«

Er winkte ihr, sitzen zu bleiben, und war schon halbwegs zur Tür, als diese aufflog. Miss Ellen stürzte aufgeregt herein.

»Jemand ist an der Gartentür – es klingelt!« stammelte sie. »Es ist zwölf... Ein Automobil steht vor dem Haus...«

»So?« Robins Gesicht wurde ausdruckslos. »Soll ich aufmachen?« fragte er.

Miss Ellens Gesicht zuckte. »Nein – ich werde öffnen!« Ihre Stimme klang gezwungen. »Ich werde aufmachen –«

Sie ging festen Schrittes aus dem Zimmer. Er folgte ihr und machte Oktober ein Zeichen, das Licht zu löschen. Unter der Tür zog er seine Pistole aus der Tasche. Man hörte das Rasseln einer Kette und das Knirschen eines Schlosses.

»Wer ist da?« fragte Miss Ellen.

»Eine Dame, die Mr. Robin Beausere zu sprechen wünscht.«

Robin ließ vor Erstaunen beinahe die Pistole fallen, denn die Frau, die sprach – war Lady Georgina.

13

»Lassen Sie sie herein«, flüsterte er und schritt zurück in das Wohnzimmer. Oktober knipste die Lampe wieder an.

Georgina war allein; das sah er, als ihre große Gestalt in der Türöffnung erschien.

»Kommen Sie nur herein, Elfrieda«, sagte er und schritt zur Seite, damit sie vorbei konnte.

In ihren weißbehandschuhten Händen trug sie eine Lorgnette. Diese hob sie und musterte Oktober mit einem langen, festen Blick. Die Veranlagung und Ausgeglichenheit des Mädchens waren derart, daß sie unter dieser Prüfung weder böse noch verlegen wurde, sondern mit ruhigem Ernst der ihr entgegengebrachten Unverschämtheit begegnete.

»Ist das das Mädchen?«

»Das ist meine Frau – jawohl«, erwiderte er ruhig.

»Was Sie nicht sagen!«

Eine ironische Höflichkeit kann sehr beleidigend sein, und doch hatte Georgina nicht den leisesten Wunsch, beleidigend zu sein. Eigentlich war sie mit einem zur Unterschrift bereiten Waffenstillstandsvertrag gekommen. Ganz wörtlich trug sie nämlich in der ledernen Handtasche, die von ihrem Handgelenk herabhing, ein Dokument, das sowohl Waffenstillstand als eine allerdings einseitige Reparation darstellte.

»Ich möchte Sie allein sprechen«, sagte sie.

Miss Ellen stand mit gefalteten Händen auf der Schwelle des Zimmers; bei diesen Worten verschwand sie lautlos.

»Soll ich auch gehen?« Oktober brauchte nur die Bejahung in seinen Augen zu lesen, um ihrer Wirtin zu folgen. Robin schloß die Tür.

»Meine Gnädigste«, sagte er, »wollen Sie sich nicht setzen?«

Georgina lehnte mit einer Bewegung ab.

»Ich vermute, du kehrst nach Kanada zurück?« begann sie.

»Das hoffe ich«, sagte er. Er war sehr vorsichtig in der Wahl seiner Worte. »Du hast meinen Brief gelesen?«

Ihre Augenbrauen hoben sich. »Ich kann mich nicht entsinnen, daß du mir geschrieben hast.«

»Das hab' ich auch nicht; ich kann mich überhaupt nicht entsinnen, wann ich dir zum letztenmal geschrieben habe. Aber ich nehme dennoch an, daß du meinen Brief gelesen hast.«

Sie überhörte die Frage. Es war auch keine Frage, die sie beantworten konnte, ohne sich allzu sehr in Nachteil zu setzen, und in dieser heiklen Situation kam es darauf an, die Oberhand zu behalten. »Robin, ich bin in allerhand Schwierigkeiten. Das weißt du ja. Ich habe Methway Court zu unterhalten, Alan zu versorgen – der Junge soll endlich heiraten –, das Haus in North Audley Street, das das Geld einfach frißt und –«

»Laufende Spesen?« schlug er vor, als sie pausierte, »die müssen ziemlich ausgiebig sein. Ich weiß nicht, was Verbrecher im Abonnement kosten, aber ich nehme an, sie sind teuer. Selbst ein Bandit zweiten Ranges ist nicht billig, wenn ich mich nicht irre. Du hast eine wirklich feudale Einstellung, Georgina. Ich habe mir oft überlegt, warum dein rotbärtiger Diener nicht deine Livree trägt oder dein Wappen auf der Brust – drei springende Leoparden auf gelbem Felde, nicht wahr? Und auch Lenny wäre in einer Rüstung fabelhaft anzuschauen, dein flammendes Banner tragend.«

Sie nahm diese Scherze ohne sichtbaren Groll hin. Er konnte sie ohne Vorbehalt bewundern, da er ihre eigenartige Moral schon längst gewohnt war. Sie war sechzig Jahre alt, gerade wie eine Lanze und immer noch faszinierend mit ihren schönen Augen, die schwarz wie die Nacht waren und ebenso unergründlich.

»Du hast mich unterbrochen, Robin.«

»Verzeihung!«

Sie legte die Ledertasche auf den Tisch, wo er geschrieben hatte, nahm ein gefaltetes Stück Papier heraus und breitete es vor ihm aus.

»Ich kann mich der Überzeugung nicht verschließen, daß du mir alle diese dummen Dinge, die geschehen sind seit der Nacht, in der ich dich besuchte, übelnimmst, Robin. Das scheint furchtbar lange her zu sein, nicht wahr? Ein Unglück, daß du Alan in Schenectady gesehen hast –«

»Aber ein Glück für ihn, daß ich ihn seither nicht gesehen habe.« Seine Stimme war samtweich, er lächelte. Sie schauderte ein wenig, da sie die Familie Beausere genau kannte. Einer hatte sich einmal am Tower von London mit genau diesem Lächeln den Kopf abschlagen lassen und hatte noch über einen höchst privaten Witz gelächelt, als der Henker den Kopf der halberstarrten Zuschauermenge gezeigt hatte. Noch ein anderer hatte auf diese Art in Gegenwart Richards von Gloucester gelächelt im Augenblick, als der Herzog von Clarence ihn niederschlug. Alle hatten sie bei Gefahren auf diese Weise gelächelt. Sie waren am gefährlichsten, wenn sie am fröhlichsten schienen.

»Alan – kann für sich selbst sorgen. Er ist nicht gerade ein Feigling. Ein Narr, zugegeben, aber kein Mann meines Blutes ist ein Feigling.«

Und doch hatte er sie erschüttert. Sie hatte einen Augenblick lang Angst verspürt, und er wußte das.

»Es gibt verschiedene Arten der Feigheit. Wir wollen uns über die Ethik der ganzen Angelegenheiten nicht unterhalten.«

Er hatte das Blatt Papier, das sie auf dem Schreibtisch ausgebreitet hatte, gesehen. Form und Farbe waren ihm bekannt, aber er sagte nichts und wartete darauf, daß sie ihren Besuch erklären sollte, der jetzt allerdings keiner Erklärung mehr bedurfte.

»Soll ich offen sein, Robin?« Er nickte. »Ich will nach Europa zurück. Meine Agenten haben für mich eine entzückende Villa in Cannes gefunden. Ich werde den Court verkaufen und das Haus in London vermieten. Aber ich habe eine erschreckende Anzahl von Rechnungen zu bezahlen, und eine ganze Reihe Gläubiger fängt an, unangenehm zu werden. Ich möchte sauber anfangen, und das kann ich nur, wenn du mir hilfst.«

»Wie soll ich dir helfen?«

Sie nahm den Scheck auf; alles war schon ausgefüllt. Es fehlte nur noch die Unterschrift. Die Summe war sehr groß. Er lächelte wieder und gab ihr den Streifen Papier zurück.

»Nein«, sagte er.

Er fügte keine Bitte um Verzeihung hinzu, wie er es bei einer anderen Gelegenheit getan hatte.

»Nein?« Ihr Kopf neigte sich zur Seite; ihre Lippen waren fest aufeinandergepreßt.

»Das bedeutet eine Menge Unannehmlichkeiten – für uns beide. Es wäre mir sehr unangenehm, dich vor einem amerikanischen Gericht zu sehen und diese ganze Geschichte der 'Öffentlichkeit' preiszugeben. Natürlich, da du ja im Bilde bist über das, was dir bevorstünde, ist es unwahrscheinlich, daß du dich ohne Widerstand wegen Mordes verhaften läßt. Es wäre mir schrecklich zu hören, du wärest wie ein Hund niedergeknallt worden – von einem oder zwei elenden Polizisten.«

»Oder zwei Verbrechern«, schlug er vor. »Solche Unfälle passieren leicht, und im allgemeinen darf sich der Mörder noch darauf berufen, eine gute Tat begangen zu haben. – Verzeihung – ich habe dich unterbrochen.«

»Das möchte ich alles vermeiden, und ich möchte sehen, wie du mit allem Komfort über die Grenze fährst, ohne Lärm und ohne Skandal. Ich nehme an, daß das Mädchen dir nichts bedeutet?«

Sie beobachtete ihn scharf und wäre erfreut gewesen, einen neuen, wirksamen Hebel gefunden zu haben.

»Wir wollen über das Mädchen nicht weiter sprechen«, sagte er.

Eine ihrer Schultern zuckte hoch – er kannte das Anzeichen, hätte ihre nächsten Worte voraussagen können.

»Nun – da kann man nichts machen. Ich hatte gehofft, du würdest vernünftig sein.«

Ein Handeln gab es nicht: Sie war um eine Anleihe gekommen, die ihr abgeschlagen war, damit war die Angelegenheit für sie erledigt.

»Gute Nacht, Robin«, sie hob ihre Ledertasche auf, stopfte den Scheck hinein und ließ das Schloß zuschnappen.

»Du hast es doch nicht eilig?« fragte er.

Sie wartete.

»Die Villa in Cannes – wie reizend! Ich sehe förmlich, wie du dort alt wirst, eine fast legendäre Gestalt, im Kasino eine ehrbare und sparsame Spielerin. Alan wird es langweilig finden, aber er kann ja reisen. Was ist eigentlich das amerikanische Gegenstück für das englische Aylesbury?«

Sie verstand ihn nicht gleich.

»Aylesbury? Du meinst das große Jagdrevier?«

»Nein, ich denke an die Gejagten. Es gibt doch ein Zuchthaus in Aylesbury – für Frauen! Hast du nie daran gedacht, daß das vielleicht ein angenehmer Aufenthalt an Stelle von Cannes wäre, Georgina? Ich war einmal da – eine endlose Reihe düster aussehender Frauen in Grau, die im Kreis gingen und zu Boden schauten. Die lebenden Toten!«

Lady Georgina schreckte nicht zurück; sie hob nachdenklich ihre Lorgnette und betrachtete ihn.

»Ist das eine Drohung?«

»Die Erwähnung einer Möglichkeit«, sagte er. »Ich weiß ja nicht. Ich habe mich noch nicht entschlossen. Ich bewundere dich selbstverständlich, Georgina. Dein Mut kann nicht genug gerühmt werden. Und es gibt für dich noch einen schmalen Ausweg – in New York: der enge Ausgang zu einem Dock, wo ein abfahrender Dampfer auf Gerechte und Ungerechte wartet. Schreib deine Schulden ab, Georgina, und verlasse dich auf meine wohlbekannte Großzügigkeit!«

Sie ging auf ihre majestätische Art zur Tür.

»Gute Nacht!« sagte sie.

»Gute Nacht. Darf ich dich bitten, keinen Lärm zu machen – Doktor Evington ist sehr krank.«

Sie drehte sich schnell um.

»Evington... Doktor Evington? Was soll das heißen?«

»Sehr krank«, murmelte er.

Sie blickte im Wohnzimmer hin und her, ein verständnisloser Ausdruck lag auf ihrem Gesicht.

»Hier?«

»Er ist soeben aus der Hölle zurückgekehrt«, sagte Robin. »Dreißig Jahre Hölle – oder eher vierzig, wenn ich nicht irre. Stell dir das vor, Georgina! Über dreißig Jahre herumzustrolchen. Gefährliche Fahrten auf Eisenbahnwagendächern, Tod und Wahnsinn, gestoßen, geprügelt, eingesperrt, von Tor zu Tor bettelnd – und das alles, weil eine gewisse, damals sehr junge Dame die Befriedigung haben wollte, mit einem Professor der Anatomie zu flirten!«

Er hatte ihr die Maske heruntergerissen: Sie hatte ihre Selbstbeherrschung verloren und sah erbärmlich alt aus.

»Du lügst, Robin! Du hast diese dumme Skandalgeschichte irgendwo gehört...«

»Warst du nie in diesem Haus?« Er sah an ihrem Gesichtsausdruck, daß sie es wohl gewesen war. »Erkennst du es nicht wieder?«

»Einmal – nur einmal«, stieß sie hervor. »Ich kam –«

»Die Dame, die dir die Tür aufmachte, ist seine Tochter, und du schuldest ihr ein ganzes Leben, Georgina. Die Mutter ist vor einigen Jahren gestorben.«

»Wo ist er – ich will ihn sehen.«

Robin war sprachlos. »Aber – du kannst ihn doch nicht sehen!«

»Ich will ihn sehen!«

Sie riß die Tür auf. Auf der anderen Seite des Vorplatzes sah sie das Licht vom Speisezimmer, aber bevor sie hinübergehen konnte, stand Miss Ellen schon im Türrahmen.

»Sie sind seine Tochter – Marcus Evingtons Tochter?« und als Miss Ellen nickte: »Ich bin Georgina Loamer – Lady Georgina.«

Miss Ellen streckte die Hand zur Wand, um sich aufrecht zu halten. Im schwachen Licht der kleinen Lampe sah Robin, wie sie noch blasser wurde. Oktober stand im Hintergrund.

»Ich will Ihren Vater sehen... Ist es wahr, daß er hier ist?«

»Ja.« Kaum, daß das Wort zu hören war.

»Wollen Sie mich zu ihm führen?«

Miss Ellen wandte sich ergeben zur Treppe und führte sie hinauf.

»Warum will sie ihn sehen?« flüsterte Oktober.

»Ich weiß es nicht – ich glaube, es ist besser, wenn ich auch hinaufgehe.«

Er nahm auf der Treppe zwei Stufen auf einmal und sah, wie Lady Georgina in Dr. Evingtons Zimmer verschwand. Die Tür war offen. Der alte Mann lag auf dem Rücken und sah erstaunt seine Besucher an. Miss Ellen stand zitternd mit gefalteten Händen da – der Inbegriff der Geduld, der Resignation und des Fatalismus. In einer Ecke des Zimmers saß die alte Magd, ihr Strickzeug auf dem Schoß, und sah durch ihre stahlumränderte Brille unwillig den Eindringling an.

»Aber das ist doch Julia!«

Lady Georgina saß auf dem Bett, eine seiner Hände zwischen ihren beiden, und in ihren dunklen Augen war ein Ausdruck, wie ihn Robin noch nie bei ihr gesehen hatte.

»Marky!«

Nur das eine Wort mit heiserer, tränenerstickter Stimme. Robin fluchte leise vor sich hin... Das mußte doch ein Traum sein.

»Aber Julia! Der alte ›O‹ lachte immer über meine Visionen, und nun bist du hier, Geliebte. Ich wußte immer, daß du kommen würdest... Wir werden nach dem Westen fahren, Julia... Einen Frachter nach Chicago erwischen. Dann den Schnellzug, 'rauf aufs Dach... Ich kenne einen fabelhaften Platz, wo wir absteigen können: eine Garküche fast an jeder Straße... Heißer Kaffee, alles, was man will...«

Er schloß die Augen und schien zu schlafen, aber nach einer Weile sprach er wieder.

»Dies, meine Herren, ist ein typischer Fall von Herzschwäche – Sie werden bemerken, daß der Patient...«

Seine Stimme erstarb in einem Murmeln, und als er wieder sprach, war es von Julia und ›dem verdammten Schuft‹, der ihn ›geschmissen‹ hatte.

Georgina sprach kein Wort; sie saß mit seiner Hand in den ihren da, und ihre Augen wanderten über sein verwüstetes Gesicht. Was lag hier unausgesprochen zwischen den beiden? überlegte sich Robin. Das würde er nie erfahren. Irgendwo in der Vergangenheit dieser zwei Menschen lag etwas... Eine Verbindung, die seinem Verständnis verborgen war.

»Schön, dich zu sehen! Schön, dich zu sehen!«

Die Stimme des Alten war sehr klar. Fünf Minuten verstrichen ohne ein Geräusch ... Nur Robin wußte, daß er tot war.

Lady Georgina ging mit hocherhobenem Haupt die Treppe hinunter, keine Spur von Tränen war sichtbar, als sie vor Robin stand.

»Ich werde dich nicht wiedersehen«, sagte sie. »Adieu!« Er blieb stumm. Es gab vieles, was er ihr hätte sagen können, aber all ihre Verschlossenheit stemmte sich gegen seine Worte. Sie haßte ihn, weil er Bescheid wußte: haßte ihn wegen dem, was er wußte, und allem, was er darstellte.

»Aylesbury – das wäre doch wohl noch bequemer, als ein Güterwagen oder das Dach eines Pullman-Wagens in einer Regennacht. Meinst du nicht, Robin?«

Er sagte nichts. Sie hatte ihn die ganze Bitterkeit fühlen lassen, die sie gegen eine Welt empfand, die sich so hart gegen das erbärmliche Wesen, das sie oben verlassen hatte, gezeigt hatte. Er kannte nun das Hindernis, das ihr ganzes Leben durchkreuzt und das vor dreißig Jahren zwei Herzen gebrochen hatte. Er fühlte es, und sie tat ihm unendlich leid. Und doch, auch wenn sie ihm in diesem Augenblick den Scheck zur Unterschrift präsentiert hätte, er hätte es abgeschlagen. Aber sie dachte nicht daran, dies zu tun und ihm noch einmal Frieden anzubieten. Krieg! Dies zu wissen, erfüllte ihn mit einem Prickeln. Er hätte lachen mögen, als er dastand und zusah, wie ihr Auto in die Nacht verschwand – lachen und weinen, denn sie stellte eine größere Forderung an sein Mitgefühl, als er es für möglich gehalten hätte.

Er schloß die Tür und ging ins Wohnzimmer. Oktober war auf ihrem Zimmer – und das war gut. Er lockerte eine der Jalousien und öffnete das Fenster. Es war nur ein kleiner Sprung zur Terrasse hinunter. Auf das Fenstersims legte er seine elektrische Taschenlampe, die er aus Oktobers Zimmer mitgebracht hatte. Er zog die schweren Tuchvorhänge vor dem Fenster zu, nahm seine Pistole, füllte das Magazin auf und entsicherte. Unter den Gegenständen, die er Miss Ellen gebeten hatte zu kaufen, befand sich ein dunkler Regenmantel, den sie auf dem Vorplatz aufgehängt hatte. Er fand ihn, steckte die Waffe in eine der Taschen und hing den Mantel in Reichweite auf. Die Uhr auf dem Vorplatz schlug eins. Sie klang wie eine Totenglocke. Robin lächelte, es war seine einzige Geste des Trotzes...

Der Türgriff drehte sich. Oktober trat ein; nie hatte er sie derart deprimiert gesehen.

»Es ist schrecklich. Aber, Robin, die arme Dame ist wirklich unerhört – ganz unerhört! Ist sie fortgegangen?« Er nickte. »Es ist doch alles so unwirklich... und häßlich!«

»Es gibt in der Liebe nichts Häßliches«, antwortete er und spürte, daß er eine Binsenwahrheit sagte.

»Vielleicht nicht. Aber mir war das Ganze unheimlich. Nicht der Tod des armen Alten. Der war so natürlich, daß es ganz richtig war. Aber sie – da auf dem Bett sitzend, mit seiner Hand zwischen den ihren – und die alte Liebe ging vorbei wie ein Spuk. Es war, als sähe man welke Blumen auf einem Schutthaufen und versuchte, sie in all ihrer Schönheit wieder aufzurichten.«

»Müde?«

Sie schüttelte den Kopf. »Nein – weshalb denn?«

»Möglich, daß wir schnell weiter müssen«, sagte er.

Sie nickte. »Das habe ich eigentlich erwartet – wann denn?«

»Weiß ich nicht... Ich glaube, bald. Ich habe nur vor einem Angst: daß man auf leisen Sohlen kommt. Aber das ist kaum wahrscheinlich. Wir müßten eigentlich bald den Wagen hören.«

»Die Polizei?« Sie war bestürzt.

»Die Polizei – letzte Zuflucht böser Menschen. Verbrecher wachsen nicht auf Bäumen, sonst hätte sich Georgina einen Korb voll gepflückt. Ich setze mich auf die Türschwelle.« Er nahm schnell seinen Mantel. »Willst du bitte Miss Ellen alles erklären? Und du, Oktober – zieh alles an, was an neuen Sachen da ist, und warte hier auf mich!«

Er öffnete leise die Haustür und ging voraus, zum Gittertor. Die ganze Welt war in Schweigen gehüllt und regungslos. Sein heller Sommeranzug machte ihn auffällig – er zog den Mantel über und knöpfte ihn bis zum Hals zu. Die Ärmel waren für eine wirkungsvolle Handhabung des Schießeisens zu lang. Er schlug sie um.

Kein Geräusch...

Es vergingen etwa zehn Minuten. Die Uhr im Vorplatz schlug Viertel. Weit weg zu seiner Linken erschienen zwei Lichter. Georginas Auto, meinte er. Die Lichter wurden heller; sein Ohr fing das Summen des Motors auf. Wie nah würden sie heranfahren? Anscheinend nicht viel näher. Die Lichter erloschen, und der Motor hörte auf zu surren. Der Polizeiwagen hätte mehr Geräusch gemacht. Diesen wollte er hören, bevor er sich vom Fleck rührte.

Da war er auch schon – mit einem mißtönenden Knattern. Er

ging in das Haus zurück und schloß die Tür. Miss Ellen war im Wohnzimmer.

»Ihre Frau hat mir mitgeteilt, daß Sie fort müssen – ich habe dies für Sie zurechtgemacht.«

Es war ein Paket Proviant; er dankte und steckte es in seine Tasche.

»Wir müssen durch das Fenster«, sagte er und bat sie, es hinter ihnen zu schließen und den Laden zu befestigen.

Als Oktober sich neben ihm auf den steinernen Weg fallen ließ, hörte er schon deutlich den Streifenwagen.

»Hierher.«

Er nahm ihre Hand. Oktober besann sich, daß sie seit der Trauung nicht seine Hand berührt hatte. Sie fühlte sich kraftvoll und zuverlässig an.

Durch den Baumgürtel, über den hinteren Garten, hinüber ins freie Feld... Er half ihr durch die Lücke in der Hecke. Irgendwo in der Ferne schnaufte asthmatisch eine Lokomotive.

Er blieb stehen und blickte den Weg entlang. Die Strecke hatte hier eine Steigung.

Sie hielt immer noch seine Hand, als sie sich vorsichtig den Schienen entlang bewegten. Nach einiger Zeit waren sie am Haus vorbei und konnten die baumbegrenzte Allee, die von Ogdensburg kam, sehen. Der Polizeiwagen hatte außerhalb ihrer Sichtweite gehalten. Polizeibeamte liefen über die Straße. Wären sie nicht weitergegangen, hätten sie sich gegen den Horizont abgezeichnet. Die Schienen liefen auf einem erhöhten Damm; ein kleiner Übergang über einen Bach lag vor ihnen. Er dachte, es wäre besser, zu warten, und suchte ein Versteck. Dort lag ein kleiner Haufen Schwellen, und hinter diesem duckten sie sich nieder.

»Ich weiß nicht, was das für ein Zug ist, aber unsere einzige Fluchtchance ist ein Güterwagen mit offenen Türen. Sonst müssen wir über die Schienen und uns in die Felder schlagen.«

Der Zug war jetzt ganz nahe; die mächtigen Scheinwerfer beleuchteten Büsche und Bäume längs der Schienen. Dann wurde er sichtbar – ein weißer Strahl schoß an den Metallbändern entlang.

»Warte, bis ich ›los‹ sage«, flüsterte er. »Versuch nicht, hineinzuklettern – warte, bis ich oben im Wagen bin.«

Die Lokomotive stampfte vorbei... Oktober konnte den Heizer im Licht des Kesselfeuers sehen... dann waren sie wieder im Dunkel. Er berührte ihren Arm und sie erhob sich.

Wagen auf Wagen fuhr an ihnen vorbei, und dann –

»Los«, flüsterte er, rannte, im Rennen faßte er eine Stahlstange, zog sich daran hoch und durch die offene Tür in den Wagen hinein. Sofort drehte er sich um, langte herunter, faßte sie am Handgelenk und zog sie, atemlos, aber triumphierend, hinauf.

Als er nach dem Haus zurückblickte, sah er kleine Lichter in Miss Ellens Garten hin und her huschen – ihm war, als sähe er einen Mann die Schienen entlang laufen, aber der Zug fing nun an, schneller zu fahren, da er den Scheitelpunkt der Steigung erreicht hatte und wieder bergab fuhr.

»Na, hier sind wir nun!« sagte er grimmig.

»Es ist jemand im Wagen«, flüsterte sie.

Er holte seine Taschenlampe hervor und ließ das Licht überall hinblitzen. Am anderen Ende des Waggons lagen zwei Strolche, tief im Stroh. Sie schliefen friedlich.

»Wo fahren wir hin?«

Es war die alte Frage, und sie mußte beinahe über sich selbst lachen.

»Weiß ich nicht – Ogdensburg, glaube ich. Wir bewegen uns jedenfalls in der Richtung.«

Der Zug fuhr weiter in einem Tempo, das ihm wie ein langsames Schleichen vorkam, aber von Ogdensburg war keine Spur zu sehen. Einmal, mit einem donnernden Geratter von Puffer gegen Puffer, blieb der Zug an einer Station stehen. Zwei Männer schritten die Schienen entlang, der eine trug eine Laterne.

»... den Lumpen noch nicht gefunden... Doch, Mord! – 'nen anderen Lumpen abgemurkst – tja – dafür müßte er doch eigentlich 'ne Tapferkeitsmedaille kriegen...!«

Als sie zurückkehrten, sprachen sie über Strolche im allgemeinen. »Da drin hab' ich zwei, schau nur!«

Er ließ seine Laterne die schlafenden Strolche beleuchten. Oktober drückte sich fest gegen die Wand. Robin hatte das andere

Ende des Waggons gewählt, und die beiden Männer sahen nicht in ihrer Richtung. Das Laternenlicht verschwand.

»... Was nützt es schon? Du schmeißt sie 'raus, dann tun sie sich womöglich gegen dich zusammen, und eines Tages heißt es: ›Todesanzeige: Joe Smith, achtunddreißig Jahre alt; von Kranzspenden bitten wir abzusehen.‹ Laß sie schlafen. Sache der Bahnpolizei, nicht meine.«

Der Zug bewegte sich noch einige Meilen vorwärts und blieb dann plötzlich stehen. Robin blickte hinaus und sah im blendenden Licht der Scheinwerfer einen Mann mit roter Laterne, der die Schienen entlang auf die Lokomotive zukam. Ein uniformierter Polizeibeamter in hohen Stiefeln.

Robin teilte die Nachricht dem Mädchen mit.

Er riß die Tür an der anderen Seite des Waggons auf und sprang auf die Schienen hinunter. Wenige Sekunden danach stand sie an seiner Seite. Kein Stationsgebäude war in Sicht, aber hundert Meter vor der Lokomotive sah er eine flache Bahnüberführung. Dort würde wohl das Motorrad stehen – ihm war fast, als könnte er das Licht erkennen. Sie erreichten den sandigen Graben neben der Strecke, und Robin kroch in der Richtung der Lokomotive. Er konnte durch das Zischen des Dampfes Stimmen vernehmen: »Was Sie nicht sagen?« und »Stimmt, Sir.« Er besann sich auf Lenny und grinste.

Das Zischen des Dampfes hörte plötzlich auf.

»...nur ein leerer Wagen – die anderen sind alle versiegelt... Zwei ›Penner‹, aber die sind seit Littleberg drin.«

Das Geräusch schwerer Tritte entfernte sich an den Schienen entlang. Der Lokomotivführer lehnte aus dem Fenster, um nichts zu versäumen – sein Rücken den Flüchtlingen zugekehrt.

Die Gefahr lag in den Scheinwerfern. Die warfen Strahlen über beide Schienen, aber der Graben wurde tiefer, und so, wenn sie ihre Köpfe duckten, konnten sie unter dem Rand bleiben. Das Gehen war schwierig. Sie stampften durch Schlamm. Ihre Füße verwickelten sich im derben Riedgras. Robin geriet in ein tiefes Schlammloch und versank bis zu den Knien.

»Adieu, du schöner heller Sommeranzug«, stöhnte er, als er sie an dem Loch vorbeiführte. Die Überführung war zwanzig

Meter weiter, aber von einem Motorrad war nichts zu sehen. »Wir können nicht allzuviel vom Schicksal verlangen«, sagte Robin philosophisch, aber in derselben Sekunde spiegelten die Strahlen des Scheinwerfers matt auf poliertem Stahl. Das Rad lag sogar auf der rechten Seite des Weges; es war nicht einmal nötig, die Schienen zu überqueren.

Er kletterte den steilen Damm empor und zog sie mit sich.

»Leg dich lieber hin –«

Peng!

Eine Kugel schlug neben seiner Hand an dem Drahtgitter auf und sauste dann summend in die Nacht hinaus. Der Schuß war aus dem Graben, fünfzig Meter hinter ihnen, gekommen. Oktober hatte das Aufblitzen gesehen.

»Laufen!«

Sie lag auf den Knien, aber er riß sie auf die Füße und sie rasten gebückt weiter.

Peng!

Robin stolperte nach vorwärts – Oktobers Herz blieb stehen.

»Nichts – dicht am Kopf vorbei... Es ist nichts!«

Er war in Deckung und machte sich in fliegender Eile an der schweren Maschine zu schaffen.

»Gib mir die Pistole!«

Er gab sie ihr ohne ein Wort, und sie kroch vor. Ein Mann rannte die Schienen entlang, ihnen entgegen, aber sie hatte nur für den versteckten Mörder im Graben Augen.

Und dann sah sie ihn und feuerte. Die Wucht des Rückstoßes verblüffte sie fast ebenso wie die Stärke der Detonation.

»Komm!« rief Robin. Er saß rittlings auf der Maschine, deren Scheinwerfer hell leuchtete. »Hinter mir, auf dem Gepäckträger – halt dich fest!«

Sie gehorchte, fand einen stählernen Träger hinter seinem Sitz und setzte sich seitwärts darauf, mit den Armen um seinen Körper. Er trat auf den Starter... Es knatterte, und sie glitten mit zunehmender Geschwindigkeit dahin.

»Er schießt – der Polizist«, schrie Robin. »Keine Sorge wir sind keine gute Zielscheibe!«

Es schien eine Ewigkeit zu dauern, bis die Straße eine Biegung machte und der Bahndamm außer Sicht kam. Sie konnten die Scheinwerfer des Zuges noch lange sehen. Das Motorrad benahm sich tadellos; über seine Schulter hinweg schrie ihr Robin Lobgesänge über dessen hervorragende Eigenschaften zu. Sie begegneten nur einem einzigen Mann, einem älteren Herrn, der einen Einspänner kutschierte, dessen Pferd sich auf die Hinterbeine stellte und zur Seite sprang. Der Mann rief ihnen heftige Schimpfworte nach.

»Landarzt«, brüllte Robin. »Das ist die einzige Entschuldigung dafür, in seinem Alter so spät außer Haus zu sein.«

Der Wind riß die Sätze in Stücke – sie bewegten sich in einem Tempo, das aus der Unterhaltung ein Rätselraten machte.

Anscheinend hatte er keinen bestimmten Weg im Sinn, aber später erzählte er ihr, daß er einen einfachen Plan verfolgt hatte – erster Weg nach rechts – dann erster nach links.

»›Rotbart‹ – Graben!«

Sie schnappte nach Luft.

»Der Mann, der nach uns geschossen hat?«

»Sprang gleichzeitig – vom – Zug... Dachte – schon er – sei's.«

Er verlangsamte das Tempo der Maschine und hielt an. Sie bedauerte es nicht, vom Träger erlöst zu werden. Er war aus Stahl mit einem Muster wie ein Bratrost. Robin knipste den Scheinwerfer aus.

»Im Umkreis eines Kilometers von dort, wo der Zug hielt, wird sich schon irgendwo ein Telefon finden«, sagte er. »Jetzt sucht die ganze Polizei der Gegend eine Dame und einen Herrn, die auf dem Winde reiten.« Er schob das Rad in ein hohes Kornfeld.

»Wir nähern uns wieder einer Stadt«, sagte er. »Hast du die Reklametafeln, an denen wir vorbeigefahren sind, gesehen? Reklametafeln sind Vorboten menschlicher Siedlungen.«

Er bückte sich und kratzte mit einem Stock den trockenen Schlamm von seiner Hose.

»Du wolltest gerade fragen, wohin wir von hier aus gehen?« sagte er.

»Nein, das wollte ich nicht!« behauptete sie wacker. »Ich habe aufgehört, neugierig zu sein. Ich möchte nur wissen...«

»Wo wir sind? Ich auch.« Er hob den Kopf und schnüffelte in der Luft. »Kannst du's nicht riechen?«

»Was denn?«

»Das Meer! Man kann es in der Gegend hier manchmal spüren – es treibt zeitweise den St.-Lawrence-Strom hinauf. Ich kann es jetzt riechen, Gott sei Dank!«

Sie zog ebenfalls die kühle Nachtluft ein, konnte aber nichts entdecken, was sie an den Atlantischen Ozean erinnert hätte.

»Wir sind in der Nähe des Stromes«, sagte er ernst. »Wie nah und wo er ist, kümmert mich im Augenblick weniger. Wo können wir uns aber verstecken?«

Sie gingen zu Fuß weiter und kamen, wie er erwartet hatte, bald zu einer Gruppe Häuser. Art und Aussehen derselben blieben aber in der Dunkelheit unkenntlich. Sie begegneten keinem Polizeibeamten, und in fünf Minuten kamen sie wieder aufs freie Land hinaus.

»Der Name jener aufblühenden Stadt hätte uns behilflich sein können, wenn wir ihn nur entdeckt hätten«, meinte er. »Ein Laden mit Angelgeräten war jedenfalls da. Hast du das bemerkt?«

Sie hatte es nicht bemerkt und staunte, wie er im Dunkel solche Entdeckungen machen konnte.

Am Kreuzweg blieben sie stehen und entschlossen sich, den linken Weg zu gehen. Er schien der weniger begangene zu sein und entpuppte sich als ein düsterer Pfad. Der Wind erhob sich vor der Dämmerung und seine Kälte drang bis an Robins dünn bekleidete Beine.

»... wenn ich etwas so Unpassendes erwähnen darf.«

Er hätte alles erwähnen dürfen, ohne daß Oktober protestiert hätte. Ihre eigenen Beine taten ihr weh; sie hatte einen überwältigenden Drang zu schlafen, und wenn er vorgeschlagen hätte, sie sollte sich mitten auf der Landstraße niederlegen, so hätte sie keinen Einwand dagegen erhoben.

Mit der ersten Morgendämmerung merkten sie, daß der Himmel sich bewölkt hatte. Sie zogen weiter und weiter den unebenen Weg entlang. Zweimal hielt er an, um sie ausruhen zu lassen. Das zweite Mal mußte er sie wachrütteln. Schläfrig bat sie um Entschuldigung und bemühte sich, heiter und gesprächig zu sein.

»Meine durch viele Kinobesuche erworbene gründliche Erfahrung sagt mir, daß du der Erbe eines großen Vermögens bist, das Lady Dingsda haben möchte. Auf deinem rechten Arm trägst du ein Fleur-de-lis tätowiert.«

»Meine Güte, nein! Der einzige Mensch, der sterben und mir etwas hinterlassen könnte, ist Georgina. Und sie wird es bestimmt nicht tun. Rate mal weiter.«

»Ich kann nicht mehr – ich fange an, Unsinn zu reden. Du bist Herr Strolch und ich bin Frau Strolch, und wir werden im Kittchen aufwachen, und ich werde von der ›Vereinigung zum Schutz von Damenstrolchen‹ verwöhnt.«

Sie merkte kaum, daß er sie inzwischen von der Hauptstraße weggeführt hatte und daß sie einen seiner beliebten Gartenwege entlangstolperten.

Sie schlief im Gehen, den Arm in den seinen eingehängt. Plötzlich drang ihr ins Bewußtsein, daß sie stehengeblieben waren. Sie starrte verschlafen auf einen Streifen schwarz aussehenden Wassers. Ein langer Lastkahn war an einem Pfosten verankert. Es war hell genug, um einen Mann zu erkennen, der am Ufer, in eine grellbunte Decke gewickelt, zusammengerollt dalag. Als sie zu ihm hinkamen, sahen sie, daß er schwarz war und daß seine prächtige Wolldecke nur eine von vielen war. In der Nähe gloste es unter der Asche eines Feuers, ein alter Zinnkessel, vom vielen Gebrauch verrußt, und eine Eßkiste lagen herum. Aber weder der Kessel noch das Futter waren die Ursache jenes tiefen, schnarchenden Schlafs.

Robin hob eine leere Flasche auf und schnüffelte daran.

»Tötet garantiert bis zu einer Entfernung von fünfzig Metern«, sagte er. »›Schneebällchen‹ hat sich dem Suff ergeben.«

Zwischen Ufer und Lastkahn lag ein Holzbrett; er ging an Bord und blickte sich um. Der Kahn war leer – er sah, daß seine Fracht aus Kohlen bestand. Gegen achtern zu befand sich eine Luke, die nicht verschlossen war. Er untersuchte den engen Raum. Hier war anscheinend der Wohn- und Schlafraum der Mannschaft. Im Bug war ein kleines Abteil mit einer hölzernen

Pritsche, sonst fehlte jedes Zeichen von Wohnlichkeit. Der Weg zu dem Verschlag führte durch eine schmale Schiebetür, deren Schließhaken allerdings abgebrochen war.

Er kehrte zurück und fand Oktober am Ufer sitzend, ihre Arme auf den Knien verschränkt und den Kopf auf die Arme gebettet. Er hob sie, wie sie war, auf und trug sie über das Holzbrett, das derart unter ihnen nachgab, daß jeder Meter eine Mutprobe für Robin bedeutete. Endlich bekam er sie in die enge, kleine Koje. Er legte sie, mit dem zusammengerollten Mantel unter dem Kopf, auf die Pritsche, schob die Tür fest zu, streckte sich auf dem Boden aus und fiel in einen qualvollen Schlaf. In seinen Träumen vernahm er Stimmen, die alle saufenden Neger verfluchten, und dann langsame Schritte und eine wimmernde Stimme, die sich in Rechtfertigungen ergoß.

Plumps!

Ein schwerer Gegenstand fiel auf das Deck über seinem Kopf. Er blickte um sich, bemerkte, daß Oktober gefährlich nah an den Rand der Pritsche gerutscht war, schob sie ohne Umstände mit seinem Fuß zurück und schlief wieder ein.

Er erwachte mit einem Geschmack von Teer im Mund und sah Oktober aufrecht auf dem Rand ihrer Liegestatt sitzen und einen Zwieback essen. Ihr Gesicht war schwarz.

»Ein Brief für dich«, sagte sie und gab ihm das Kuvert.

»Ach, ist die Post schon gekommen?«

Zum Lesen fehlte das Licht; er schob den Brief in seine Tasche.

»Er war mit dem Proviant eingepackt«, sagte Oktober. »Wie still ist alles! Du siehst aber komisch aus!«

Sie fing an zu lachen, zuerst ganz still, bis sie die Heiterkeit schüttelte.

»Sollte es der Kohlenstaub auf meinem Gesicht sein, der dich derart erheitert«, sagte er, »so kann ich dir nur raten, dein eigenes anzusehen.«

Sie besaß jetzt eine Handtasche mit einem Spiegel. Ihr Ausruf des Entsetzens war für ihn eine Genugtuung. Er öffnete die Tür ein wenig und blickte vorsichtig hinaus. Achtern sah er den Neger sitzen, die Decke um die Schultern geschlagen, den Kopf auf der Brust und die Hand auf dem langen Ruderbalken. Er schob die Tür ein wenig weiter zurück und drängte Kopf und Schultern hinaus. Vor ihnen fuhr ein kleiner Schlepper, und zwischen Kahn und Schlepper schlug ein Kabeltau im Wasser auf und nieder.

Er ging zu dem Mädchen hinunter, aber die Koje war leer: ein Geheimnis, das sich bald klärte, als sie durch die schmalste Tür, die er je gesehen hatte, herausgekrochen kam. Dort hinten war eine Waschgelegenheit mit einer rostigen kleinen Pumpe, die eine Handvoll Wasser hergab.

»In welcher Richtung fahren wir?« fragte sie erschrocken.

»In dieser«, und er deutete. »Ob wir zum Strom oder nach New York fahren, weiß ich nicht. Wir müssen ruhig bleiben, bis es Nacht wird.«

Er schloß die Tür und ging an die Waschschüssel, wo es ihm gelang, etwas von dem Ruß aus seinem Gesicht zu entfernen. Bei geschlossener Luke war die Luft stickig. Oktober bekam Kopfschmerzen und schlief wieder ein. Etwa jede Stunde ging Robin auf Erkundung. Einmal, als er hinaussah, erblickte er über sich den Schatten großer Krane und sah den Dampf von Lokomotiven.

Es war gegen vier, als der Schlepper stoppte. Der Stoß beim Anlegen des Kahns am Ufer weckte das Mädchen. Robin ging zu seinem Guckloch.

»Wir nehmen mehr Lastkähne ins Schlepptau«, sagte er.

Nach einem ergiebigen Austausch von Flüchen zwischen dem Kapitän des Schleppers und dem Neger am Ruder, wobei der Kapitän anscheinend von einem Individuum namens Tom vom Ufer her unterstützt worden war, wurde die Reise fortgesetzt. Robin döste und träumte, er sei wieder im Haus des Schweden, könne es aber nicht verlassen, weil vor jeder Tür und jedem Fenster die Leiche des verblichenen Eigentümers baumelte. Er spürte einen Druck an seinem Arm und erwachte.

»Wir halten wieder«, flüsterte sie ihm ins Ohr. »Ich hörte, wie jemand den Neger fragte, ob er an seinem Halteplatz gestern nacht einen Mann und eine Frau gesehen habe –«

Tritte hallten auf dem Deck; schwere, dröhnende Schritte.

»Und was ist denn dort unten?«

Die Tür zum Waschraum bildete ein dickes Brett, das sich nach innen öffnen ließ. Robin packte den Hut und die Tasche des Mädchens sowie seinen eigenen Rock und schob sie durch die Öffnung. Er folgte ihr und lehnte, indem er seine Füße gegen die Planken des Kahnes stemmte, seinen Rücken fest gegen die Tür. Die Luke knirschte, und Schritte polterten über den Boden der Kabine.

»Niemand da, Sir. Ich bin den ganzen Tag in dieser Kabine aus und ein gegangen.«

»Wir wollen doch nachsehen!«

»Nein, Sir! Ach nein, Sir!« Angst bebte in der Stimme des Negers.

»Warte nur, Nigger – bleib du da, bei uns...«

Es gab einen Krach, und die Luke schloß sich. Sie waren weg. Robin schlich sich hinaus, horchte und vernahm bald darauf eine zornige Unterhaltung.

»Fünf Liter Schnaps unterm Bettzeug – so ein versoffener Nigger!«

Darauf fand irgendwo in der Nähe ein endloses und bewegtes Gespräch statt, aber Robin konnte nichts verstehen. Der Kahn mußte an einem Dock festgemacht haben, denn er hörte das Poltern von Wagenrädern und das langsame Trapp-Trapp von Pferdehufen. Die Sprecher bewegten sich auf ihn zu. Robin vernahm wieder die Worte des Beamten.

»... ich kann Ihnen nur sagen, Byrne...«

Byrne! Robin wagte es, die Luke um einen Spalt zu öffnen; die anbrechende Dämmerung erlaubte es.

»... keine Diskussion. Sie verlassen die Stadt. Sie sind nicht willkommen, daran ist nun mal nicht zu tippen. Mir ist's egal, was Sie vorhaben. Ich weiß schon, weiß schon! Ich krieg' Leslie auch ohne Sie! Danke bestens. Ich weiß sehr genau Bescheid...«

Robin konnte ›Rotbarts‹ Antwort nicht verstehen.

»Aber doch! Bin immer froh, Informationen zu erhalten, Mr. Byrne. Sie sind seinen Spuren bis zu diesem Lastkahn gefolgt? Tja... Ich kenn' die Geschichte und weiß, wie der Polizist sein Motorrad verloren hat. Schade! Sie sind ihm bis zum Kahn gefolgt? Guter Spürhund sind Sie! Er ist nämlich nicht auf diesem

Kahn und war auch nie da. Alles, was hier zu finden war, war Schnaps – und Holzsprit noch dazu...«

»Kann ich nicht wenigstens die Nacht über hierbleiben? Ich mach' mich morgen ganz früh dünne. Hören Sie, Inspektor, dieser Kerl hat meinen Partner erwischt – durchs Bein geschossen. Ich bin ganz rasend! Und der Schuft ist doch auf dem Kahn – er und seine Gans. Irgendwo steckt er hier. Ich hab' 'n Riecher. Eine Million ließ ich springen, wenn ich ihn hochnehmen könnte.«

Sie gingen langsam auf und ab, während er sprach. Robin hörte die Antwort nicht. Gefährlicher als die ganze Polizei war ›Rotbart‹, denn er hatte Informationsquellen, die der Polizei nicht zugänglich waren. Außerdem stand ihm ein gutes Auto zur Verfügung, und so war es nicht schwer zu verstehen, wie er es fertiggebracht hatte, ihnen zu folgen. Die beiden hatten auf ihrer Reise zwar niemand gesehen außer dem alten Mann in seinem Einspänner, aber wer hatte nicht alles sie sehen können? Wie viele Leute mochten aus ihren Fenstern gespäht und sie in der Morgendämmerung vorbeirasen gesehen haben?

»Wir können nichts tun als warten«, sagte Robin.

Oktober fand, er spräche wie ein älterer Herr und sagte es ihm.

»Möglich; mir ist auch, als sei ich hundert Jahre alt. Ich weiß nicht, wo wir sind, und wir können jeden Augenblick aus dem Kahn in die Arme der Hafenpolizei geraten.«

In der Nähe war eine Kirchenuhr. Sie zählten die Viertelstunden, bis es zehn schlug. Robin öffnete die Luke, schloß sie aber schnell wieder. Zwei Männer standen am anderen Ende des Kahns, hell beleuchtet vom Licht einer Bogenlampe. Der eine war der Neger. Den anderen erkannte er, obwohl er ihm den Rücken zuwandte. ›Rotbart‹ war also wieder da. Sein Instinkt, mit dem er geprahlt hatte, hatte ihn zurückgeführt. Er illustrierte mit den Händen seine Worte. Er deutete nach unten, dann deutete er erst nach der einen, dann nach der anderen Seite des Kahnes, drehte sich darauf um, und der Neger machte seinerseits Gebärden. Die Bewegungen eines Negers sind sehr ausdrucksvoll. Robin sah, daß er auf die kleine Koje zeigte, dann tat er, als ziehe er ein unsichtbares Brett auf, tat, als wüsche er sein Gesicht und deutete wieder. ›Rotbart‹ nickte. Der Neger machte einen Schritt auf die vordere Koje zu – ›Rotbart‹ hielt ihn am Arm fest und sagte ihm etwas... Robin berichtete fortlaufend diese ganze Pantomime dem Mädchen: »... der Nigger tut, als schieße er – ›Rotbart‹ hat ihm gesagt, ich sei bewaffnet – ›Rotbart‹ fuchtelt mit der einen Hand auf und ab, als wollte er sagen: ›Überlasse das nur mir!‹ Jetzt verläßt er den Kahn – nein. Er geht nur in die Koje des Negers.«

»›Rotbart‹, Großaufnahme, abblenden!« sagte sie müde. ›Das Ganze kommt mir wie eine überspannte Filmszene vor –«

Jemand rief mit lauter Stimme »Bud!« und der Neger stürzte wieder an Deck – allein. Er lief auf die Koje zu. Robin schloß schnell die Luke, und in diesem Augenblick gab es an Deck ein dumpfes Fallgeräusch. Der Kahn erhielt einen so heftigen Stoß, daß Oktober beinahe die Balance verlor.

»Wir bewegen uns wieder!« sagte Robin plötzlich.

Er konnte das Keuchen des Schleppers hören – der Lastkahn machte einen Ruck nach der Seite. Vom Deck her brüllte ein Mann eine Reihe von schnellen Anweisungen, von denen Robin nur die letzten vier Worte verstehen konnte.

»Vergiß den Speck nicht!«

Das war anscheinend ein uralter Witz, denn das brüllende Gelächter des Negers schien alles ringsum zu erfüllen.

»Ha, ha!« machte Robin höflich.

Er saß an ihrer Seite, streckte seine Hand aus und nahm ihre.

»Woher wußtest du, daß ich Trost brauche?« fragte sie.

»Ich wußte es eben. Ich bin wohl hellseherisch veranlagt. Du hast so etwas Hilfloses an dir!«

Er hörte sie seufzen und grinste.

»Nicht lachen – ich bin auch hellseherisch veranlagt!« sagte sie mürrisch. »Und ich weiß, daß du gelächelt hast. Ist es dir klar, daß ich bis vor einer Woche noch nie in einer verwunschenen Hütte geschlafen, und noch nie auf einem Lastkahn gewohnt hatte – ebensowenig wie ich mit Strolchen in einem Güterwagen gefahren bin? Ich hatte auch noch nie einen Menschen sterben sehen! Und es – es ist ein bißchen viel auf einmal! Mir ist, als müsse ich mein Leben lang vor etwas fortlaufen... Es ist eine

Art Alpdruck – ich renne vor einem Mann mit einem Messer weg und renne und renne, bis ich aufwache und das Licht andrehen kann. Werde ich aber je aufwachen?«

»Doch – aber du wirst es nicht nötig haben, das Licht anzudrehen; es wird Sonnenschein da sein und Blumen und springende Brunnen und eine Militärkapelle – alles, was dein Herz sich nur wünschen kann!«

Sie holte tief Atem. »Das kann ich mir nicht vorstellen... Ich sehe nur scheußliche Straßen und alte Schuppen und Güterwagen... und zahllose Strolche, die ewig vorwärts weiterwandern und nirgends ankommen.«

Plötzlich ließ er ihre Hand los.

»Warum?« fragte sie.

»Du nimmst mir den Mut – und das darfst du jetzt nicht tun, Oktober.« Seine Stimme klang fast hart. »Ich werde nervös, wenn du so sprichst – wenn dir so zumute ist. Dann will ich einfach auf Deck springen und jemand erschießen – ganz gleich, wen! Das ist Hysterie. Verdammt, du mit deinen Kastanienlocken – du hast mich hysterisch gemacht!«

»Mein Haar ist nicht kastanienbraun«, sagte sie kühl. Aber dann lachte sie gleich und drückte fest seinen Arm. »Ich bin gemein! Ich glaube, ich war nur deswegen deprimiert, weil ›Rotbart‹ da ist – ich hatte so sehr gehofft, ich hätte ihn getötet. Dann hätten wir vor Gericht nebeneinander sitzen können und uns gegenseitig Mut gemacht – vor Gericht hat der Gefangene auch immer den besten Platz.«

Hierauf lachte er, eigentlich etwas lauter, als er durfte... Über seinem Kopf vernahm er das Knarren eines Stiefels und legte seine Hand über ihren Mund.

»Ob er es wohl gehört hat?«

14

›Fünfzigtausend Dollar sind eine Menge Geld‹, hatte ›Rotbart‹ oftmals zu seinem Partner Lenny gesagt, und Lenny hatte unabänderlich geantwortet: ›Stimmt!‹

Einige Minuten später grinste er über das ganze Gesicht, denn er war ein langsamer Denker, wenngleich ein Künstler im Schätzen von Entfernungen.

›Rotbart‹ kauerte neben dem farbigen Steuermann, eine Zigarre zwischen den Zähnen, seine Arme um die Knie verschränkt, und versuchte sich vorzustellen, wie sie aussehen würden – fünfhundert Banknoten zu je hundert Dollar nebeneinander auf einem großen Tisch ausgebreitet. Es müßte schon ein unwahrscheinlich großer Tisch sein.

Er betrachtete die dunkle Landschaft, die zu beiden Seiten vorbeiglitt, und starrte dazwischen den keuchenden Schlepper an. Der Kahn hatte den Kanal verlassen und hielt seinen Kurs jetzt in der Mitte eines kleinen Flusses, der abwechselnd breiter und schmäler wurde. ›Rotbart‹ erwartete nichts als eine angenehme Reise und ein paar ruhige Stunden, um nachzudenken. Der angenehmste seiner Gedanken war, daß fünfzigtausend Dollar eine Menge Geld seien.

Die schlechtesten Menschen haben Träume, die sich meistens um Geld drehen.

Man nehme an, er hätte diesen strolchenden Kerl in Schenectady erwischt oder als er, gegen das Gittertor gelehnt, Luft schnappte... Dieser Gedanke berauschte ihn. Angenommen, er befände sich zur Zeit auf diesem Kahn! ›Rotbart‹ trug, obwohl er kein Katholik war, in seiner Tasche ein winziges, silbernes Amulett des heiligen Antonius, der bekanntlich denen hilft, die Gegenstände verlegt haben. Er besaß den ganzen Aberglauben seiner Ungebildetheit, und in seinem Reisekoffer, der sich jetzt in New York in der Grand Central Station in Sicherheit befand, bewahrte er zahllose Talismane auf, die von ihm erhoben und wieder verworfen wurden, je nachdem sie ihre Kraft bewährten. Aber der heilige Antonius war ein ständiger Faktor seines Glaubens.

Den holte er jetzt hervor, rieb ihn auf den Flächen beider Hände und steckte ihn wieder fromm in die Tiefe seiner Taschen zurück. Der Neger hatte von einer Luke über der Vorderkoje gesprochen, aber das brauchte nicht zu stimmen. Auf jeden Fall hatte ›Rotbart‹ es nicht für nötig befunden, seine Nachforschungen weiter zu betreiben. Ein Gedanke kam ihm in den Sinn.

»Bud – schau nach, was in der Koje da vorn drin ist. Ich halte solange die Ruderstange.«

»Ich, Sir? Nein, Sir!« Bud schüttelte heftig den Kopf. »Da spukt's bestimmt. 'n alter Neger ist da unten gestorben. 's letzte Mal, wo wir am Welland waren.«

›Rotbart‹ versuchte, ihn anzutreiben, aber der Neger rührte sich nicht. Er sagte, nach dem Tod des Alten sei die Luke mit einem Vorlegeschloß verschlossen worden. Am nächsten Morgen war das Vorlegeschloß aufgebrochen. Ein neues Schloß wurde angebracht und wurde wieder aufgebrochen. Laut Bud setzte sich dies sechs Nächte hintereinander fort. Er erklärte nicht, daß es sich das einzige Mal, wo es geschehen war, um einen Dieb gehandelt hatte, der in Buds Abwesenheit vom Land an Bord gekommen war, um zu sehen, ob es etwas zu erbeuten gäbe. Aber diese Erzählung wirkte auf ›Rotbart‹. Er glaubte an Geister und Vorahnungen – Bilder, die von der Wand herabfielen, und Klopfzeichen als Vorboten des Todes... Besorgt starrte er in die Dunkelheit hinein, aber nach einer Weile nahm er sich zusammen und ging nach vorn; dann blieb er unentschlossen über der Luke stehen. In diesem Augenblick hörte er das Lachen, und sein Herz schlug heftig. Rasch kniete er nieder und untersuchte den Lukendeckel. Ein zerbrochener Verschluß unterstützte das Märchen des Negers, aber in diesem Augenblick gab Mr. Byrne seiner abergläubischen Angst nicht nach. Seine Finger bewegten sich vorsichtig zu dem Schieber hin. Der Lukendeckel mußte in der Richtung des Buges geschoben werden. Wenn der Riegel dagewesen wäre, wäre es ein leichtes gewesen, ihn zu befestigen. Wie ließe sich aber jetzt die Luke wieder verschließen? Sein praktisches Gehirn ersann einen Weg, und er ging vorsichtig zu dem Neger, dem dies alles nicht behaglich war, zurück.

»Hast du eine Eisenstange oder so was?«

Bud, erschrocken und verstört, ging unwillig hinunter zu seiner Schlafstelle. In einer Kiste unter der Schlafbank wurde das Schiffswerkzeug aufbewahrt, eine Ansammlung von verrosteten Äxten, Hämmern und Beilen. Aus dieser Kiste fischte ›Rotbart‹ zwei verschieden lange Brechstangen hervor. Mit diesen bewaffnet, ging er wieder nach vorn. Wäre die längere der beiden Stangen eigens zu diesem Zweck hergestellt worden, so hätte sie nicht besser passen können. Mit einigen wuchtigen Schlägen trieb er sie durch die Ösen des abgerissenen Riegels. Robin hörte das Hämmern, erriet dessen Bedeutung und sprang zur Luke; er versuchte, sie zurückzureißen, aber sie gab keinen Zoll nach.

»Leg deine Hände über die Ohren«, flüsterte er.

Und dann hörte er vom Verdeck über sich die verhaßte Stimme.

»Hallo, ›Penner‹!«

›Rotbart‹ lag flach über der Luke und machte aus seinen beiden Händen eine Trompete.

»Glaubst du, daß du auf dieser Reise nach Kanada kommst? Beim Satan wirst du landen!«

Neben ›Rotbarts‹ Ellenbogen splitterte das Holz und flog hoch. Eine zweite Kugel streifte die Spitze seines Ohres... sein Gesicht schmerzte an ein Dutzend Stellen von den Holzsplittern. Er sprang mit einem Wutgebrüll auf die Füße und zog rasch seinen Revolver. Vor ihnen lag eine weite Wasserfläche, und im Augenblick, als ›Rotbart‹ feuerte, wurde der Schlepper vom schnellströmenden Wasser des St.-Lawrence-Stroms gefaßt und herumgedreht. Vom Deck des kleinen Dampfers schrie ihm der Kapitän aufgeregt etwas zu: die Sirene heulte, aber ›Rotbart‹ hörte nicht, noch begriff er. Halb wahnsinnig vor Wut tanzte er auf dem kleinen Deck auf und nieder und fuchtelte mit seinem Revolver.

»Dich krieg' ich schon... Dich krieg' ich schon!«

Der Revolver knallte, aber jetzt hatte Robin mit dem Mädchen hinter dem dicken Brett Deckung genommen.

»Nach achtern!« An dem erschreckten Bud vorbei verschwand der Bandit in der kleinen Kajüte. Der Steuermann hörte das

Krachen der umgeworfenen Werkzeugkiste, und dann erschien der Verbrecher wieder mit einer verrosteten Axt in der Hand.

»Um Gottes willen, Boß, was haben Sie denn vor? Das kostet mich meinen Posten!«

Aber ›Rotbart‹ schob ihn beiseite. Der Schlepper keuchte gegen den Strom; das Kabel, das den Kahn hielt, war straff gespannt. Mit zwei Schlägen durchhieb er es und ohne Zaudern warf er sich hinunter in den breiten flachen Boden des Kahns. Die Axt schlug in das Holz. Als er sie wieder herauszerrte, riß er ein dünnes Bodenbrett los. Darunter sah man die Rippen des Bootes, seine schwarze, verwitterte Außenwand.

Bud tanzte hin und her, drehte das Ruder erst in der einen Richtung, dann in der anderen, zitternd vor Todesangst, während der Kahn kreisend mitten in den Strom hinaustrieb. Die Axt war nutzlos, das eingedrungene Wasser stand bereits zu hoch. ›Rotbart‹ kletterte aufs Vordeck hinauf, suchte die kurze Brechstange, fand sie, kehrte nach unten zurück und stemmte sie durch das Wasser gegen den Boden des Bootes.

Erst jetzt begriff der schwarze Steuermann, was der andere vorhatte. Er ließ das Ruder mit einem Schrei fahren und sprang mit einem wilden Satz in den Kielraum.

›Rotbarts‹ Rücken richtete sich auf, und sein Revolver schoß hervor.

»Neger, bleib, wo du bist!«

»Um Gottes willen, Boß... Ich kann ja nicht schwimmen.«

»Zurück mit dir, schnell!« Er feuerte in der Richtung der schwarzen Beine, und Bud kletterte mit einem furchtbaren Geheul nach oben.

Das Holz war alt und morsch; jeder Stoß des scharfen Brecheisens bohrte sich tief hinein. Keuchend und in Schweiß gebadet, der bei dieser ungewöhnlichen Anstrengung über sein Gesicht herabrann, schob ›Rotbart‹ die Stange hinunter und spürte, wie sie durch die Fugen drang. Geräuschvoll gluckerte Wasser herauf. Er stieß wieder zu, brach eine Planke los... Das Wasser stand schon über seinen Knöcheln, als er auf das Achterdeck kletterte.

Er schob den vor Schreck erstarrten Steuermann beiseite und

richtete das Ruder so, daß die Barke gegen das Ufer trieb. Der Kahn rollte seitwärts und drehte sich mehrmals um sich selbst, erst mit dem Heck nach vorn, dann mit der Breitseite dem Strom zu, aber jedenfalls trieb er gegen das dunkle Ufer. Im Kielraum stieg langsam das Wasser und trug die Bretter des Zwischenbodens mit sich.

»Ich kann nicht schwimmen, ich kann nicht schwimmen«, schluchzte Bud.

»Halt's Maul«, fuhr ihn ›Rotbart‹ wütend an. »Wenn wir am Ufer anstoßen, spring!«

Näher und näher gegen das Ufer kreiste das lecke Fahrzeug. Es war derart leck, daß es schon nicht mehr dem Ruder gehorchte. ›Rotbart‹ kalkulierte schnell und rechnete sich aus, daß die beiden in der Vorderkoje jetzt bereits bis zur Hüfte im Wasser stehen müßten. Ein noch stärkerer Strudel faßte sie und drehte das Achterende des Kahnes bis auf wenige Meter dem Ufer zu. Er hatte gut gerechnet... es gab einen knirschenden Schlag, und mit einem Schrei des Entsetzens schoß Bud durch die Luft, taumelte auf die steile Sandbank und schleppte sich an Land.

›Rotbarts‹ Abgang war würdevoller. Er stieg über das Ruder auf die Sandbank und erlitt, abgesehen von nassen Füßen, keinerlei Unbequemlichkeit.

Der Kahn trieb wieder hinaus, und im Treiben sank er tiefer und tiefer, bis nur noch die Spitzen von Bug und Heck sichtbar waren. Schließlich verschwand er ganz. ›Rotbart‹ legte seine Hand auf seine verletzte Wange, zog mit einer Grimasse einen Splitter heraus und grinste.

»Hab' mir vorgenommen, ihn zu erledigen. Hab' ihn auch erledigt«, sagte er selbstgefällig und setzte sich, um Atem zu schöpfen und sich eine sehr wichtige Frage zu überlegen: Hatte Lenny ein Recht auf seinen Anteil an dem ausbedungenen Blutgeld? Fifty-fifty wäre höchst ungerecht.

Die erste Andeutung einer Gefahr war für die beiden Menschen in der Kabine das Einströmen des Wassers durch die lose zusammengelegten Bodenbretter. Zuerst traute Robin seinen Augen nicht, und dann, als er das Hämmern der Brechstange vernahm und das Gurgeln des eindringenden Wassers, erstarrte er vor dieser unglaublichen Niederträchtigkeit.

Mit Hilfe einer Taschenlampe suchte er hastig nach etwas, womit er die Luke aufbrechen konnte. Das Brett, das die Tür zum Waschraum bildete, schien ihm das einzig geeignete zu sein, aber die Scharniere waren fest angeschraubt, und es gelang ihm trotz allen Bemühungen nicht, auch nur eines zu lockern.

»Wir gehen unter, nicht wahr?« fragte Oktober ruhig.

»Es kommt mir so vor«, erwiderte er.

»Nützt dieses Messer irgend etwas?« Sie holte unerwartet die Waffe, die Lenny geworfen hatte, aus ihrer Tasche.

Es war ein Klappmesser von eigenartigem Typ: Die Klinge war schmal, so lang wie der Griff. Er riß die willkommene Waffe aus ihrer Hand, klappte sie auf und machte sich an die Luke; doch das Holz war hier mindestens zwei Zentimeter dick, und obwohl er den Vorteil hatte, die Löcher, die die Kugeln geschlagen hatten, als Angriffspunkte benutzen zu können, bestand wenig Hoffnung, eine genügend große Öffnung für ihr Entkommen herauszuschneiden.

Jetzt stand ihnen, wie ›Rotbart‹ richtig berechnet hatte, das Wasser zwischen Hüfte und Schulter. Der Kahn schaukelte erst nach der einen Seite und dann nach der anderen, und mit jedem betrunkenen Torkeln des Fahrzeugs war ihnen, als sei das Ende da.

»Kann man die Luke denn nicht in der anderen Richtung schieben?« fragte sie.

Er betrachtete den Rand und sah sofort, daß der Holzdeckel nur durch eine Holzleiste an seinem Platz gehalten wurde, die überdies schon durch die Hammerschläge gelockert war. Er stieß mit dem Messer in das Holz hinein und hatte die Genugtuung, ohne Mühe einen langen Splitter abreißen zu können. Ein zweiter Splitter folgte. Als er wieder zustieß, hörte er das Knirschen des Hecks auf der Sandbank. Das Wasser reichte jetzt bis an seine Schultern. Er arbeitete mit fieberhafter Hast; die Gegenwart des Mädchens hinderte ihn. Da sie kleiner war als er, mußte sie sich auf die unterste der drei zum Deck führenden Stufen stellen. Er bohrte noch ein Stück Holz weg, stemmte dann seine Hände gegen die untere Fläche der Luke und schob mit aller Kraft. Die Luke öffnete sich nicht, wie er gehofft hatte, sondern gab nur etwa einen Zentimeter nach und blieb dann stekken. Aber jener Zentimeter hatte einen anderen Erfolg, den er nicht erwartet hatte. Die Brechstange polterte auf das Deck nieder. Er arbeitete mit seinen Händen in entgegengesetzter Richtung, zog – und die Luke glitt zurück. Er kletterte hinaus, packte ihren Arm und riß sie auf das Deck, das jetzt schon unter Wasser stand.

»Kannst du schwimmen, Oktober?«

»Ja... Wie weit und wie lange?«

Anscheinend bestand aber nicht die Notwendigkeit, sehr weit und sehr lange zu schwimmen. Als das Boot gurgelnd versank, stieg aus der Dunkelheit links ein steiles Ufer auf. Einen Augenblick später waren sie im Wasser und schwammen heftig gegen den Strom. Ein Baumstamm trieb an ihnen vorbei – dann streckte Robin seine Hand aus und klammerte seine Finger in die Lehmbank, sie glitten aus und rutschten die steile, schlammige Fläche entlang, bis seine Hand die dornigen Zweige eines Busches ergriff...

Oktober war die erste, die ihre Sprache wiedererlangte.

»Wo sind wir nun?« fragte sie.

»Verdammt – keine Ahnung!« sagte Robin, »aber verflucht seien alle Kameen!«

Es war das erste Mal, daß er in ihrer Gegenwart fluchte, aber unter diesen Umständen hielt sie ihn für berechtigt dazu. Was wollte er aber mit seinen Kameen?

Plötzlich ergriff er ihre Hand und zog sie hoch.

»Du mußt laufen«, sagte er. »Du wirst durch und durch frieren, wenn du in diesen nassen Kleidern da sitzen bleibst, irgendwo finden wir schon ein Haus.«

Sie zwängten sich durch das Dickicht und kamen auf der anderen Seite an einem breiten Kanal heraus. An diesem gingen sie entlang, bis sie zu einer verlassenen Schleuse kamen, die eine Brücke bildete. Vor sich, am Fuß eines Hügels, sahen sie die Lichter einer ziemlich großen Stadt. Schließlich, nachdem sie ein Feld durchquert hatten, fanden sie eine Landstraße.

»Schon wieder auf der Landstraße«, sagte Oktober heiter, »aber wenn diese Stadt Littleberg ist, dann trifft mich der Schlag.«

»Es ist alles andere auf der Welt, nur nicht Littleberg«, meinte er, »aber mir war, als erkenne ich... Nein, das ist doch nicht möglich! Mir ist aber, als sei ich schon in dieser Stadt gewesen.«

Er streckte die Hand in die Tasche und berührte das aufgeweichte Paket Banknoten, das er Lenny abgenommen hatte.

»Wir gehen schnurstracks in das beste Hotel und bestellen uns ein heißes Abendessen und ein heißes Bad.«

Jemand spazierte vor ihnen – fremd wie sie selber, denn, als er Schritte hinter sich hörte, blieb er stehen und drehte sich um.

»He, Sir, was ist denn das für ein Ort? Ich bin soeben mit einem Lastkahn gelandet –«, fragte er.

Es war ›Rotbart‹. Robin zog die Hände aus der Jacke.

»Es ist der Ort, wo du endgültig landest, mein teurer Freund!« sagte er und versetzte ihm einen linken Haken.

›Rotbart‹ stürzte zu Boden, aber eine Sekunde später war er wieder auf den Füßen und hatte seinen Revolver hervorgerissen. Bevor er ihn jedoch heben konnte, packte eine Hand sein Handgelenk und drehte dies so heftig um, daß der Verbrecher mit einem Schrei die Waffe fallen ließ. Sie fiel zu Oktobers Füßen nieder, die sie rasch zur Seite stieß.

›Rotbart‹ war nicht feige, aber er war kein guter Boxer. Das dritte Mal, als er hinschlug, zog er es vor, liegen zu bleiben. Robin suchte nach dem Revolver, steckte ihn in die Tasche und ging auf seinen Feind zu.

»Bist du versichert, Byrne?« fragte er. »Wenn ja, so habe ich Anspruch auf eine Provision von der Gesellschaft, die dieses Risiko einging. Neunundneunzig Cent auf einen Dollar steht deine Prämie, wenn du und ich uns jemals wiedersehen! Kapiert?«

›Rotbart‹ antwortete nicht. Er war damit beschäftigt, seine Zähne zu zählen.

Nach zehn Minuten waren sie auf der Hauptstraße und sahen die Schienen einer Straßenbahn.

»Wir fangen langsam an, auffällig zu wirken, Oktober. Aber ich kann nicht riskieren, daß du in nassen Sachen herumläufst.«

Das Städtchen war eigenartig gebaut: Es bestand aus einer Hauptstraße mit vereinzelten Häusern rechts und links. Eine große Anzahl der vorhandenen Gebäude waren anscheinend Pensionen und kleine Hotels, die andeuteten, daß die Gemeinde nur einen saisonbedingten Wohlstand genoß. Diese Ansicht wurde dadurch bekräftigt, daß einige Hotels schon für diese Saison geschlossen waren.

Der kalte Wind, der die Landstraße hinunterfegte, war wohl dafür verantwortlich, daß sie so verlassen aussah – sie begegneten nicht einmal einem Landpolizeibeamten, obwohl eine Handvoll Leute vor dem hellerleuchteten Eingang des Kinos stand.

»Das erstbeste Hotel ist das beste Hotel«, sagte Robin. »Dies hier gefällt mir außerordentlich.«

Es war ein zwei Stock hohes Holzhaus, das ein wenig von der Straße zurück in einem Hof stand. Die offene Tür, die zu einer hellerleuchteten Diele führte, festigte seinen Entschluß. Als sie in die warme Vorhalle traten, wehte ihnen ein herrlicher Duft aus der Küche entgegen.

Robin suchte nach einer Klingel, fand sie auch, und nach einer Weile erschien eine kleine Frau mit einer riesengroßen, goldgeränderten Brille und dem stereotypen Lächeln eines Menschen, der durch seine Begegnung mit allerlei Leuten viel gelernt hat. Das Lächeln erlosch, als sie die beiden kohlebeschmutzten und zerlumpten Vogelscheuchen vor sich sah. Robin beeilte sich, den schlechten Eindruck, den sie machten, zu verwischen.

»Wir haben eben ein Picknick auf einem Lastkahn gemacht«, sagte er, »aber unglücklicherweise gelang es uns nicht, einen sauberen zu erwischen, und unsere Reise endete sogar damit, daß wir ins Wasser fielen. Können Sie uns ein Zimmer geben?«

»Nun – ja«, zögerte sie. Und dann, mit einem plötzlichen »Verzeihung«, lief sie durch eine Tür, kehrte aber sofort mit einem großen, rothaarigen Mann wieder zurück. Er kaute an einem Zahnstocher und betrachtete die beiden abschätzend.

»Tja –«, sagte er schließlich gedehnt. »Ich bin gar nicht davon überzeugt, daß Ihnen mein Hotel passen wird. Vielleicht gehen Sie besser zu Mrs. Hodges, die hat den ganzen Winter offen.«

»Wir schließen nämlich morgen«, fügte die kleine Frau schnell hinzu, »alle unsere Pensionäre sind schon weg. Wir haben keine Dienstboten mehr.«

»Wir wünschen nur für eine Nacht Zimmer«, sagte Robin.

Der große Mann kaute weiter an seinem Zahnstocher und sah mit einem Auge auf seine Frau. Robin hielt dies für den gegebenen Augenblick, aus seiner unangenehm feuchten Tasche ein Bündel ebenfalls feuchten Papiers hervorzuziehen.

»Es wäre mir sehr lieb, wenn Sie das hier für mich trocknen würden«, sagte er, und beim Anblick von soviel zweifellos gutem Geld wurde der große Mann sofort bedeutend zugänglicher.

»Aber gern«, sagte er. »Zählen Sie es bitte erst, weil ich nachher keine Meinungsverschiedenheiten wünsche. Mutter, mach ein Zimmer für den Herrn und die Dame zurecht. Verheiratet?« fragte er.

Robin nickte. »Zwei Zimmer«, sagte er ruhig. »Wenn möglich zwei Badezimmer dazu.«

»Wir haben ja drei«, entgegnete der Besitzer stolz.

Er kam mit in den ersten Stock, um das Geld einzukassieren, und erzählte Robin, sie seien die einzigen Gäste im Haus. Zumeist schlössen sie schon Ende August, aber der September war so ungewöhnlich schön gewesen, daß eine ganze Anzahl Pensionen in dem Städtchen offen geblieben waren.

»Sie werden Kleider brauchen«, sagte der große Mann. »Soll ich das Warenhaus anrufen und bitten, Ihnen was herüberzuschicken? Vielleicht würde Ihre Frau auch gern etwas Trockenes anziehen?«

Das war ein glänzender Vorschlag. Robin war kaum aus dem heißen Bad heraus, als ein Verkäufer, glücklich, in der toten Saison Kunden zu finden, mit zwei großen Handtaschen ankam.

»Ich habe hier einen hellen Sommeranzug, den Sie in New York nicht für fünfzig Dollar finden –«

»Nein«, sagte Robin laut.

Sie aßen zu Nacht in einem großen, pompös geschmückten Eßzimmer, das sparsamerweise, außer der Lampe über ihrem Tisch, im Dunkel lag. Es war eine gut zubereitete Mahlzeit. Nach dem Essen lehnte sich Robin mit einem Seufzer der Befriedigung zurück und lächelte den großen Mann, der als Kellner fungierte, an.

»Wenn ich jetzt dem Wunsch nach einer Flasche guten Wein Ausdruck gäbe, würden Sie dann nach der Polizei schicken?«

»Nein, Sir. Ich würde nach dem Wein schicken. Was befehlen Sie?«

Zu Robins größtem Erstaunen brachte er mit der Geschicklichkeit eines Zauberkünstlers eine Weinkarte zum Vorschein, und wie ein Mann, der träumt, bestellte der Gast eine Flasche Rotwein.

Das war das erste bedeutsame Ereignis dieser Nacht. Das zweite geschah unter dramatischeren Umständen. Sie hatten sich in den Salon zurückgezogen, um über den nächsten Tag zu beraten, als sich die erste Andeutung von Schwierigkeiten zeigte. Neben dem Salon war das Büro des Besitzers, und nur eine dünne Wand trennte die beiden Räume. Robin hatte schon mehrere Male das Telefon klingeln hören und wider seinen Willen verschiedene Gespräche belauscht, die weiter nichts gewesen waren als der unwichtige Austausch von Klatsch.

Der Verkäufer, der die Kleider gebracht hatte, hatte ihnen mitgeteilt, daß sie zwölf Kilometer von Ogdensburg entfernt seien.

»Das hab' ich ihn nicht gefragt. Er war ein sehr schweigsamer kleiner Mann. Noch nie ist mir ein Verkäufer begegnet, der weniger sprach.«

Er war gerade im Begriff aufzustehen, um nach einer Zeitung zu suchen, als er das Telefon wieder klingeln hörte und die Stimme des Besitzers vernahm:

»Was...? Jawohl, Herr Inspektor...« Lange Pause. »Ja, zwei Leute... Stimmt; ein Mann und eine Frau. Warten Sie bitte einen Moment.«

Er stand auf und schloß die Tür seines Büros, was völlig überflüssig war.

»Ja, vor ungefähr einer Stunde...« Erneute Pause, dann bestürzt: »Was Sie nicht sagen...!«

Und dann wurde eingehängt. Sie sahen einander an.

»Zur Landstraße zurück«, sagte Robin leise. In diesem Augenblick kam der Besitzer herein und schloß hinter sich die Tür. In seiner Hand hielt er das halbgetrocknete Bündel Banknoten.

»Nehmen Sie das, Herr, und hauen Sie ab!«

»Aber ich habe doch meine Rechnung noch nicht bezahlt«, sagte Robin.

»Machen Sie sich darum keine Sorge – schauen Sie nur, daß Sie schnell wegkommen! Einen Kerl um die Ecke gebracht haben Sie!«

Er schüttelte erstaunt den Kopf. Robin bekam den Eindruck, daß die Geste so etwas wie Bewunderung ausdrückte.

»Jemand hat Sie angezeigt, mein Sohn. Ich hätte es Ihnen nicht sagen sollen. Aber der Inspektor sammelt jetzt seine Leute, und das Revier ist nur ein paar Straßen von hier entfernt.«

Er führte sie selbst zum Ausgang.

»Die Polizei wird aus dieser Richtung kommen«, sagte er und deutete nach links. »Sie müssen also nach rechts gehen bis zum Kreuzweg.«

In diesem Moment raste ein Auto die Straße herauf und hielt vor der Tür. Drei Männer sprangen heraus. Oktober klammerte sich fester an den Arm Robins. Hinter ihnen stand der große Mann im Türrahmen und schnitt ihnen dadurch alle Möglichkeiten einer Flucht nach rückwärts ab. Denn unter den Augen der Staatsgewalt neigte er doch eher der Gerechtigkeit als dem Großmut zu.

Einer der drei war ein höherer Polizeibeamter. Er schritt auf sie zu, mit einem Revolver in der Hand.

»Ihr Name ist Robin?« fragte er barsch.

»Das ist mein Name«, sagte Robin und fügte hinzu: »Einer meiner Namen.«

»Man hat uns informiert, daß Sie einen Landstreicher ermordet haben.«

»Das stimmt, Herr Inspektor«, sagte der dritte Mann eifrig. »Ich habe es gesehen. Das heißt, gesehen hab' ich's nicht, aber ich weiß, daß er's getan hat.«

Der Polizeibeamte unterbrach ihn.

»Wir wissen nichts von diesem Mord«, sagte er, »bis jetzt haben wir keinerlei Mitteilung, aber ich muß Sie festhalten, bis der Chef der Zentrale Instruktionen erhält. Ist diese junge Dame Ihre Frau?«

»Ja«, sagte Oktober ruhig. Der Beamte kratzte sich das Kinn. »Vielleicht ist es ihr recht, zur Wache mitzukommen?« brummte er, und ohne ein Wort ging das Mädchen zum Auto voraus. Der Wagen wendete und fuhr zu einem kleinen steinernen Gebäude am entferntesten Ende der Straße. ›Rotbart‹ stand unsicher auf dem Trittbrett. Sie wurden in ein großes, kaltes Zimmer geführt, in dem ein Mann in einem Rock aus schwarzem Alpaka am Schreibtisch saß. Als sie eintraten, blickte er auf.

»Ist das Robin?« fragte er. »Hör mal, Johnny, über diesen Vogel ist nichts bekannt. Nirgends ist ein Strolch ermordet worden, eine Klage ist auch nicht eingereicht, und die Zentrale sagt, jemand hält uns zum besten.«

Oktober öffnete vor Erstaunen den Mund.

Der Mann am Schreibtisch runzelte verwirrt die Brauen.

»Fragen Sie den Sergeanten. Vielleicht hat er etwas gehört«, sagte er. »Den Kerl, der heute angekommen ist. Wenn er noch da ist.«

›Rotbart‹, der sich in der Nähe der Tür herumdrückte, scharrte unbehaglich mit den Füßen. Er blickte vom Chef, der hinter seinem Schreibtisch saß, auf eine Liste von Steckbriefen an der Wand über dem Ofen, die Robins Aufmerksamkeit entgangen waren. ›Rotbart‹ las, würgte und schritt lautlos auf die Straße und aus dem Leben dieser jungen Menschen hinaus, die die Lösung eines Geheimnisses erwarteten, das wenigstens dem einen von ihnen unlösbar erschien.

Ein glattrasierter, breitschultriger Mann mit einem gutmütigen Gesicht kam herein und salutierte steif; er trug die Streifen eines Sergeanten.

»Das ist der Mann«, sagte Robins Begleiter.

Der Ankömmling drehte sich um, warf einen Blick auf den Gefangenen und starrte ihn entgeistert an.

»Heiliger Strohsack!« murmelte Robin, »wo sind wir denn?«

Der Sergeant sah ihn mit einem eigenartigen Blick an und grinste.

»In Kanada, Mylord«, sagte er.

Oktober meinte, daß die Anrede ›Mylord‹ ein schlechter Witz sei.

»Kanada?«

Aber selbstverständlich. Jetzt erinnerte er sich! Der Fluß bildete die Grenze, und sie hatten ihn überquert.

Der Mann im Alpakarock war aufgestanden und schritt auf die kleine Gruppe zu.

»Sie kennen also diesen Herrn, Sergeant?« fragte er.

Der Polizeibeamte grinste wieder.

»Ob ich ihn kenne, Inspektor!« sagte er. »Ich war zwei Jahre lang Ordonnanz bei ihm: Lord Rochford, Militärattaché beim Gouverneur!«

Robin Leslie Beausere, vierter Earl von Rochford, hatte für gewöhnlich Freude an den Bällen im Rideauhaus, dem Haus des Gouverneurs. Aber diesmal hätte er gern auf das gesellschaftliche Ereignis verzichtet, das ihn in eine scharlachrote Jacke mit goldenen Epauletten und all den anderen prächtigen Abzeichen seines Berufes zwang.

Denn am nächsten Tag begann sein Urlaub, und er hatte sich vorgenommen, den Nachtzug nach Quebec zu nehmen, von da aus per Boot nach Chicoutimi weiterzufahren und eine Fußtour nach dem Lake Kenogami zu machen. Sein Zimmer im Hotel ›La Bonne Ménagère‹ war schon reserviert, seine Plätze auf Dampfer und Bahn ebenfalls, da kam plötzlich eine wichtige militärische Persönlichkeit in die Stadt Quebec hinein, eine Persönlichkeit, die bekannt war für ihre Leidenschaft, im letzten Moment alle wohldurchdachten Programme umzustoßen.

Die wichtige militärische Persönlichkeit hatte schon von Robin und seinem Steckenpferd gehört und schickte nach ihm, als der Ball begonnen hatte.

»Man sagte mir, Sie hätten eine besondere Vorliebe für Fußtouren, Lord Rochford.«

»Ja, Sir! Ich bin ein ziemlicher Strolch.« Robin lachte, und da er eine gute Menschenkenntnis besaß, wagte er, seine Verlegenheit, in die ihn der unerwartete Besuch seines Gegenübers gebracht hatte, zu erwähnen.

»Um Gottes willen, lassen Sie sich doch nicht durch mich von Ihren Bergen abhalten!« lachte der Würdenträger freundlich. Er war ein durchaus natürlicher Mensch. »Ich werde Seiner Exzellenz sagen, daß ich gar keine Verwendung für Sie habe – Sie sind doch meiner erhabenen Persönlichkeit zugeteilt, nicht wahr? Auf alle Fälle sind Sie von mir beurlaubt!«

Robin fuhr fröhlich in sein Haus in Major Hill Park zurück. Als er aus dem Auto stieg, schlurfte eine ärmliche Gestalt über den Bürgersteig. Eine wimmernde Stimme verkündete mit leidenschaftlichem Ernst den Hunger ihres Besitzers. Robin lachte, während er seine Taschen durchsuchte.

»Bist 'n fauler Kunde, ›Penner‹! Wenn du hier nicht abhaust, kriegste mächtig was auf 'n Hut.«

Er. ließ einen Dollar in die ausgestreckte Hand fallen. Sein Schlüssel steckte bereits in der Tür, als ihm ein Gedanke kam und er den Mann zurückrief.

»Wie steht's mit dem Blindfahren, ›Penner‹?«

»Mies«, sagte der Mann. »Die Detektive von der Canadian Pacific hat der Satan selbst dressiert. Und doch muß ich zusehen, über den Fluß zu kommen und den Expreß nach Albany zu schaffen – das ist eine richtige Stadt fürs Klinkenputzen; aber vielleicht krieg' ich auch hier Arbeit.«

»Gute Fahrt«, sagte Robin und ließ ihn gehen.

Als er auf den Vorplatz trat, kam ihm Mortimer, sein Diener, entgegen und teilte ihm eine erstaunliche Nachricht mit.

»Bedaure unendlich, Mylord«, sagte er leise, »aber die gnädige Frau ist angekommen.«

Robin runzelte die Brauen. »Welche gnädige Frau?« fragte er argwöhnisch.

»Lady Georgina – und Mr. Loamer.«

»Zum Kuckuck, sind die angekommen!«

Er war nicht ganz sicher, ob er verärgert oder belustigt war. Seine letzte Besprechung mit Georgina hatte, obwohl sie in liebenswürdigen Formen verlaufen war, ihrer beider Beziehungen ziemlich gespannt.

Lady Georgina saß vor dem mit Blumen geschmückten Kamin. Er schritt auf sie zu und küßte ihre Hand.

»Georgina, du bist unbezähmbar«, sagte er und nickte dem jungen Mann zu, der verborgen hinter einer Abendzeitung dasaß. »Du bist eine herausfordernde Frau.« Er deutete auf die Kameenbrosche, die sie trug, als sei sie keine Brosche, sondern ein seltsamer Orden.

Die Rochford-Kameen sind weltberühmt. Keine andere Sammlung der Erde ist so vollständig. Robins Großvater war ein großer Sammler gewesen – weniger freilich die Gräfin Rochford von damals. Dieser lebhaften Dame bedeuteten Kameen nur Steine ohne besonderen Wert, und nach dem Tode ihres Mannes hatte sie der jungen Georgina eine überaus wertvolle Medici-

Kamee geschenkt, die zwei Generationen von Rochfords seitdem vergeblich zurückzukaufen versucht hatten.

»Herausfordernd?« Sie blickte mit einem Lächeln der Zufriedenheit auf die Kamee hinunter. »Ein häßliches Biest, Robin, aber selbst mit tausend Pfund läßt sie sich nicht kaufen.«

Er lachte. »Ich weigere mich, mich ärgern zu lassen!« sagte er. »Morgen trete ich meinen Urlaub an. Übrigens, was tust du denn in Ottawa?«

Georgina blickte auf ihren Sohn.

»Wir sind auf dem Wege nach Hause; wir waren bei den Sullivans in New York. Alan wollte schnurstracks nach Quebec weiterfahren, aber ich hatte eine Pflicht zu erfüllen.«

»Wetten, es war eine unangenehme Pflicht. Du siehst so befriedigt darüber aus«, bemerkte Robin.

»Alle Pflichten sind unangenehm. Was mich zu dir führt, ist vor allem eine Pflicht gegen Alan und gegen mich selbst.«

Er fragte nicht weiter, da er ahnte, was kommen sollte.

»Ganz kurz gesagt, ist die Situation folgende: Robin, du bist immens reich, und wir sind immens arm. Alan ist dein Vetter, Erbe deines Titels und deines Vermögens, soweit es mit dem Titel zusammenhängt. Findest du es nicht unter diesen Umständen ungerecht, daß du zusiehst, wie wir uns abrackern, während du mit ein paar Federstrichen uns soviel Sorgen und Kummer abnehmen könntest?«

»Mit anderen Worten«, entgegnete Robin gutmütig, »bei soviel Geld, das in der Familie lose umherliegt, bist du der Meinung, daß du Anrecht auf eine Rente hast?«

»Du kannst es so unangenehm formulieren, wenn du Lust hast«, gab sie zurück, »aber was du auch sagen magst, es enthebt dich nicht deiner Pflicht der Familie gegenüber.«

Alan Loamer beobachtete die beiden. Die Augen der beiden Männer begegneten sich.

»Was hast du zu diesem liebenswürdigen Vorschlag zu sagen?«

Alan zuckte die Schultern, faltete seine Zeitung und legte sie pedantisch genau auf den Tisch.

»Es ist ganz und gar Mutters Idee«, wehrte er ab. »Natürlich hab' ich durchaus nicht den Wunsch, von Wohltätigkeit zu leben, aber ich bin doch auch der Meinung, daß du uns ein wenig helfen könntest, Robin.«

»Tu' ich das nicht sowieso?« fragte Robin Rochford ruhig. »Ich bin der Meinung, daß zwölfhundert gute Pfund Sterling jeden ersten Januar aus meiner Bank zu der deiner Mutter hinüberwandern.«

Lady Georgina lachte. »Wie lächerlich – zwölfhundert Pfund! Gewiß, das ist schon etwas, aber bedenke doch, daß Alan dein mutmaßlicher Erbe ist –«

»Vielleicht heirate ich bald – warum denn nicht?«

Er wunderte sich darüber, daß sie ihre Reise unterbrochen hatte, nur um all die alten Argumente zu wiederholen, die er schon auswendig wußte. Diese Unterredung war fast wörtlich die gleiche, wie eine, die er mit ihr in London gehabt hatte, bevor er abgereist war, um seinen Dienst in Kanada anzutreten. Und ebenso hätten sich ihre Worte – niedergeschrieben – wie der Durchschlag einer Unterredung gelesen, die er mit Lady Georgina in Paris vor drei Jahren geführt hatte. Bevor er sprechen konnte, hörte er auf der Straße Lärm, ging zum Fenster und blickte hinaus.

»Armer Teufel!« sagte er, Lady Georgina und seinen mürrischen voraussichtlichen Erben vergessend.

Sein Freund, der Strolch, befand sich in den Händen des Gesetzes und schien durchaus abgeneigt, die Gastfreundschaft anzunehmen, die ihm die Häscher im Begriff waren anzubieten, denn er wehrte sich und versuchte, sich frei zu machen.

»Was ist denn los?« Lady Georgina stand hinter ihm.

»Nur ein alter Strolch – armer Kerl! Er hatte sich so eine fabelhafte Wanderung ausgedacht! Er wollte heute nacht über den Fluß, um einen Expreßzug nach Albany zu besteigen.« Er wandte sich vom Fenster weg. »Und jetzt muß er ins Kittchen!«

»Das Gefängnis ist besser«, sagte sie und nahm sich eine Zigarette.

»Weshalb denn?« fragte er erstaunt. »Das sind doch brave Kerls. Ich habe sie kennengelernt... bin mit ihnen gewandert. Ein amüsantes, romantisches Pack!«

»Ich finde, da du dich sehr amerikanisierst«, sagte sie. »Diese Sympathie für Strolche!«

»Bin doch selbst ein Strolch«, entgegnete er, als er ihrem Beispiel folgte und sich eine Zigarette anzündete.

Sie zog ihre Lippen nachdenklich zusammen.

»Du glaubst, er wäre über den Strom gekommen und nach Kanada herein – ohne Paß?«

Der Gedanke an einen Strolch mit einem Paß amüsierte ihn.

»Das kann doch jeder«, sagte er. »Wenn ich Lust hätte, meine Ferien so zu verbringen, so würde ich von hier nach New York spazieren und zurück. Ich kenne einen irischen Gauner, der mit Schnaps handelt, der würde mich über den Strom bringen und wieder zurück, ohne daß es mich einen Cent kostete.«

Sie betrachtete die Asche ihrer Zigarette mit einem nachdenklichen Stirnrunzeln.

»Das glaube ich nicht«, sagte sie.

»Du bist sehr unhöflich.« Er war belustigt. »Du bist immer unhöflich gewesen, Georgina.«

»Du willst von hier nach New York und zurück spazieren... Wieviel Geld würdest du dazu brauchen?«

»Fünfzig Cent«, antwortete er prompt. »Und ich will mit der gleichen Summe wieder zurückkommen.«

»Glaube ich nicht«, sagte sie wieder. »Unmöglich.«

Er war pikiert.

»Willst du wetten?« fragte er.

»Mein lieber Robin« – sie machte eine müde Bewegung –, »hab' ich überhaupt Geld, um wetten zu können?«

Sie spielte wie gedankenlos mit ihrer Brosche, und er biß an.

»Ich setze tausend Pfund gegen deine Kamee, daß mir die Reise hin und her gelingt«, sagte er. »Es würde mir einen diebischen Spaß machen. Schon der Gedanke wirkt belebend.«

Sie sah ihn lange an, ohne ein Wort zu sprechen.

»Tausend Pfund gegen meine Kamee – ich habe tausend Pfund sehr nötig! Ich nehme die Wette an, Robin!«

Während dieser ganzen Zeit kombinierte sie mit einer Schnelligkeit, die ihn verblüfft hätte, wenn ihm ihre Gedanken sichtbar gewesen wären.

Robin machte sich am nächsten Morgen um fünf, kurz nach Tagesanbruch, auf den Weg. Aber Lady Georgina und ihr Sohn waren schon mit dem Nachtexpreß unterwegs nach Chicago. Dort war sie mit einem höheren Polizeibeamten befreundet, der jeden Halunken im Staate Illinois persönlich kannte.

An der Rückfront des Hauses von Lord Rochford zieht sich eine breite Veranda entlang – sein Haus ist leicht an den großen blauen chinesischen Vasen zu erkennen, die mit blühenden roten Geranien gefüllt sind und vorne an der Balustrade stehen. Von diesem herrlichen, zum Träumen wie geschaffenen Fleck hat man die Aussicht über den Ottawafluß und sieht in der Ferne die Silhouette der beiden modernen Türme von Notre-Dame.

Es war wieder ein Beweis von Robins Sonderlingsnatur, daß er so weit weg von Rideau Hall wohnte, das doch als Mittelpunkt von Kanada gilt. Sein Haus war ziemlich weit entfernt vom Ministerium, und doch schlief er jetzt jede Nacht dort auf einer Couch in seinem Büro.

»Was lächerlich ist!« sagte Oktober.

»... anständig sein, ist meine Lieblingsschwäche«, gab er zu.

Hierauf runzelte sie ihre Stirn.

»Nicht daß ich etwas dagegen habe, in diesem prachtvollen kleinen Haus zu wohnen«, sagte sie, »besonders jetzt, wo ich schon daran gewöhnt bin, daß es überall nach Tabak riecht – aber ist es nicht eigentlich töricht, daß du es nicht auch tust? Elsie oder Marie, oder wie sie heißt, die Jungfer, die du gestern engagiert hast, schnattert schon über unsere ehelichen Schwierigkeiten: wenn ich es zuließe, würde sie mit mir Mitleid haben.«

»Es ist eben eine langwierige Geschichte«, sagte er. »Ich muß so furchtbar hinten herum meine Erkundigungen einziehen, aber verheiratet sind wir, davon bin ich überzeugt.«

»Warum dann wieder heiraten?«

Er zog seinen Stuhl dicht an den ihren heran – sie saßen auf der Veranda. Es war die Stunde, in der die Zwillingstürme der Kirche im Licht der sinkenden Sonne golden wurden und der Ottawafluß wie ein türkisfarbener Nebelstreif aussah.

»Ich habe sagen hören, daß es Frauen gern haben, sich an ihren Hochzeitstag zu erinnern, ihr Hochzeitskleid in Lavendel wegzulegen und in Zedernschachteln gewisse Blumen getrocknet aufzubewahren.«

»Na, und?«

»Männer lieben es auch, Erinnerungen zu haben«, meinte er sanft. »Aber ich kann ja nicht einmal das blaue Auge aufbewahren, das ich an unserem Hochzeitsabend trug! Und wenn es mir auch möglich wäre, mit eifrigem Suchen etwas Sumachgift aufzutreiben, und wenn ich mich auch eine Woche lang nicht rasierte, so daß ich mir eine getreue Fotografie des Bräutigams verschaffen könnte, so fehlte mir doch immer noch die Erinnerung an die Zeremonie.«

»Du warst grauenvoll«, sagte sie nachdenklich. »Du sahst aus wie ein Strolch, und du warst ein Strolch, und du warst –«

»Betrunken«, seine Stimme war ernst. »Ich gebe es zu. Das ist es ja gerade, was ich sagen will. Ich möchte einmal in meinem Leben nüchtern getraut werden.«

Oktober betrachtete ihn interessiert.

»Es ist schwierig, sich deiner zu erinnern – selbst daran, wie du bei Miss Ellen warst. Als ich dich heute morgen so aufgeputzt sah, mit diesen goldenen Dingern auf deinen Schultern, konnte ich mir gar nicht vorstellen, daß du einmal ein Hemd gewaschen oder dir die Uhr einer Dame geliehen hast, um einen alten Anzug zu kaufen. Hast du an Miss Ellen geschrieben?«

Er nickte. »Hast du irgend etwas geschickt?«

»Ich habe ihr das, was ihr Vater auf dem Totenbett unterschrieben hat, zurückgeschickt«, sagte er ruhig. »Ich brauche es nicht mehr, und es hätte seinem Andenken schaden können.«

»Hast du ihr etwas geschickt?« beharrte sie.

»Geld? Jawohl. Aber natürlich konnte ich ihr nicht sagen, wer ich bin. Ich glaube aber, sie weiß es. Entsinnst du dich, wie sie sagte, sie hätte mein Bild in der Zeitung gesehen? Ich war einmal mit dem Gouverneur drüben, um einen Freund von ihm zu besuchen.«

»Wo denn?«

»In dem Ort, den wir nie erreichten«, antwortete er, und sie jammerte: »Ogdensburg!«

Und dann wurde er ernst.

»Ich habe mit dem Gouverneur gesprochen und ihm alles von dem großen Abenteuer erzählt. Er hat sich fabelhaft benommen. Er bestand darauf, des armen ›Kahlköpfchens‹ Beichte fotokopieren zu lassen, und ich glaube, er schrieb dem Staatssekretär nach Washington. Sie sind sehr befreundet miteinander. Ich habe ihm erzählt, daß ich verheiratet bin.«

Schweigen.

»Ist er in Tränen ausgebrochen?« fragte sie harmlos.

»Nein, er hat sich sehr tapfer gehalten. Daraufhin gab er mir Urlaub.«

Sie runzelte die Stirn.

»Urlaub?«

»Ja.« Robin bemühte sich, gleichgültig zu erscheinen. »Den üblichen Urlaub zur Hochzeitsreise.«

Ein noch längeres Schweigen.

»Das heißt doch, daß wir offiziell verheiratet sind«, sagte sie.

»Ja.«

Sie starrte schweigend über den Fluß, der jetzt düster aussah.

»Das ist allerdings ein schwerer Schlag für dich, ›Penner‹«, sagte sie ironisch.

»Für dich noch schlimmer«, antwortete er und zitierte aus einer unlängst erschienenen Zeitung: »›Verrücktes Schulmädchen wird mit wahnsinnigem ›Penner‹ vermählt.‹«

»Oh«, sagte sie und fügte schnell hinzu, »war es denn gar so verrückt?«

Sie erhob sich von ihrem Stuhl, anscheinend in den Anblick der dunkler werdenden Landschaft vertieft. Dann plötzlich wandte sie sich um, legte ihre Hände auf seine Schultern und küßte ihn.

»Setz dich doch«, flüsterte Robin. Sie setzte sich, aber ihr Stuhl blieb leer...

»Es ist angerichtet, Mylord«, sagte Mortimer von der Tür her. In der Dunkelheit glättete Oktober ihr Haar.

»Ist Post gekommen?« fragte sie.

Sie erwartete keine Post, aber ihr war, als müsse sie Robins Welt zeigen, wie ruhig, beherrscht und unbewegt sie war – kurz, alles, was sie in diesem Augenblick durchaus nicht war.

»Nein, Mylady – ich vergaß mitzuteilen, daß Lady Georgina vor zehn Minuten da war und ein kleines Paket hinterlassen hat.«

»Georgina!«

Er sagte nicht, was er dachte, aber ging in das Speisezimmer. Das Päckchen lag neben seinem Teller, ein kleines Kästchen in einem Kuvert. Er hob den Deckel, zog eine Karte heraus – und eine kleine Kameenbrosche.

»Mit besten Wünschen«, stand auf der Karte.

Robin atmete schwer.

»Wahrhaftig – sie hat Wort gehalten«, murmelte er. Nach dem Essen kam der Diener, um zu fragen, auf wieviel Uhr er das Auto bestellen solle. Oktober antwortete für Robin.

»Lord Rochford braucht das Auto heute abend nicht«, sagte sie.

Große Reihe

Das vollständige Programm / Preisänderungen vorbehalten

Romane
Unterhaltung
Tatsachenberichte

Aldridge, Alan (Hrsg.)
The Beatles Songbook.
Mit vielen farbigen Abbildungen und vollständigen Songtexten.
Im Großformat 21 x 28 cm.
(10197) DM 19,80

Aldridge, James
Der wunderbare Mongole.
Roman. (3941) DM 4,80

Barbier, Elisabeth
Verschlossenes Paradies.
Roman. (6308) DM 6,80

Die Mogador-Saga. Bd. I
Bezaubernde Julia.
Roman. (3655) DM 6,80
Die Mogador-Saga. Bd. II.
Leid und Liebe für Julia.
Roman. (3667) DM 5,80
Die Mogador-Saga. Bd. III.
Ludivine und Frédéric.
Roman. (3697) DM 6,80
Die Mogador-Saga. Band IV.
Schicksalsjahre für Ludivine.
Roman. (3708) DM 5,80
Die Mogador-Saga. Band V.
Junge Herrin Dominique.
Roman. (3724) DM 5,80
Die Mogador-Saga. Bd. VI.
Bittersüße Liebe für Dominique.
Roman. (3753) DM 5,80
Mein Vater, der Held.
Roman. (3945) DM 5,80
Weder Tag noch Stunde.
Roman. (3943) DM 6,80

Baumann, Bodo
Bitte recht amtlich.
Satiren aus Deutschland.
(3941) DM 4,80

Beaty, David
Flucht aus Kajandi.
Roman. (6302) DM 6,80
Zone des Schweigens.
Roman. (3852) DM 5,80
Gesetz der Serie.
Roman. (3448) DM 5.–
Um Haaresbreite.
Roman. (3460) DM 6,80
Testflug.
Roman. (3644) DM 5,80
Der letzte Flug.
Roman. (3764) DM 6,80
Sirenengesang.
Roman. (3712) DM 5,80

Bergfeld, Thorsten
Nachmittagssonne
Roman. (6352) DM 6,80

Bergius, C.C.
Söhne des Ikarus.
Die abenteuerlichsten Fliegergeschichten der Welt.
(3989) DM 6,80
Heißer Sand.
Roman. (3963) DM 5,80
Schakale Gottes.
Roman. (3863) DM 6,80
Der Tag des Zorns.
Roman. (3519) DM 5,80
Das weiße Krokodil.
Roman. (3502) DM 3,80
Entscheidung auf Mallorca.
Roman. (3672) DM 5,80
Dschingis Chan.
Roman. (3664) DM 7,80
Der Fälscher.
Roman. (3751) DM 6,80

Bergner, Elisabeth
Bewundert viel und viel gescholten.
Unordentliche Erinnerungen.
(3980) DM 8,80

Berthold, Will
Revolution im weißen Kittel.
Hoffnungen und Siege der modernen Medizin.
(3977) DM 7,80
Etappe Paris.
Roman. (3903) DM 5,80
Fünf vor zwölf — und kein Erbarmen.
Roman. (3702) DM 5,80
Brigade Dirlewanger.
Roman. (3518) DM 5,80
Feldpostnummer unbekannt.
Roman. (3539) DM 5,80
Prinz-Albrecht-Straße.
Roman. (3673) DM 6,80
Vom Himmel zur Hölle.
Roman nach Tatsachen.
(3842) DM 5,80
Auf dem Rücken des Tigers.
Roman. (3832) DM 5,80

Beth, Gunther
Meine Mutter tut das nicht.
Roman. (3915) DM 5,80

Bieler, Manfred
Der Kanal.
Roman. (3998) DM 9,80

Binding, Rudolf G.
Reitvorschrift für eine Geliebte.
Mit Federzeichnungen von Wilhelm M. Busch.
(3507) DM 3,80

Blaumeiser, Josef / Nittner, Tomas
Die Wüste bebt.
Absolut keine Legenden über Arabien.
(6951) DM 7,80

Blickensdörfer, Hans
Der Schacht.
Roman. (3650) DM 6,80

Blobel, Brigitte
Der Mandelbaum.
(6358) DM 5,80
Ehepaare.
Roman. (6359) DM 5,80
Das Osterbuch.
(3847) DM 5,80
Alsterblick.
Roman. (3917) DM 5,80
Jasminas Sohn.
Roman. (6357) DM 5,80

Brent, Madeleine
Cadi.
Roman. (3851) DM 6,80

Bromfield, Louis
Nacht in Bombay.
Roman. (3723) DM 7,80
Kenny.
Roman. (3392) DM 3,80
Früher Herbst.
Roman. (3661) DM 5,80

Buchheim, Lothar-Günther
Tage und Nächte steigen aus dem Strom. Eine Donaufahrt.
(6343) DM 6,80

Buck, Pearl S.
Frau im Zorn.
Roman. (3999) DM 6,80
Wer Wind sät...
Roman. (3960) DM 5,80
Die Liebenden. Erzählungen.
(3991) DM 6,80
Ruf des Lebens.
Roman. (3912) DM 5,80
Und fänden die Liebe nicht.
Roman. (3850) DM 5,80
Geheimnisse des Herzens.
Erzählungen. (3874) DM 6,80
Über allem die Liebe.
Roman. (773) DM 4,80
Die gute Erde.
Roman. (3654) DM 5,80
Das Mädchen Orchidee.
Roman. (3504) DM 6,80
Die Wandlung des jungen Ko-sen.
Roman. (3534) DM 4,80
Der Weg ins Licht.
Roman. (3944) DM 5,80

Burgess, Alan
Sieben Mann im Morgengrauen.
Das Attentat auf Heydrich.
(6329) DM 6,80

Busch, Fritz Otto
Das Geheimnis der »Bismarck«.
Kampf und Untergang des berühmten deutschen Schlachtschiffes.
(3523) DM 5,80

Buschow, Rosemarie
Der Prinz und ich.
Eine wahre Geschichte aus dem Lande der Ölscheichs.
Ein BUNTE-Buch.
(3957) DM 6,80 DE

Byhan, Inge
In 30 Sekunden Crash.
Die ungewöhnlichsten Flugzeugkatastrophen nach Berichten von Augenzeugen. Ein BUNTE-Buch.
(3952) DM 5,80

Caldwell, Erskine
In Gottes sicherer Hand.
Roman. (3910) DM 6,80

Caldwell, Taylor
Gesellschaft im Blizzard.
Roman. (3660) DM 3,80

Canning, Victor
Das brennende Auge.
Roman. (3859) DM 5,80

Colpet, Max
Es fing so harmlos an.
Roman. (3914) DM 5,80

Constantine, Eddie
Der Favorit.
Roman. (6321) DM 5,80
(6360) DM 7,80

Cordes, Alexandra
Dunkle Nacht, heller Tag.
Roman. (6307) DM 5,80
Sehnsucht ist mehr als ein Traum.
Roman. (6336) DM 5,80
Gefährliche Liebe.
Roman. (3969) DM 6,80
Das Lied von Liebe und Tod.
Roman. (3898) DM 5,80
Haus der Träume.
Roman. (3703) DM 5,80
Wilde Freunde.
Die Abenteuer des Rick Hardt.
(3524) DM 4,80
Die Buschärztin.
Roman. (3645) DM 5,80
Das Kind des anderen.
Roman. (3830) DM 5,80
Ich will mir dir allein sein.
Roman. (3908) DM 5,80
Saat der Sünde.
Roman. (3936) DM 5,80
Der Engel mit den schwarzen Flügeln.
Roman. (3868) DM 5,80

Courtney, Caroline
Olivia. Triumph der Liebe.
Roman. (6361) DM 4,80
Lucinda. Geheimnisvolle Liebe.
Roman. (3965) DM 4,80
Davinia. Königsweg der Liebe.
Roman. (3994) DM 4,80

Cussler, Clive
Eisberg.
Roman. (3513) DM 6,80
Der Todesflieger.
Roman. (3657) DM 5,80
Hebt die Titanic.
Roman. (3976) DM 7,80

Czuday, Axel
Allein in der Arktis.
(3896) DM 8,80

Deeping, Warwick
Hauptmann Sorrell und sein Sohn.
Roman. (3668) DM 7,80

Deighton, Len
Unternehmen Adler.
Tatsachenbericht.
(3979) DM 7,80

Große Reihe

Preisänderungen vorbehalten

Denk, Liselotte
Auf der Suche nach morgen.
6360 (DM 7,80)

Dietrich, Marlene
Nehmt nur mein Leben...
(6327) DM 7,80

Drewitz, Ingeborg
Gestern war Heute.
Roman. (3934) DM 9,80
Das Hochhaus.
Roman. (3825) DM 6,80

Dronsart, Claude / Nédélec, Hervé
Saint Tropez, ich liebe dich.
Reportagen und Bilder.
(6364) DM 6,80

Dumas d.Ä., Alexandre
Die drei Musketiere.
Roman. (404) DM 8,80
Der Graf von Monte Christo.
Roman. (815) DM 7,80
Das Halsband der Königin.
Roman. (3404) DM 7,80

Dumas d.J., Alexandre
Die Kameliendame.
Roman. (3389) DM 4,80

Endrikat, Fred
Das große Endrikat-Buch.
(3720) DM 5,80

Engelmann, Bernt
Eingang nur für Herrschaften.
Karrieren über die Hintertreppe.
(3699) DM 5,80

English, Harold
In letzter Minute.
Roman. (6311) DM 7,80

Erler, Rainer
Die letzten Ferien.
Roman. (6310) DM 5,80
Die Delegation.
Roman. (3701) DM 5,80
Fleisch.
Roman. (3727) DM 6,80
Das Blaue Palais.
Romane nach der gleichnamigen Fernsehserie:
Das Genie.
(3743) DM 4,80
Der Verräter.
(3757) DM 4.80
Das Medium.
(3767) DM 4,80
Unsterblichkeit.
(3858) DM 5,80
Der Gigant.
(3909) DM 5,80

Fabel, Renate
Wo die Liebe hinfällt.
Roman. (3916) DM 5,80

Fechner, Eberhard / Kempowski, Walter
Tadellöser & Wolff/Ein Kapitel für sich.
Materialien zu ZDF-Fernsehsendungen.
(3902) DM 6,80

Felinau, Josef Pelz von
Titanic.
Der berühmte Roman um die größte Schiffskatastrophe der Welt.
(3600) DM 6,80

Ferber, Edna
Saratoga.
Roman. (6328) DM 6,80
Giganten.
Roman. (3648) DM 7,80
Show Boat.
Roman. (3716) DM 6,80

Fernau, Joachim
Fernau siehe unten

Ferolli, Beatrice
Sommerinsel.
Roman. (3838) DM 6,80

Fischer, Marie Louise
Mutterliebe.
Roman. (4000) DM 5,80 (Mai 1981)
Ein ergreifender Roman der beliebten Autorin Marie Louise Fischer. Sie beschreibt das Urbild einer sich aufopfernden Frau und Mutter, der die Familie über alles geht.
Die Frauen vom Schloß.
Roman. (3970) DM 7,80
Aus Liebe schuldig.
Roman. (3990) DM 5,80
Tödliche Hände.
Roman. (3856) DM 5,80
Das Dragonerhaus.
Roman. (3869) DM 6,80
Der Schatten des anderen.
Roman. (3715) DM 5,80
Mit einer weißen Nelke.
Roman. (3508) DM 5,80
Süßes Leben, bitteres Leben.
Roman. (3642) DM 4,80
Des Herzens unstillbare Sehnsucht.
Roman. (3669) DM 4,80
Schwester Daniela.
Roman. (3829) DM 5,80
Diese heiß ersehnten Jahre.
Roman. (3826) DM 6,80
Die Rivalin.
Roman. (3706) DM 7,80

Joachim Fernau

Die Gretchenfrage.
Variationen über ein Thema von Goethe.
(6306) DM 5,80 (Juni 1981)
Joachim Fernau, eleganter Erzähler mit Esprit, der Philosoph unter den Sachbuchautoren, mit heiter-gelassenen Causerien über die Gretchenfrage: "Wie hältst du's mit der Religion?" Eine Variation in sieben Sätzen. Fernau - von Millionen gelesen, von Millionen geliebt.

Rosen für Apoll.
Die Geschichte der Griechen
(3679) DM 5,80
Disteln für Hagen
Eine Bestandsaufnahme der deutschen Seele
(3680) DM 5,80
Deutschland, Deutschland über alles ...
Von Anfang bis Ende
(3681) DM 6,80

Die Genies der Deutschen
(3828) DM 6,80
Caesar läßt grüßen
Die Geschichte der Römer
(3831) DM 6,80
Halleluja
Die Geschichte der USA
(3849) DM 6,80
Und sie schämeten sich nicht
Ein Zweitausendjahr-Bericht
(3867) DM 5,80

François
Wenn die Russen angreifen...
Mit einem Vorwort von Paul Carell.
(6324) DM 6,80

Freeman-Solomon, Ruth
Mit dem Herzen einer Wölfin.
Roman. (2946) DM 6,80
Der Falke und die Taube.
Roman. (3756) DM 7,80

Frick, Hans
Dannys Traum.
Roman. (3527) DM 6,80

Gast, Lise
Die Sache, die man Liebe nennt.
Menschen, Pferde und ein Roman.
(6345) DM 5,80
Die Schenke zur ewigen Liebe.
Roman. (3978) DM 4,80
Bittersüß wie Schlehenduft.
Roman. (3827) DM 5,80
Junge Mutter Randi.
Roman. (3710) DM 4,80
Das Familienkind.
Roman. (3458) DM 4,80
Geliebter Sohn.
Roman. (3393) DM 3,80
Das Haus der offenen Türen.
Roman. (3368) DM 4,80
Hochzeit machen, das ist wunderschön.
Roman. (3414) DM 3,80
In Liebe Deine Randi.
Roman. (3488) DM 3,80
Das Leben findet heute statt.
Roman. (3427) DM 4,80
Männer sind Gänseblümchen.
Roman. (3387) DM 3,80
Morgen oder übermorgen.
Roman. (3442) DM 4,80
Randi und das halbe Dutzend.
Roman. (3474) DM 4,80
Die Reise nach Ascona.
Roman. (3375) DM 4,80

Geller, Uri
Auf Biegen und Brechen.
(3995) DM 5,80

Golon, Anne
Angélique und die Verschwörung.
Roman. (3883) DM 6,80

Grumbach-Palme, Joseph M.
Erben gesucht.
Wem gehört das Geld?
(3968) DM 5,80

Habeler, Peter
Keine Angst vor Bergen!
(3959) DM 8,80
Der einsame Sieg.
Mount Everest '78.
(3740) DM 8,80

Hackett, General Sir John
Der Dritte Weltkrieg.
Roman. (3865) DM 7,80

Hampel, Bruno
13 Rosen für die Erbin.
Roman. (3918) DM 5,80

Hardeck, Marianne
Die Ehe der Vera S.
Roman. (6350) DM 6,80

Hassencamp, Oliver
Klipp und klar.
Gute und böse Gedanken.
(3911) DM 4,80

Heesters, Johannes
Es kommt auf die Sekunde an.
Erinnerungen.
(3879) DM 7,80

Heinrich, Willi
Schmetterlinge weinen nicht.
Roman. (3647) DM 6,80
Steiner I.
Das geduldige Fleisch.
Roman. (3755) DM 6,80
Steiner II. Das Eiserne Kreuz.
Siehe Warden, Robert.

Heinz, W.C.
Der Chirurg.
Roman. (3526) DM 5,80

Hocken, Sheila
Emma und ich. Die erstaunlichen Erlebnisse einer jungen blinden Frau mit ihrer klugen Hündin.
(3984) DM 6,80

Hoffenberg, Jack
Die Gunst des Schicksals.
Roman. (3985) DM 9,80

Horbach, Michael
Bevor die Nacht begann.
Roman. (6305) DM 6,80
Die schuldlos sühnen.
Roman. (6349) DM 6,80

Horster, Hans-Ulrich
Verschattete Heimkehr.
Roman. (6313) DM 7,80
Verlorene Träume.
Roman. (3967) DM 6,80
Herz ohne Gnade.
Roman. (3861) DM 6,80
Der rote Rausch.
Roman. (3872) DM 6,80
Ein Student ging vorbei.
Roman. (3735) DM 6,80
Wie ein Sturmwind.
Roman. (3881) DM 7,80
Suchkind 312.
Roman. (3737) DM 6,80
Eheinstitut Aurora.
Roman. (3738) DM 6,80
Die Toteninsel.
Roman. (3754) DM 6,80
Ein Augenblick der Ewigkeit.
Roman. (3821) DM 6,80
Karussell der Liebe.
Roman. (3761) DM 6,80

Houston, James
Wie Füchse aus den Wäldern.
Roman. (6331) DM 7,80

Hugo, Victor
Der Glöckner von Notre-Dame.
Roman. (3953) DM 7,80

Huna, Ludwig
Das Mädchen von Nettuno.
Roman. Die »Borgia«-Trilogie III.
(3505) DM 4,80

Jarman, Rosemary H.
Die heimliche Krone.
Katharina von Valois auf dem englischen Thron.
Roman. (6319) DM 7,80

Jersild, P.C.
Die Insel der Kinder.
Roman. (6309) DM 7,80

Johann, A.E.
Sohn der Sterne und Ströme.
Roman. (3515)
DM 6,80

Kempowski, Walter
Tadellöser & Wolff.
Roman. (3892) DM 9,80
Aus großer Zeit.
Roman. (3933) DM 9,80

Kempowski, Walter / Fechner, Eberhard
Tadellöser & Wolff/Ein Kapitel für sich.
Materialien zu ZDF-Fernsehsendungen.
(3902) DM 6,80

Kernmayr, Hans Gustl
Unternehmen Edelweiß.
Roman. (3725) DM 3,80
Erzherzog Johanns große Liebe.
Roman. (3521) DM 4,80

Kirst, Hans Hellmut
Glück läßt sich nicht kaufen.
Roman. (3711) DM 5,80
Die Nacht der Generale.
Roman. (3538) DM 5,80
08/15 heute.
Der Roman der Bundeswehr.
(1345) DM 5,80
08/15 in der Kaserne.
Roman. Teil 1 der »08/15«-Trilogie.
(3497) DM 5,80
08/15 im Krieg.
Roman. Teil 2 der »08/15«-Trilogie.
(3498) DM 6,80
08/15 bis zum Ende.
Roman. Teil 3 der »08/15«-Trilogie.
(3499) DM 5,80
Keiner kommt davon.
Roman. (3763) DM 6,80
Generalsaffären.
Roman. (3906) DM 6,80

Knebel, Fletcher
Dollarfiesta.
Roman.
(3731) DM 6,80

Knef, Hildegard
Tournee, Tournee.
Die Schauspielerin, der Filmstar, die Autorin, der Showstar.
(10200) DM 9,80
Das Urteil.
(3520) DM 8,80
Nichts als Neugier.
Interwiews zu Fragen der Parapsychologie.
(3690) DM 8,80

Kolnberger, Evelyn
Der Wunsch.
Roman. (6353) DM 6,80

Lawrence, Margery
Die Madonna der sieben Monde.
Roman. (6338) DM 7,80

Leigh, Wendy
Was macht einen Mann gut im Bett?
(3854) DM 5,80
Was macht eine Frau gut im Bett?
(3742) DM 5,80

Große Reihe

Preisänderungen vorbehalten

Lentz, Mischa
Isabel.
Die Geschichte eines Sommers.
(6351) DM 5,80

Es ist schon sieben und Grischa nicht hier...
Roman. (6337) DM 5,80

Leonhardt, Rudolf Walter
(Hrsg.)
Lieder aus dem Krieg.
(3683) DM 6,80

Llewellyn, Richard
Der Judastag.
Roman. (3870) DM 7,80

Lundholm, Anja
Zerreißprobe.
Roman. (3877) DM 5,80

MacLean, Alistair
Rendezvous mit dem Tod.
Roman. (2655) DM 6,80
Das Mörderschiff.
Roman. (2880) DM 5,80

Mally, Anita
Premiere.
Roman. (6354) DM 5,80

Markus
Geschichte, die das Leben schrieb.
Ein stern-Buch.
(6952) DM 7,80

Martin, Hansjörg
Herzschlag.
Roman. (3951) DM 6,80

Maupassant, Guy de
Bel Ami.
Roman. (3411) DM 6,80

McKenna, Richard
Das Kanonenboot vom Yangtse-Kiang.
Roman. (3532) DM 6,80

Meissner, Hans-Otto
Im Zauber des Nordlichts.
Reisen und Abenteuer am Polarkreis.
(6347) DM 8,80
Der Stern von Kalifornien.
Reisen und Abenteuer im Südwesten der USA.
(3974) DM 8,80
Alatna.
Roman. (3857) DM 6,80
Versprechen im Schnee.
Roman. (3719) DM 5,80
Im Eismeer verschollen.
Roman. (2923) DM 4.—
Wildes rauhes Land.
Reisen und Jagen im Norden Kanadas.
(3760) DM 7,80
Gemsen vor meiner Tür.
Jagdgeschichten.
(3956) DM 7,80

Merkel, Max
Geheuert — Gefeiert — Gefeuert.
Die bemerke(l)nswerten Erlebnisse eines Fußballtrainers.
(3948) DM 6,80

Metternich, Tatiana
Bericht eines ungewöhnlichen Lebens.
(3922) DM 8,80

Moore, Robin
Das chinesische Ultimatum.
Roman. (3535) DM 5,80
Big Money.
Roman. (3675) DM 5,80

Moore, Robin / Dempsey, Al
Die Rom-Verschwörung.
Agententhriller.
(3973) DM 5,80
Die roten Falken.
Roman. (3659) DM 5,80
Die London-Falle.
Agententhriller.
(3946) DM 5,80 DE

Moore, Robin / Fuca, Barbara
Ein Leben für die Hölle.
Roman. (3717) DM 4,80

Müller, André
Entblößungen.
Ausgefallene, interessante, literarische Interviews.
(3887) DM 7,80

Munshower, Suzanne
John Travolta.
Disco-Star.
(3835) DM 5,80

Nelken, Dinah
Von ganzem Herzen.
Roman. (6301) DM 6,80

Och, Armin
Zürich
Paradeplatz.
Roman.
(6312) DM 6,80

Otta, Stephan
Nur ein Seitensprung.
Roman. (3919) DM 5,80

Pahlen, Henry
Der Gefangene der Wüste.
Roman. (2545) DM 6,80
In den Klauen des Löwen.
Roman. (2581) DM 5,80
Liebe auf dem Pulverfaß.
Roman. (3402) DM 4,80
Schlüsselspiele für drei Paare.
Roman. (3367) DM 6.—
Schwarzer Nerz auf zarter Haut.
Roman. (2624) DM 5,80

Pahlen, Kurt (Hrsg.)
Mein Engel, mein Alles, mein Ich.
294 Liebesbriefe berühmter Musike
(6320) DM 7,80

Pepin F.
Magic 17.
Erotische Begegnungen.
(3855) DM 5,80

Konsalik

Das Haus der verlorenen Herzen.
Roman. (6315) DM 6,80
Eine glückliche Ehe.
Roman. (3935) DM 6,80
Das Geheimnis der sieben Palmen.
Roman. (3981) DM 6,80
Verliebte Abenteuer.
Heiterer Liebesroman.
(3925) DM 5,80
Auch das Paradies wirft Schatten.
Die Masken der Liebe.
Zwei Romane.
(3873) DM 5,80
Der Fluch der grünen Steine.
Roman.
(3721) DM 5,80
Schicksal aus zweiter Hand.
Roman. (3714) DM 6,80
Die tödliche Heirat.
Kriminalroman.
(3665) DM 5,80
Manöver im Herbst.
Roman. (3653) DM 6,80
Ich gestehe.
Roman.
(3536) DM 5,80
Morgen ist ein neuer Tag.
Roman.
(3517) DM 5,80
Das Schloß der blauen Vögel.
Roman. (3511) DM 6,80
Die schöne Ärztin.
Roman.
(3503) DM 6,80
Das Lied der schwarzen Berge.
Roman. (2889) DM 5,80
Ein Mensch wie du.
Roman. (2688) DM 5,80
Die schweigenden Kanäle.
Roman. (2579) DM 5,80
Stalingrad.
Bilder vom Untergang der 6. Armee.
(3698) DM 7,80

Percha, Igor von
Charlotta, Gräfin von Potsdam.
Roman. (3466) DM 6.—
Christina Maria und die
Petersburger Nächte.
Roman. (3440) DM 4,80
Im Auftrag der Königin.
Roman. (3670) DM 4,80

Perrin, Elula
Nur Frauen können Frauen lieben.
Roman. (3926) DM 5,80

Marcel Pagnol
Der Dichter der Provence

Marius — Fanny — César.
Szenen aus Marseille.
(3972) DM 7,80
Marcel.
Eine Kindheit in der Provence.
(3750) DM 5,80
Marcel und Isabelle.
Die Zeit der Geheimnisse.
(3759) DM 5,80
Die Zeit der Liebe.
Kindheitserinnerungen.
(3878) DM 6,80
Die Wasser der Hügel.
Roman. (3766) DM 6,80
Die eiserne Maske.
Der Sonnenkönig und das
Geheim nis des großen Unbek.
(3862) DM 6,80

Piechota, Ulrike
Traumkonzert
Roman. (6355) DM 5,80

Plievier, Theodor
Stalingrad.
Roman. (3643) DM 6,80

Poe, Edgar Allan
Der Doppelmord in der Rue
Morgue (523) DM 4,80
Der Untergang des Hauses Usher.
Erzählungen. (3410) DM 4,80

Poyer, Joe
Der Milliarden-Terror.
Polit-Thriller.
(3992) DM 6,80

Preute, Michael und Gabriele
Deutschlands Kriminalfall Nr. 1
Vera Brühne — ein Justizirrtum?
(3891) DM 5,80

Preute, Michael / Guldner, Renate
Elvis Presley. The King.
Mit 28 Illustrationen sowie vollst
Disco- und Filmographie.
(3597) DM 4,80

Raab, Fritz
Das Denkmal.
Roman. (6317) DM 7,80

Rampa, Lobsang
Das dritte Auge.
Ein tibetanischer Lama erzählt
sein Leben.
(3744) DM 6,80

Rand, Ayn
Der ewige Quell.
Roman. (3700) DM 9,80

Rattay, Arno / Chiczewski, Andrzej
Narben.
Wege zur Versöhnung
zwischen Deutschen und Polen.
(6365) DM 7,80

Rezzori, Gregor von
Die Toten auf ihre Plätze!
Ein Filmtagebuch.
(3541) DM 5,80

Rosendorfer, Herbert
Stephanie und das vorige Leben.
Roman. (3823) DM 5,80

Rothenberger, Anneliese
Melodie meines Lebens.
Ein Weltstar erzählt.
(2990) DM 4,80

Ruark, Robert
Die schwarze Haut.
Roman. (6304) DM 8,80
Nie mehr arm. Roman.
1. Teil: (6333) DM 6,80
2. Teil: (6334) DM 6,80

Schaake, Ursula
Zwölf Tage im August.
Roman. (3666) DM 4,80

Schönthan, Gaby von
So nah der Liebe.
Roman. (3890) DM 5,80

Schrobsdorff, Angelika
Die kurze Stunde zwischen
Tag und Nacht.
Roman. (3964) DM 9,80
Der Geliebte.
Roman. (3525) DM 6,80
Die Herren.
Roman. (3471) DM 7,80

Schulberg, Budd
Der Entzauberte.
Roman. (3986) DM 7,80
Die Faust im Nacken.
Roman. (3762) DM 6,80

Sebastian, Peter
Schwester Carola.
Roman. (6322) DM 5,80

Stop, Dr. von Menasse!
Arztroman. (6346) DM 5,80
Als die letzte Maske fiel.
Arztroman.
(3993) DM 5,80
Der Chefarzt.
Roman. (3662) DM 4,80
Kaserne Krankenhaus.
Roman. (3822) DM 4,80

Segal, Erich
Oliver's Story.
Roman. (3709) DM 4,80

Seymour, Gerald
Der Ruf des Eisvogels.
Roman. (3930) DM 6,80

Sheldon, Sydney
Ein Fremder im Spiegel.
Roman. (6314) DM 6,80
Jenseits von Mitternacht.
Roman. (6325) DM 7,80
Blutspur.
Roman. (6342) DM 6,80

Sing mit Fischer.
Die schönsten Lieder der
Fischer-Chöre.
(3942) DM 6,80

Sinn, Dieter
Rom zu meinen Füßen.
Cesare Borgia. Ein Roman der Macht.
(6340) DM 7,80

Slaughter, Frank G.
Intensivstation.
Roman. (3506) DM 6,80

Sommer, Siegfried
Meine 99 Bräute.
Roman. (3871) DM 5,80

Steffens, Günter
Die Annäherung an das Glück.
Roman. (3988) DM 9,80

Steinbeck, John
Die wunderlichen Schelme von
Tortilla Flat.
Roman. (3923) DM 5,80
Wonniger Donnerstag.
Roman. (3931) DM 6,80

Stevens, Robert Tyler
Sommer in Livadia.
Roman. (6339)

Stromberger, Robert
(Hrsg.)
Tod eines Schülers.
Wer ist schuld am Selbstmord von
Claus Wagner?
(3950) DM 7,80

Tessin, Brigitte von
Der Bastard.
Roman. (3932) DM 9,80

Stone, Irving
Die Träume leben.
Die Karriere des Heizers D.
Roman. (6326) DM 6,80

Tetsche
Neues aus Kalau.
Ein stern-Buch.
(6953) DM 9,80

Tolstoi, Leo N.
Krieg und Frieden.
Roman. (430) DM 9,80

Troll, Thaddäus
Herrliche Aussichten.
Satirische Feststellungen.
(3734) DM 3,80

Troy, Una
Der Brückenheilige.
Roman. (3676) DM 5,80
Sommer der Versuchung.
Roman. (3380) DM 5,80

Trudeau, Margaret
Ich pfeif' auf die Vernunft.
Erinnerungen.
(3864) DM 7,80

Große Reihe

Preisänderungen vorbehalten

Vialar, Paul
Madame de Viborne.
Roman. (3704) DM 9,80

Wagner, F.J.
Das Ding.
Roman. (3921) DM 6,80

Walker, Margaret
Die Sklavin.
Roman. (3568) DM 6,80

Wallace, Lewis
Ben Hur.
Roman. (645) DM 5,80

Warden, Robert
Steiner II. Das Eiserne Kreuz.
Roman nach Motiven von Willi Heinrich.
(3884) DM 6,80

Wiseman, Thomas
Der Tag vor Sonnenaufgang.
Roman. (6330) DM 7,80

Woodiwiss, Kathleen E.
Wohin der Sturm uns trägt.
Roman. (6341) DM 7,80
Shana.
Roman. (3939) DM 8,80

Zola, Emile
Nana.
Roman. (3996) DM 8,80

Zwerenz, Gerhard
Der chinesische Hund.
Roman. (6323) DM 5,80
Salut für einen alten Poeten.
(3937) DM 5,80
Die 25. Stunde der Liebe.
Roman. (3971) DM 5,80
Schöne Geschichten.
Erotische Streifzüge.
(3987) DM 5,80
Die Quadriga des Mischa Wolf.
Roman. (3652) DM 6,80
Die schrecklichen Folgen der Legende, ein Liebhaber gewesen zu sein.
Erotische Geschichten.
(3674) DM 4,80
Die Ehe der Maria Braun.
Roman nach dem gleichnamigen Film von Rainer Werner Fassbinder.
(3841) DM 5,80
Wozu das ganze Theater?
Roman. (3824) DM 6,80
Eine Liebe in Schweden.
Roman. (3907) DM 5,80
Ungezogene Geschichten.
(3928) DM 5,80

Heitere Romane und Humor

Böttcher, Maximilian
Krach im Hinterhaus.
Roman. (6348) DM 6,80

Gallico, Paul
Kleine Mouche – Pepino – Die Schneeganz. Erzählungen.
(902) DM 3,80

Geißler, Horst Wolfram
Die Glasharmonika.
Roman. (2717) DM 4,80
Der unheilige Florian.
Roman. (1712) DM 4,80
Das Lied vom Wind.
Roman. (3641) DM 5,80

Gilbreth, Frank B. / Gilbreth Carey, Ernestine
Im Dutzend billiger.
Roman. (3929) DM 4,80

Heimeran, Ernst (Hrsg.)
Unfreiwilliger Humor.
(3381) DM 4,80

Holm, Sven (Hrsg.)
Bettfreuden.
Dänische Liebesgeschichten.
Erste Folge. (3531) DM 4,80
Zweite Folge. (3649) DM 4,80
Dritte Folge. (3975) DM 4,80

Lembke, Robert
Die besten, die größten, die schlimmsten.
Rekorde reihenweise.
(3836) DM 5,80
Robert Lembkes Witzauslese.
(3355) DM 3,80
Zynisches Wörterbuch.
Mit 20 Zeichnungen von Franziska Bilek.
(3437) DM 3,80

Lohmeier, Georg
Geschichten für den Komödienstadel.
(3456) DM 4.–
Neue Geschichten für den Komödienstadel.
(3470) DM 4.–

Nicklisch, Hans
Familienalbum.
(6335) DM 5,80

Rösler, Jo Hanns
An meine Mutter...
(3467) DM 3,80
Kitty und Johannes.
Erzählungen.
(3537) DM 4,80
Lachen Sie mit Jo Hanns Rösler.
(3484) DM 3,80
Wohin sind all die Jahre...
(3398) DM 4,80
Wohin sind all die Tage...
(3407) DM 4,80
Wohin sind all die Stunden...
(3421) DM 4,80

Scott, Mary
Übernachtung – Frühstück ausgeschlossen.
Roman. (6316) DM 4,80
Fremde Gäste.
Roman. (3866) DM 4,80 DE
Das Jahr auf dem Lande.
Roman. (3882) DM 4,80 DE
Ja, Liebling.
Roman. (2740) DM 4,80
Geliebtes Landleben.
Roman. (3705) DM 4,80
Das waren schöne Zeiten.
Mary Scott erzählt aus ihrem Leben.
Es ist ja so einfach.
Roman. (1904) DM 4,80
Es tut sich was im Paradies.
Roman. (730) DM 5,80
Flitterwochen.
Roman. (3482) DM 5,80
Fröhliche Ferien am Meer.
Roman. (3361) DM 4,80
Frühstück um Sechs.
Roman. (1310) DM 5,80
Hilfe, ich bin berühmt!
Roman. (3455) DM 4,80
Kopf hoch, Freddie!
Roman. (3390) DM 4,80
Macht nichts, Darling.
Roman. (2589) DM 4,80
Mittagessen Nebensache.
Roman. (1636) DM 4,80
Onkel ist der Beste.
Roman. (3373) DM 4,80
Tee und Toast.
Roman. (1718) DM 4,80
Truthahn um Zwölf.
Roman. (2452) DM 4,80
Und abends etwas Liebe.
Roman. (2377) DM 4,80
Verlieb dich nie in einen Tierarzt.
Roman. (3516) DM 4,80
Wann heiraten wir, Freddie?
Roman. (2421) DM 5,80
Zum Weißen Elefanten.
Roman. (2381) DM 5,80
Oh, diese Verwandtschaft.
Roman. (3663) DM 4,80
Zärtliche Wildnis.
Roman. (3677) DM 4,80
Das Teehaus im Grünen.
Roman. (3758) DM 5,80
Na endlich, Liebling.
Roman. (3913) DM 5,80

Scott, Mary / West, Joyce
Das Geheimnis der Mangroven-Bucht.
Roman. (3354) DM 4,80
Lauter reizende Menschen.
Roman. (1465) DM 4,80
Das Rätsel der Hibiskus-Brosche.
Roman. (3492) DM 4,80
Tod auf der Koppel.
Roman. (3419) DM 4,80
Der Tote im Kofferraum.
Roman. (3369) DM 4,80

Seeliger, Ewald Gerhard
Peter Voß, der Millionendieb.
Roman. (1826) DM 4,80

Smith, Richard
Schlank durch Sex.
Mit Kalorienangaben.
(3741) DM 4,80 DE

Spoerl, Alexander
Matthäi am letzten.
Roman. (2968) DM 3,80
Unter der Schulbank geschrieben.
(2957) DM 3,80

Spoerl, Heinrich
Die Hochzeitsreise.
Roman. (2754) DM 3,80

Tibber, Robert
Auch sonntags Sprechstunde.
Roman. (3328) DM 3,80
Heirate keinen Arzt.
Roman. (1912) DM 3,80
Ob das wohl gut geht...
Roman. (2908) DM 3,80
Kleiner Kummer, großer Kummer.
Roman. (1950) DM 3,80
Die lieben Patienten.
Roman. (1996) DM 3,80

Troy, Una
Die Pforte zum Himmelreich.
Roman. (2643) DM 4,80
Maggie und ihr Doktor.
Roman. (2354) DM 4,80
Meine drei Ehemänner.
Roman. (2390) DM 5,80

Wodehouse, P.G.
Fünf vor zwölf, Jeeves!
Roman. (3962) DM 5,80
Stets zu Diensten.
Roman. (3860) DM 4,80
Das Mädchen in Blau.
Roman. (3718) DM 4,80
Die Feuerprobe und andere Geschichten.
(2339) DM 4,80
Herr auf Schloß Blandings.
Geschichten. (3418) DM 3,80
Keine Ferien für Jeeves.
Roman. (3658) DM 3,80
Ohne Butler geht es nicht.
Roman. (3500) DM 3,80
Terry lebt verschwenderisch.
Roman. (3349) DM 4.–
Was tun, Jeeves?
Roman. (3947) DM 4,80
Der Junggesellen-Club.
Roman. (3924) DM 4,80

Wolfe, Winifried
Gefrühstückt wird zu Hause.
Roman. (1594) DM 4,80

Märchen und Sagen

Andersen, Hans Christian
Gesammelte Märchen.
(510) DM 5.–

Grimm, Brüder
Märchen der Brüder Grimm.
Nach der Ausgabe von 1857.
(412) DM 9,80

Mark, Herbert
Die schönsten Heldensagen der Welt.
(3748) DM 9,80

Schwab, Gustav
Die schönsten Sagen des klassischen Altertums.
(500) DM 5,80

Goldmann Sachbücher

Zeitgeschehen

Allgeier, Kurt
Tierexperimente.
Pro und Contra.
(11277) DM 6,80

Astor, David / Yorke, Valerie
Frieden in Nahost?
Eine grundlegende Analyse der Friedensmöglichkeiten vor und nach Camp David.
(3749) DM 6,80 DE

Balkhausen, Dieter
Die dritte industrielle Revolution.
(11283) DM 7,80

Bruckmann, Gerhart
Sonnenkraft statt Atomenergie.
Der reale Ausweg aus der Energiekrise.
(11274) DM 8,80

Buchholz, Axel / Kulpok, Alexander
Revolution auf dem Bildschirm.
Die neuen Medien Videotext und Bildschirmtext.
(11265) DM 6,80

Engelmann, Bernt
Krupp. Die Geschichte eines Hauses — Legenden und Wirklichkeit.
(11924) DM 12,80
Deutschland ohne Juden.
Eine Bilanz.
(11240) DM 12,80
Die vergoldeten Bräute.
Wie Herrscherhäuser und Finanzimperien entstanden.
(6363) DM 7,80
(Hrsg.) VS vertraulich—Band II
(3747) DM 5,80
(Hrsg.) VS vertraulich—Band III
(3885) DM 7,80
(Hrsg.) VS vertraulich—Band IV
(3997) DM 7,80
(Hrsg.) Literatur des Exils.
Eine P.E.N.-Dokumentation.
Mit einem Verzeichnis der Mitglieder des P.E.N.-Zentrums Bundesrepublik Deutschland.
(6362) DM 7,80
(Hrsg.) Bestandsaufnahme.
(3955) DM 12,80

Europäische Perspektiven
Herausgegeben von der politischen Redaktion des Saarländischen Rundfunks.
(3840) DM 6,80

Fuchs, Eberhard
Jugendsekten.
(3839) DM 5,80

Fucks, Wilhelm
Mächte von Morgen.
Tendenzen — Konsequenzen.
(11279) DM 7,80

Gaedemann, Claus Weber, Sybille /
Singles
(11262) DM 7,80

Galbraith, John K.
Mächte, Märkte & Moneten.
Die Tyrannei der Umstände
(11292) DM 9,80

Gloede, Walter
Sport, die unbekannte Größe im politischen Spiel.
(11286) DM 9,80

Gregor-Dellin, Martin (Hrsg.)
P.E.N.
Bundesrepublik Deutschland.
Seine Mitglieder, seine Geschichte seine Aufgaben.
(3682) DM 9,80

Hacker, Friedrich
Freiheit die sie meinen.
(11254) DM 9,80

Hackethal, Julius
Operation — ja oder nein? Ein Ratgeber für Gesunde und Kranke.
(11295) DM 9,80

Harriman, W. Averell / Abel, Elie
In geheimer Mission.
Als Sonderbeauftragter Roosevelts bei Churchill und Stalin 1941-1946
(11293) DM 9,80

Hiebeler, Toni
Eigerwand. Von der Erstbegehung bis heute.
(11163) DM 7,80

Hirsch, Kurt
Die heimatlose Rechte.
Die Konservativen und Franz Josef Strauß.
(11264) DM 6,80

Höhne, Heinz
Der Orden unter dem Totenkopf.
Die Geschichte der SS.
(11179) DM 9,80
Canaris. Patriot im Zwielicht.
(11196) DM 10,80

Horbach, Michael
So überlebten sie den Holocaust.
Zeugnisse der Menschlichkeit 1933-1945.
(3845) DM 6,80

Javers, Ron / Kilduff, Marshall
Der Selbstmordkult.
Die Hintergrundgeschichte der »Volkstempel«-Sekte und das Massaker von Guayana.
(3837) DM 5,80 DE

Kissinger, Henry A.
Amerikanische Außenpolitik.
Analysen und Tendenzen.
(11284) DM 6,80

Klump, Brigitte
Das rote Kloster.
Eine deutsche Erziehung.
(11291) DM 9,80

Konzelmann, Gerhard
Die Islamische Republik und die Schiiten.
(11275) DM 7,80

Krewerth, Rainer A. (Hrsg.)
Papst Johannes Paul II in Deutschland.
Im Großformat 21 x 28 cm.
(10000) DM 16,80
Papst Johannes Paul II — Seine Reden in Deutschland.
(11309) DM 4,80

Lambsdorff, Otto Graf
Zielsetzung.
Aufgaben und Chancen der Marktwirtschaft.
(11229) DM 7,80

Lehmann, Johannes
Die Kreuzfahrer. Abenteurer Gottes.
(11281) DM 12,80

Leonhard, Wolfgang
Eurokommunismus.
Entstehung und Entwicklung.
Herausforderung für Ost und West.
(11256) DM 12,80
Was ist Kommunismus?
Wandlungen einer Ideologie.
(11221) DM 7,80

Lohmar, Ulrich
Wo uns der Schuh drückt.
Zwanzig Beiträge zur deutschen Politik.
(11278) DM 7,80
Staatsbürokratie.
Das hoheitliche Gewerbe.
(11186) DM 5,80

Nollau, Günther
Das Amt.
50 Jahre Zeuge der Geschichte.
(11210) DM 7,80
Wie sicher ist die Bundesrepublik?
(11220) DM 5,80

Peccei, Aurelio (Hrsg.)
Club of Rome
Zukunftschance Lernen.
Bericht für die achtziger Jahre.
(11289) DM 6,80

Picker, Henry
Hitlers Tischgespräche im Führerhauptquartier.
(11234) DM 14,80

Ponto, Jürgen
Mut zur Freiheit.
(11214) DM 6,80

Protokoll der Bundesregierung zur Entführung von Hanns Martin Schleyer.
(11154) DM 5,80

Ruge, Gerd
Begegnung mit China.
Eine Weltmacht im Aufbruch.
(11282) DM 12,80

Rullmann, Hans Peter
Tito — Vom Partisan zum Staatsmann.
(11288) DM 6,80
Ist der Kommunismus reformierbar? Nach dem polnischen Herbst — Frühling in Osteuropa?
(11307) DM 5,80

Sadat, Anwar El
Unterwegs zur Gerechtigkeit.
Die Geschichte meines Lebens.
(11238) DM 8,80

Schachtschabel, Hans Georg
Lexikon der Wirtschaftspolitik.
(10806) DM 7,80

Schedl, Otto
Atomkraft und kein Ende.
(11263) DM 6,80

Schelsky, Helmut
Auf der Suche nach Wirklichkeit.
Gesammelte Aufsätze zur Soziologie der Bundesrepublik.
(11217) DM 9,80

Schmidt, Helmut
Hart am Wind. Helmut Schmidts politische Laufbahn.
(11273) DM 7,80

Schreiber, Hermann
Die Chinesen. Reich der Mitte im Morgenrot.
(11257) DM 12,80

Spiegel
DDR — Das Manifest der Opposition.
(11204) DM 5,80

Steinbuch, Karl
Maßlos informiert.
Die Enteignung unseres Denkens.
(11248) DM 7,80

Suyin, Han
Der Flug des Drachen.
Mao Tse-tung und die chinesische Revolution.
(11209) DM 9,80

Vahlefeld, Hans Wilhelm
Fernost fordert heraus.
Ein Auslandskorrespondent erlebt Indien, China und Japan.
(11247) DM 7,80

Waldheim, Kurt
Der schwierigste Job der Welt.
Die UNO - die beste aller Chancen.
(11236) DM 5,80

Tatsachen über Deutschland.
Ein Handbuch in Bildern, Texten und Zahlen.
(11222) DM 7,80

In portugiesischer Sprache.
(11241) DM 8,80
In englischer Sprache.
(11242) DM 8,80
In spanischer Sprache.
(11243) DM 8,80
In französischer Sprache.
(11244) DM 8,80

Weißbuch 1979
zur Sicherheit der Bundesrepublik Deutschland und zur Entwicklung der Bundeswehr.
(3904) DM 6,80

Winnacker, Karl
Schicksalsfrage Kernenergie.
(11268) DM 7,80

Woods, Donald
Steve Biko.
Stimme der Menschlichkeit.
(3695) DM 8,80 DE

Goldmann Großer Zahlenreport
(11235) DM 14,80

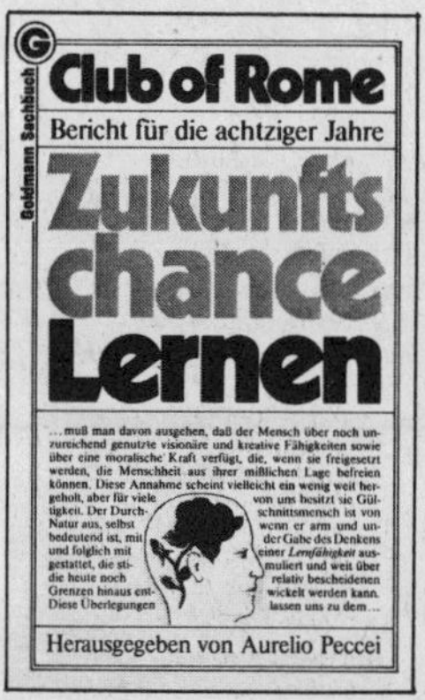

Eine Auswahl aus dem Sachbuch-Programm / Preisänderungen vorbehalten

Freeling, Nicolas
Castangs Stadt.
(5221) DM 5,80
Die Formel.
(5213) DM 6,80
Inspektor Van der Valks Witwe.
(4897) DM 5,80
Der schwarze Rolls-Royce.
(5206) DM 5,80

Gores, Joe
Dashiell Hammetts letzter Fall.
(4801) DM 4,80
Der Killer in dir.
(4838) DM 4,80

Hare, Cyril
Erschlagen bei den Eiben.
(4774) DM 3,80
Er hätte später sterben sollen.
(4782) DM 3,80

Hill, Reginald
Noch ein Tod in Venedig.
(5219) DM 4,80
Das Rio-Papier u.a. Kriminalgeschichten.
(5216) DM 5,80
Der Calliope-Club.
(4836) DM 5,80

Hughes, Dorothy B.
Wo kein Zeuge lauscht.
(5210) DM 4,80

Maling, Arthur
Zuletzt gesehen...
(5201) DM 6,80

Neely, Richard
Der Attentäter.
(4556) DM 4,—
Lauter Lügen.
(4816) DM 4,80
Schwarzer Vogel über der Brandung.
(4748) DM 4,80
Flucht in die Hölle.
(4866) DM 4,80
Die Nacht der schwarzen Träume.
(4778) DM 4,80
Das letzte Sayonara.
(5208) DM 6,80

Ruhm, Herbert (Hrsg.)
Die besten Stories aus dem weltberühmten »Black Mask Magazine«
(4818) DM 6,80

Simon, Roger L.
Die Peking-Ente.
(5202) DM 4,80

Swarthout, Glendon
Das Wahrheitsspiel.
(5218) DM 6,80

Symons, Julian
Der Fall Adelaide Bartlett.
(5220) DM 6,80
Am Ende war alles umsonst.
(4773) DM 4,80
Roulett der Träume.
(4792) DM 4,80
Damals tödlich.
(4855) DM 5,80

Taibo II., Francisco J.
Die Zeit der Mörder.
(5222) DM 4,80

Tynan, Kathleen
Agatha.
(5204) DM 5,80

Weverka, Robert
Mord an der Themse.
(5211) DM 4,80

Action-Krimi

Charles, Robert
Sechs Stunden nach dem Mord.
(4760) DM 3,80

Copper, Basil
Mord ersten Grades.
(5408) DM 4,80
Geld spielt (k)eine Rolle.
(5410) DM 4,80

Crowe, John
Ein Weg von Mord zu Mord.
(4766) DM 4,80

Crumley, James
Der letzte echte Kuß.
(5414) DM 5,80

Downing, Warwick
...Zahn um Zahn.
(4747) DM 3,80

Faust, Ron
Der Skilift-Killer.
(4832) DM 3,80

Fish, Robert L.
Die Insel der Schlangen.
(5426) DM 4,80
Ein Kopf für den Minister.
(5415) DM 4,80

Gores, Joe
Überfällig.
(5419) DM 5,80
Zur Kasse, Mörder!
(5418) DM 4,80

Hallahan, William H.
Ein Fall für Diplomaten.
(4823) DM 5,80

Hamill, Pete
Ich klau' dir eine Bank.
(5413) DM 4,80

Jeder kann ein Mörder sein.
(5417) DM 4,80

Harrington, William
Scorpio 5.
(4739) DM 4,80

Hubert, Tord
Wenn der Damm bricht.
(4828) DM 4,80

Irvine, R.R.
Der Katzenmörder.
(4745) DM 3,80
Bomben auf Kanal 3.
(4850) DM 4,80

Israel, Peter
Der Trip nach Amsterdam.
(4876) DM 3,80

Jobson, Hamilton
Ein bißchen sterben.
(4888) DM 3,80
Kontrakt mit dem Killer.
(4755) DM 3,80
Richtet mich morgen.
(4808) DM 3,80

Jones, Elwyn
Chefinspektor Barlow in Australien.
(4862) DM 3,80

Kyle, Duncan
Todesfalle Camp 100.
(5402) DM 5,80

Lacy, Ed
Mord auf Kanal 12.
(5422) DM 4,80
Verdammter Bulle.
(5416) DM 4,80
Zahlbar in Mord.
(5406) DM 4,80
Geheimauftrag Harlem.
(5404) DM 5,80

Lecomber, Brian
Schmuggelfracht nach Puerto Rico.
(4861) DM 5,80

MacDonald, John D.
Die mexikanische Heirat.
(5420) DM 4,80

MacKenzie, Donald
Nicht nur Schnappschüsse.
(5425) DM 5,80

Martin, Ian Kennedy
Regan und das Geschäft des Jahrhunderts.
(4834) DM 3,80

Marshall, William
Bombengrüße aus Hongkong.
(4738) DM 3,80
Dünne Luft.
(4722) DM 4,80
Das Skelett auf dem Floß.
(5403) DM 4,80

Pronzini, Bill / Malzberg, Barry
Jagt die Bestie!
(5423) DM 5,80

Rifkin, Shepard
Die Schneeschlange.
(4863) DM 3,80

Ross, Sam
Der gelbe Jaguar.
(5411) DM 4,80

Simon, Roger L.
Das Geschäft mit der Macht.
(4874) DM 3,80
Hecht unter Haien.
(4880) DM 3,80

Stein, Aaron Marc
Der Kälte-Faktor.
(4841) DM 3,80
Unterwegs in den Tod.
(4835) DM 4,80
Auftrag mit heißen Kurven.
(5412) DM 4,80

Straker, J.F.
Mord unter Brüdern.
(4870) DM 4,80

Topor, Tom
Verblichener Ruhm.
(5424) DM 5,80

Wainwright, John
Joey.
(4810) DM 3,80
Requiem für einen Verlierer.
(4733) DM 3,80
Gutschein für Mord.
(4848) DM 4,80
Nachts stirbt man schneller.
(5407) DM 4,80

Waugh, Hillary
Fünf Jahre später.
(4875) DM 3,80

Way, Peter
Der tödliche Irrtum.
(5421) DM 4,80

Weverka, Robert
Mord an der Themse.
(5409) DM 4,80

Wilcox, Collin
Der tödliche Biß.
(5401) DM 4,80
Das dritte Opfer.
(4689) DM 4,80
Der Profi-Killer.
(5405) DM 4,80

Wilcox, Collin / Pronzini, Bill
Montag mittag San Francisco.
(4884) DM 5,80

Wren, M.K.
Gewiß ist nur der Tod.
(4839) DM 4,80

Rote Krimi

Bagby, George
Ein Goldfisch unter Haien.
(4768) DM 3,80
Die schöne Geisel.
(4853) DM 3,80
Toter mit Empfehlungsschreiben.
(4864) DM 3,80

Beare, George
Die teuerste Rose.
(4843) DM 3,80

Blake, Nicholas
Das Biest.
(4889) DM 4,80

Brett, Simon
Generalprobe für Mord.
(4826) DM 3,80

Bunn, Thomas
Leiche im Keller.
(4846) DM 5,80

Carmichael, Harry
Liebe, Mord und falsche Zeugen.
(4847) DM 4,80
Der Tod zählt bis drei.
(4785) DM 3,80

Christie, Agatha
Alibi.
(12) DM 4,80
Dreizehn bei Tisch.
(66) DM 4,80
Das Geheimnis von Sittaford.
(73) DM 4,80
Das Haus an der Düne.
(98) DM 4,80
Mord auf dem Golfplatz.
(9) DM 4,80
Nikotin.
(64) DM 4,80
Der rote Kimono.
(62) DM 4,80
Ein Schritt ins Leere.
(70) DM 4,80
Tod in den Wolken.
(4) DM 4,80

Dolson, Hildegarde
Schönheitsschlaf mit Dauerwirkung.
(4825) DM 4,80

Durbridge, Francis
Der Andere.
(3142) DM 3,80
Die Brille.
(2287) DM 4,80
Charlie war mein Freund.
(3027) DM 4,—
Es ist soweit.
(3206) DM 4,80
Das Halstuch.
(3175) DM 4,—
Im Schatten von Soho.
(3218) DM 4,—
Keiner kennt Curzon.
(4225) DM 4,—
Das Kennwort.
(2266) DM 4,—
Kommt Zeit, kommt Mord.
(3140) DM 4,—
Ein Mann namens Harry Brent.
(4035) DM 3,80
Melissa.
(3073) DM 4,—
Mr. Rossiter empfiehlt sich.
(3182) DM 4,80
Paul Temple — Banküberfall in Harkdale.
(4052) DM 3,80
Paul Temple — Der Fall Kelby.
(4039) DM 3,—
Paul Temple jagt Rex.
(3198) DM 4,80
Paul Temple und die Schlagzeilenmänner.
(3190) DM 4,80
Der Schlüssel.
(3166) DM 4,80
Die Schuhe.
(2277) DM 4,80
Der Siegelring.
(3087) DM 4,—
Tim Frazer
(3064) DM 3,80
Tim Frazer und der Fall Salinger.
(3132) DM 4,80
Wie ein Blitz.
(4205) DM 3,—
Tim Frazer weiß Bescheid.
(4871) DM 4,80
Die Kette.
(4788) DM 4,80
Zu jung zum Sterben.
(4157) DM 3,—

Fleming, Joan
Das Haus am Ende der Straße.
(4814) DM 3,80

Fletcher, Lucille
Taxi nach Stamford.
(4723) DM 3,80

Francis, Dick
Der Trick, den keiner kannte.
(4804) DM 4,80
Die letzte Hürde.
(4780) DM 4,80

Gardner, Erle Stanley (A.A. Fair)
Alles oder nichts.
(4117) DM 4,80
Der dunkle Punkt.
(3039) DM 4,80
Goldaktien.
(4789) DM 4,80
Die goldgelbe Tür.
(3050) DM 4,—

Heiße Tage auf Hawaii.
(3106) DM 4,80
Im Mittelpunkt Yvonne.
(4749) DM 4,80
Kleine Fische zählen nicht.
(4802) DM 4,80
Lockvögel.
(3114) DM 4,80
Per Saldo Mord.
(3121) DM 4,—
Ein schwarzer Vogel.
(2267) DM 4,—
Der schweigende Mund.
(2259) DM 5,80
Ein pikanter Köder.
(3129) DM 3,80
Sein erster Fall.
(2291) DM 4,—
Treffpunkt Las Vegas.
(3023) DM 4,80
Wo Licht im Wege steht.
(3048) DM 4,—
Der zweite Buddha.
(3083) DM 4,80
Das volle Risiko.
(4852) DM 4,80
Die Pfotenspur.
(4309) DM 4,—

Gilbert, Michael
Geliebt, gefeiert und getötet.
(4911) DM 5,80
Das leere Haus.
(4868) DM 4,80

Goodis, David
Schüsse auf den Pianisten.
(4894) DM 4,80

Gordons, The
Letzter Brief an Cathy.
(4898) DM 5,80
Beeile dich zu leben.
(4765) DM 4,80
FBI-Aktien.
(2260) DM 4,80
FBI-Aktion »Schwarzer Kater«.
(4661) DM 3,—
FBI-Auftrag.
(3053) DM 3,—
Feuerprobe.
(4670) DM 4,—
Geheimauftrag für Kater D.C.
(3072) DM 3,—
Der letzte Zug.
(3074) DM 4,80

Gunn, Victor
Das achte Messer.
(201) DM 4,80
Auf eigene Faust.
(162) DM 4,—
Die Erpresser.
(148) DM 4,80
Das Geheimnis der Borgia-Skulptur.
(205) DM 4,—
Die geheimnisvolle Blondine.
(1232) DM 4,-
Gelächter in der Nacht.
(175) DM 4,—
Gute Erholung, Inspektor Cromwell.
(1137) DM 4,—
Im Nebel verschwunden.
(140) DM 4,80
In blinder Panik.
(1104) DM 4,—
Inspektor Cromwell ärgert sich.
(2036) DM 4,—
Inspektor Cromwells großer Tag.
(143) DM 4,—
Inspektor Cromwells Trick.
(294) DM 4,—
Die Lady mit der Peitsche.
(261) DM 4,80
Lord Bassingtons Geheimnis.
(3028) DM 3,—
Der Mann im Regenmantel.
(2093) DM 4,—
Der rächende Zufall.
(186) DM 4,—
Das rote Haar.
(1289) DM 4,—
Roter Fingerhut.
(267) DM 4,—
Schrei vor der Tür.
(2155) DM 4,—
Schritte des Todes.
(3049) DM 4,80
Die seltsame Idee der Mrs. Scott.
(1122) DM 4,—
Spuren im Schnee.
(147) DM 4,—
Der Tod hat eine Chance.
(166) DM 4,—
Tod im Moor.
(1083) DM 3,80
Die Treppe zum Nichts.
(193) DM 4,—
Der vertauschte Koffer.
(216) DM 4,80
Der vornehme Mörder.
(3062) DM 4,—
Was wußte Molly Liskern?
(1205) DM 4 —
Das Wirtshaus von Dartmoor.
(4772) DM 4,80
Wo waren Sie heute nacht?
(1012) DM 4,—
Die Rosenblätter.
(284) DM 4,80
Zwischenfall auf dem Trafalgar Square.
(254) DM 4,—

Healey, Ben
Letzte Fähre nach Venedig.
(4914) DM 4,80

Hensley, Joe L.
Giftiger Sommer.
(4869) DM 3,80

Hill, Peter
Mord im kleinen Kreis.
(4824) DM 3,80

Howard, Hartley
Der große Fischzug.
(4887) DM 4,80
Jenseits der Tür.
(4649) DM 4,80
Einmal fängt jeder an.
(4777) DM 3,80
One-Way Ticket.
(4813) DM 3,80
Der Abschiedsbrief.
(4890) DM 4,80
Der Teufel sorgt für die Seinen.
(4759) DM 4,80
Keine kleine Nachtmusik.
(4783) DM 3,80
Fünf Stunden Todesangst.
(4867) DM 3,80
Fahrkarte ins Jenseits.
(4730) DM 4,80
Nackt, mit heiler Haut.
(4715) DM 4,80

Hughes, Dorothy B.
Der Tod tanzt auf den Straßen.
(4900) DM 4,80

Knox, Bill
Frachtbetrug.
(4909) DM 4,80
Zwischenfall auf Island.
(4899) DM 4,80
Tödliche Fracht.
(4906) DM 4,80
Whisky macht das Kraut nicht fett.
(4873) DM 4,80
Gestrandet vor der Bucht.
(4842) DM 3,80

Law, Janice
Zwillings-Trip.
(4817) DM 3,80

Lewis, Roy
Morgen wird abgerechnet.
(4856) DM 3,80
Nichts als Füchse.
(4761) DM 3,80

Lockridge, F.R.
Lautlos wie ein Pfeil.
(4051) DM 3,80
Schluß der Vorstellung.
(4750) DM 4,80
Sieben Leben hat die Katze.
(4820) DM 4,80

Lutz, John
Augen auf beim Kauf.
(4803) DM 3,80

MacKenzie, Donald
Der Fall Kerouac.
(4901) DM 4,80
Notizbuch der Angst.
(4883) DM 3,80
Die tödliche Lektion.
(4822) DM 3,80

Maling, Arthur
Eine Aktie auf den Tod.
(4807) DM 4,80
Manipulationen.
(4854) DM 4,80

Marsh, Ngaio
Der Tod im Frack.
(4908) DM 6,80
Mylord mordet nicht.
(4910) DM 6,80
Fällt er in den Graben, fällt er in den Sumpf.
(4912) DM 5,80
Ouvertüre zum Tod.
(4902) DM 5,80
Tod im Pub.
(4904) DM 5,80

Martin, Robert
Gute Nacht und süße Träume.
(4764) DM 4,80

Nielsen, Helen
Ein folgenschwerer Freispruch.
(4885) DM 4,80

Ormerod, Roger
Blick auf den Tod.
(4819) DM 3,80

Postgate, Raymond
Das Urteil der Zwölf.
(4896) DM 4,80

Roberts, Willo Davis
Tatmotiv: Angst.
(4776) DM 3,80

Roffman, Ian
Trauerkranz mit Liebesgruß.
(4881) DM 4,80

Sayers, Dorothy
Es geschah im Bellona-Klub.
(3067) DM 4,80
Geheimnisvolles Gift.
(3068) DM 4,80
Mord braucht Reklame.
(3066) DM 4,80

Siller, Hilda van
Der Bermuda-Mord.
(4734) DM 3,80
Das Ferngespräch.
(4758) DM 4,80
Ein fairer Prozeß.
(4635) DM 3,80
Ein Familienkonflikt.
(4767) DM 3,80
Der Hilfeschrei.
(4702) DM 3,80
Küß mich und stirb.
(4743) DM 3,80
Die Mörderin.
(4720) DM 3,80
Pauls Apartment.
(4725) DM 3,80
Die schöne Lügnerin.
(4621) DM 3,80
Niemand kennt Mallory.
(4751) DM 3,80

Smith, Charles Merrill
Reverend Randollph und der Racheengel.
(4860) DM 4,80
Die Gnade GmbH.
(4905) DM 5,80

Stout, Rex
Die Champagnerparty.
(4062) DM 4,—
Gambit.
(4038) DM 4,—
Gast im dritten Stock.
(2284) DM 4,—
Das Geheimnis der Bergkatze.
(3052) DM 4,—
Gift à la carte.
(4349) DM DM 4,—
Die goldenen Spinnen.
(3031) DM 4,—
Morde jetzt — zahle später.
(3124) DM 4,—
Orchideen für sechzehn Mädchen.
(3002) DM 4,—
P.H. antwortet nicht.
(3024) DM 4,—
Das Plagiat.
(3108) DM 4,80
Der rote Bulle.
(2269) DM 4,—
Der Schein trügt.
(3300) DM 4,—
Vor Mitternacht.
(4048) DM 4,—
Per Adresse Mörder X.
(4389) DM 4,80
Zu viele Klienten.
(3290) DM 4,—
Zu viele Köche.
(2262) DM 4,—
Das zweite Geständnis.
(4056) DM 4,—
Wenn Licht ins Dunkle fällt.
(4358) DM 4,—

Truman, Margaret
Mord im Weißen Haus.
(4907) DM 5,80

Upfield, Arthur W.
Bony stellt eine Falle.
(1168) DM 4,—
Bony übernimmt den Fall.
(2031) DM 4,80
Bony und der Bumerang.
(2215) DM 4,—
Bony und die Maus.
(1011) DM 4,80
Bony und die schwarze Jungfrau.
(1074) DM 4,—
Bony und die Todesotter.
(2088) DM 4,—
Bony und die weiße Wilde.
(1135) DM 4,—
Bony wird verhaftet.
(1281) DM 4,80
Fremde sind unerwünscht.
(1230) DM 4,—
Gefahr für Bony.
(2289) DM 4,—
Die Giftvilla.
(180) DM 4,80
Ein glücklicher Zufall.
(1044) DM 4,80
Die Junggesellen von Broken Hill.
(241) DM 4,80
Der Kopf im Netz.
(167) DM 4,80
Die Leute von nebenan.
(198) DM 4,80
Mr. Jellys Geheimnis.
(2141) DM 4,—
Der neue Schuh.
(219) DM 4,80
Der schwarze Brunnen.
(224) DM 4,—
Der streitbare Prophet.
(232) DM 4,80
Todeszauber.
(2111) DM 4,—
Viermal bei Neumond.
(4756) DM 4,80
Wer war der zweite Mann?
(1208) DM 4,—
Die Witwen von Broome.
(142) DM 4,80
Bony kauft eine Frau.
(4781) DM 3,80

Wainwright, John
Gehirnwäsche.
(4903) DM 4,80

Wallace, Penelope
Toter Erbe — guter Erbe.
● (4893) DM 3,80
Das Geheimnis des schlafwandelnden Affen.
● (4849) DM 3,80

Weinert-Wilton, Louis
Die chinesische Nelke.
(53) DM 5,80
Der Drudenfuß.
(233) DM 4,80
Die Königin der Nacht.
(281) DM 4,80
Der Panther.
(5) DM 4,80
Der schwarze Meilenstein.
(4741) DM 4,80
Der Teppich des Grauens.
(106) DM 4,80
Die weiße Spinne.
(2) DM 4,80

Woods, Sara
Kommt nun zum Spruch.
(4913) DM 4,80
Der Mörder tritt ab.
(4878) DM 4,80
Verrat mit Mord garniert.
(4882) DM 4,80
Ein Dieb oder zwei.
(4784) DM 4,80